KY TEYLU
BASKERVILLE

KY TEYLU BASKERVILLE

Ky Teylu Baskerville

gans

Arthur Conan Doyle

Trailys dhe Gernowek gans

Nicholas Williams

Sidney Paget

a wrug an delînyansow

evertype

2012

Dyllys gans/*Published by* Evertype, Cnoc Sceichín, Leac an Anfa, Cathair na Mart, Co. Mhaigh Eo, Éire. *www.evertype.com.*

Mamditel/*Original title*: *The Hound of the Baskervilles*. First published in *The Strand Magazine*:
Vol. xxii, No. 128, August 1901; vol. xxii, No. 129, September 1901;
Vol. xxii, No. 130, October 1901; vol. xxii, No. 131, November 1901;
Vol. xxii, No. 132, December 1901; vol. xxiii, No. 133, January 1902;
Vol. xxiii, No. 134, February 1902; vol. xxiii, No. 135, March 1902;
Vol. xxiii, No. 136, April 1902.

An dyllans-ma/*This edition* © 2012 Michael Everson.

Versyon Kernowek/*Cornish version* © 2012 Nicholas Williams.

Kensa dyllans Hedra 2012.
First edition October 2012.

Y kefyr covath rolyans rag an lyver-ma dhyworth an Lyverva Vretennek.
A catalogue record for this book is available from the British Library.

ISBN-10 1-78201-013-0
ISBN-13 978-1-78201-013-5

Olsettys in/*Typeset in* Baskerville gans/*by* Michael Everson.

Delînyansow/*Illustrations*: Sidney Paget, 1901–1902.

Cudhlen/*Cover*: Michael Everson.
Skeusen gans/*Photograph by* Michael Hansen, dreamstime.com/michha_info

Pryntys gans/*Printed by*: LightningSource.

ROL AN LYVER

Rol an Delînyansow

Raglavar

Yfeu Syr Arthùr Conan Doyle genys in Dineydyn i'n vledhen 1859 hag y feu va marow i'n vledhen 1920. Ev a veu deskys in Scol Stonyhùrst ha wosa hedna studhya medhegieth in Ùnyversyta Dineydyn, le mayth o va rag prës scrifwas chyrùrjen dhe'n Pendhescajor Joseph Bell. Yth o fordhow diagnostek Bell a brovias an patron rag an sciens a dhesmygy practycys yn maner berfeth gans Sherlock Holmes.

Conan Doyle a wrug establyshya y honen avell medhek in Southsea, Enys Gwyth, ha pàn esa va ow cortos clevyon dhe dhos dhodho, ev a dhalathas screfa. Ev a gafas kebmys sowena avell auctour mayth o va abyl dhe forsâkya y ober avell medhek ha settya y vrës wàr daclow erel. Yth esa y golon ow lesky ow tùchya lies tra, rag ensampyl, dasfurvya an lahys a dhydhemedhyans, keyfordh in dàn an Chanel, basnettys dur rag soudoryon ha jerkyns sawder rag marners. Ev a wre caskergh inwedh rag prevy nag o tus acûsys gylty a dhrog-ober, hag ev a weresas ow settya in bàn Cort Appêl in Felony. Pàn dorras an Gwerryans in mes in Afryca Soth ev a offras y honen avell medhek bodhek.

Sherlock Holmes a omdhysqwedhas rag an kensa prës i'n lyver *Studhyans in Lyw Cogh* dyllys i'n vledhen 1887. An whedhlow adro dhe Sherlock Holmes a sordyas kebmys lës in colon an bobel, may cresy Conan Doyle yn scon y dhe dedna attendyans dhyworth y scrifow erel. Conan Doyle a ladhas Sherlock Holmes i'n whedhel "An Problem Dewetha", saw y redyoryon a reqwiryas may fe an helerghyas dasvewys arta.

Yma lies crytycor ow consydra *Ky Teylu Baskerville* dhe vos an whedhel gwella a whedhlow Sherlock Holmes, ha hèm yw an kensa prës dell hevel may feu onen vëth a'n whedhlow-na dyllys in Kernowek.

Nicholas Williams
Hedra 2012

Ky Teylu Baskerville

CHAPTRA I

Mêster Sherlock Holmes

Yth esa Mêster Sherlock Holmes esedhys orth bord an haunsel. Dell o ûsys, y fedha ev pòr holergh i'n myttyn, marnas ev a wre refrainya dhyworth mos dh'y wely i'n nos. Yth esen ow honen ow sevel wàr an strayl dhyrag an tan, ha me a gemeras in bàn an lorgh gesys gans agan vysytyor a'n gordhuwher kyns. Darn brav tew a bredn o, bolhek y bedn, a'n sort aswonys avell "laghyas a Penang". Nebes in dàn dop an lorgh yth esa kelgh efan arhans, udn vesva alês. Yth o an geryow "Dhe Jamys Mortymer, M.R.C.S., dhyworth y gothmans a C.C.H." gravys war an kelgh, ha'n vledhen "1884" wàr aga lergh. An lorgh o a'n ehen poran a vedha degys gans medhek teylu a'n gis coth—den wordhy, fast ha lel.

"Wèl, a Watson, pëth esta ow tyby anodho?"

Yth esa Holmes esedhys gans y geyn tro ha me, ha ny wrug avy ry sin vëth pandr'esen ow qwil.

"Fatla wodhyes pandr'esen ow qwil? Me a grës y'th eus lagasow i'th kilben."

"Me a'm beus dhe'n lyha dhyragof pot arhanplâtys coffy, neb yw polsys yn tâ," yn medh ev. "Saw lavar dhybm, a Watson, pandr'esta ow tetermya dhyworth lorgh agan vysytyor? Dre rêson nag esen ny obma, pàn dheuth ev, hag ytho na'gan beus tybyans vëth a'y ncgys, an covro-ma, rÿs dhyn dre wall, a vëdh a brow brâs. Gas vy dhe'th clôwes ow tesmygy natur an den dre whythra y lorgh."

"Yth esoma ow predery," me a leverys, in udn sewya methodys ow howeth, "an Doctour Mortymer dhe vos medhek coth ha sowyn, hag ev dhe vos wordhy in lagasow an bobel ywa aswonys dhedhans, rag y a ros dhodho tôkyn a'ga worshyp."

"Yn tâ!" yn medh Holmes. "Dâ dres ehen!"

"Me a grës inwedh ev dhe vos medhek pow dre lycklod, usy ow vysytya an glevyon war droos."

"Prag y leverta hedna?"

"Awos an lorgh-ma. Kynth o pòr deg i'n dallath, an lorgh re beu mar dhrog-handlys, ny a yll leverel na wre medhek cyta vëth y dhon. Yth yw an versel tew a horn lehës der ûsyans crev, hag apert yw an perhen dhe gerdhes pellder brâs ganso."

"Hèn yw an gwiryoneth!" yn medh Holmes.

"Hag ena ny a red warnodho 'dhyworth y gothmans a C.C.H.' Me a vynsa soposya hedna dhe referrya dhe Helgh Neb Tyller. Dre lycklod ev re weresas avell medhek esely an helgh-na, hag y re bresentyas an ro bian-ma dhodho avell weryson."

"In gwir, a Watson, yth esta ow qwil dhe well ès bythqweth kyns," yn medh Holmes, hag ev a herdhyas y jair wàr dhelergh hag anowy cygaryk. "Res yw dhybm leverel hebma: in oll an acowntys a wrusta screfa adro dhe'm spêdys bian, pùb termyn te re estêmyas re vian dha deythy dha honen. Nyns eus golow inos martesen, saw yth esta ow tastewynya golow. Yma pobel i'n bës nag yw skentyl dres ehen, saw y hyllons y sordya skentoleth in aga hynsa. Me a'n avow, a goweth ker, yth esoma in kendon vrâs dhis."

Ny wrug ev bythqweth leverel tra vëth kepar kyns an prës-na, ha res yw dhybm avowa fatell ros y eryow meur a blesour dhybm, rag yn fenowgh y vygylder ow tùchya ow revrons anodho a'm pystygas yn fenowgh, rag nyns o bern dhodho ow attentys dhe settya gîsyow y ober dhyrag an bobel. Prowt veuma inwedh dhe gresy me dhe vos mar sley in y system ev dhe dylly y brais. Ev a gemeras an lorgh dhyworthyf ha'y examnya rag tecken heb gweder vëth. Ena ev a settyas y cygaryk adenewen hag ev a dhug an lorgh bys i'n fenester, ha'y whythra in dàn weder meurhe. Apert o an lorgh dhe vos a les brâs dhodho.

"A les, saw sempel dres ehen," yn medh ev, hag ev a dhewhelys dhe'n gornel moyha kerys ganso wàr an gwely dëdh. "Yma tôkyn bò dew wàr an lorgh yn certan. Yma fùndacyon obma rag determya nebes taclow."

"A wrug tra vëth ow scappya vy?" me a wovydnas, ha me plêsys genef ow honen. "Yma govenek dhybm na wrug vy fyllel dhe nôtya tra vëth a bris."

"Me a'm beus own, a Watson wheg, te dhe vos myskemerys in radn vrâssa a'n taclow determys genes. Pàn leverys te dhe'm sordya, yth esen ow mênya, rag leverel an gwiryoneth, me dhe vos gêdys dre'th errours jy tro ha'n determyans ewn. Saw nyns osta myskemerys yn tien i'n câss-ma. An den yw medhek pow in gwir. Hag yma va ow kerdhes pellder brâs."

"Me a veu ewn dhana."

"I'n mater bian-na."

"Heb tra vëth moy."

"Nâ, nâ, a Watson wheg, ny veu hedna an udn dra, me a'n avow. Me a vynsa soposya bos moy gwirhaval presentyans dhe vedhek dhe dhos dhyworth clâvjy ès dhyworth helgh. Rag hedna pàn vo an lytherednow 'C.C.' gorrys dhyrag an ger 'Hospital', yma an geryow 'Charing Cross' owth apperya pòr natùral."

"Dre lycklod hèn yw gwir."

"Yma an gwirhevelepter i'n tybyans-na. Ha mar teun ny ha'y dhegemeres avell damcanieth, ny a'gan beus fùndacyon nowyth rag formya descrypcyon a'gan vysytyor ùncoth."

"Wèl, dhana, gesowgh dhe soposya bos 'C.C.H' cot'heans rag 'Charing Cross Hospital,' pandra moy a yllyn ny determya dhyragtho?"

"A nyns eus tra vëth owth hevelly dhis? Aswonys dhis ow gîsyow obery. Gwra devnyth anodhans!"

"Ny allama predery a dra vëth pella es hebma: an medhek-ma dhe bractycya i'n cyta kyns ès chaunjya ha mos dhe'n pow."

"Me a grës fatell yllyn ny mos nebes pella ès hedna. Mir orth an dra indelma. Pana occasyon a via an moyha gwirhaval rag gwil presentyans a'n par-ma? Pana dermyn a vynsa y gothmans cùntell rag ry tôkyn a'ga bolùnjeth dâ dhodho ev? Dell hevel, pàn wrug an Dr Mortymer omdedna dhyworth servys dhe'n clâvjy, may halla va dallath y bractys y honen. Ny a wor y feu presentyans. Ny a grës fatell veu chaunjyans dhyworth practys tre dhe bractys pow. Eson ny ytho ow mos re bell, mar teun ny ha leverel an presentyans dhe wharvos pàn veu gwrës an chaunjyans?"

"Yth hevel hedna dhe vos gwirhaval."

"Now, te a wra convedhes na alsa ev bos esel a felshyp an clâvjy, rag ny via soodh a'n par-na ma's rag an medhek establyshys hag estêmys brâs in Loundres, ha ny wrussa medhek kepar ha hedna chaunjya y lavur rag scappya bys i'n pow. Pandr'o va ytho? Mars esa ev i'n clâvjy saw heb bos esel a'n felshyp whath, ny ylly ev bos tra vëth moy ès chyrùrjon chy pò fysycyen chy—bohes moy ès studhyor avauncys. Hag ev a asas an clâvjy pymp bledhen alebma—yma an vledhen-na dhe weles wàr an lorgh. Rag hedna dha vedhek teylu jy, in cres y oos, otta va ow mos in mes a wel yn tien, a Watson wheg, hag in y le ny a gav gwas yonk, le ès deg warn ugans bloodh, caradow, heb uhelwhans, gwadn y remembrans, ha'n perhen a gy meurgerys. Me a vynsa leverel an ky dhe vos brâssa ès dorgy, saw biadnha ès gwylter."

Me a wharthas rag ewn dyscrejyans, ha Sherlock Holmes a bosas wàr dhelergh wàr an gwely dëdh hag a whethas kelhow bian blou in bàn bys i'n nen.

"Ow tùchya an radn dhewetha-na, ny'm beus dùstuny vëth rag leverel yw dha dybyans ewn, pò nag yw," me a leverys, "saw dhe'n lyha ny via cales dyscudha nebes manylyon adro dhe oos an den ha resegva y vêwnans." Me a gemeras dhe'n dor dhywar ow estyllen a lyvrow fysek *Kevarwedhyador an Vedhygyon* ha trouvya y hanow ino. Yth esa moy ès udn Mortymer i'n lyver, saw ny ylly ma's onen anodhans bos agan vysytyor. Me a redyas dhe Holmes:

"Mortymer, Jamys, M.R.C.S., 1882, Grympen, Dartmoor, Pow Densher. Chyrùrjon chy in Clâvjy Charring Cross dhyworth 1882 bys in 1884. Ev a wainyas prîss Jackson rag Pathologieth Gomparek gans assay entîtùlys 'Yw Dewhel an Cleves?' Esel kesscrefyans a'n Gowethas Swêdek rag Pathologieth. Auctour a 'Nebes Ùncothfosow a Atavystieth' (*Lancet* 1882). 'Eson ny owth avauncya?' (*An Jornal a Sîcologieth*, Merth, 1883). Offycer Medhek rag pluyow Grympen, Thorsley ha Barrow Awartha."

"Nyns yw campollys an helgh-na ena, a Watson," yn medh Holmes in udn vinwherthyn ha nebes dregyn wàr y wessyow, "saw ev yw medhek pow, dell wrusta leverel yn skentyl. Yth esoma ow cresy an gwiryoneth dhe vos genef ow tùchya an taclow a wrug vy desmygy. Ha mars esoma ow perthy cov yn ewn, me a leverys, dell gresaf, y vos ev caradow, heb uhelwhans, saw y gov dhe vos gwadn. Warlergh ow frevyans vy, an den caradow yn udnyk a wra recêva covroyow, den heb uhelwhans yn udnyk a wra forsâkya Loundres rag lavurya i'n pow, ha ny wra ma's den gwadn y gov gasa y lorgh wàr y lergh adar y garten vysytya, wosa gortos udn our i'th rômys."

"Ha'n ky?"

"Ùsadow an ky yw don an lorgh-ma dhelergh dh'y vêster. Dre rêson an lorgh dhe vos poos, an ky re'n sensys yn tydn i'n cres, hag yma merkys dens an ky apert dhe weles. Challa an ky, kepar dell yw dysqwedhys der an spâss inter an merkys-ma, yw re ledan, me a grës, rag dorgy, saw nyns ywa ledan lowr rag gwylter. An ky yw martesen—ea, re Jovyn, spanyol blew crùllys ywa."

Ev o sevys hag yth esa ow kerdhes adro i'n rom hag ev ow côwsel. Ena ev a bowesas in kilva an fenester. Y lev o mar certan, may whrug avy meras in bàn sowthenys brâs.

"Ow hothman wheg, in hanow Duw fatl'ylta jy bos mar sur a hedna?"

"Dre rêson yn sempel me dhe weles an ky y honen wàr agan truthow, hag otta y berhen ow seny an clogh. Na wra gwaya, a Watson, dell y'm kyrry. Ev yw broder dhis in y alwans, ha dre lycklod meur a brow vêdh dhybm dha bresens obma. Lebmyn y fêdh an termyn a dhestnans, a Watson, pàn wrelles clôwes eskyjyow wàr an stairys ha nebonen ow kerdhes aberth i'th vêwnans, be va rag dâ pò rag drog ny wodhesta. Pandra wrella an Doctour Jamys

Mortymer, den a sciens, pesy a Sherlock Holmes, arbenegor in felony? Deus ajy!"

Pàn welys vy semlant agan vysytyor, me a borthas marth brâs, rag yth esen ow qwetyas medhek pow tipek. Ev o den pòr uhel, hir y frigow avell gelvyn edhen, esa ow herdhya in mes inter dew lagas loos, settys ogas warbarth, hag ow tewynya yn crev adrëv spectaclys owrvinek. Ev o gwyskys in maner alwansek, kynth o va nebes scubelek, rag ûsys o y frock-côta ha'y lavrak o frudhys. Kynth o va

8

yonk, y geyn hir o cabmys solabrës, hag yth esa ev ow kerdhes gans y bedn herdhys in rag, gans an semlant a nebonen ow meras glew orth an bës in maner guv. Kepar dell entras i'n rom, ev a welas an lorgh in dorn Holmes, hag a bonyas tro ha'n lorgh in udn elwel, lowen y lev, "Ass oma plêsys," yn medh ev. "Ny wodhyen ple feu va gesys genef. Obma pò in Sodhva Cowethas an Gorholyon. Ny garsen kelly an lorgh-na rag oll an bës."

"Presentys veu dhywgh, dell welaf," yn medh Holmes.

"Beu, syra."

"Gans Clâvjy Charing Cross?"

"Gans nebes a'm cothmans ino pàn wrug avy demedhy."

"Ria, ria, ass yw hedna drog!" yn medh Holmes hag ev a shakyas y bedn.

An Doctour Mortymer a veras glew der y spectaclys nebes sowthenys. "Prag y feu va drog?"

"Nag yw, marnas why dhe dhysevel agan soposyansow nebes. Pàn wrussowgh why demedhy?"

"Ea, syra. Me a dhemedhas, ha rag hedna res o dhybm gasa an clâvjy, ha forsakya pùb govenek a avauncya dhe benvedhek ino. Res o dhybm cafos trigva ha tre ragof ow honen."

"Dar! Ny veun ny mar bell camgemerys wosa pùptra," yn medh Holmes. "Ha lebmyn, a Dhoctour Jamys Mortymer—"

"Mêster, a syra, Mêster—nyns oma ma's M.R.C.S. uvel."

"Ha den kewar y vrës, dell hevel."

"Nebonen usy ow mellya nebes gans sciens, a Vêster Holmes. Yth esoma ow kemeres in bàn cregyn dhywar dreth an downvor brâs ùncoth. Me a sopos ow bosama ow côwsel orth Mêster Sherlock Holmes, adar—"

"Nâ, hèm yw ow hothman, an Doctour Watson."

"Lowen oma metya genowgh, a syra. Me re glôwas agas hanow why campollys gans hanow agas cothman. Why yw meur a les dhybm, a Vêster Holmes. Scant ny wrug vy gwetyas crogen pedn mar dholycocefalek na dysplêgyans mar hewel a-ugh crow an lagas. A viowgh why parys dhe alowa dhybm tava an fals in eskern top agas pedn? Hevelep tôwlys a grogen agas pedn, erna vo an pedn y honen dhe gafos, a via jowal in gwithty anthropologek vëth. Ny garsen y wormel re, saw res yw dhybm avowa me dhe goveytya crogen agas pedn."

Sherlock Holmes a dhysqwedhas chair dh'agan vysytyor coynt.

"Apert yw why dhe vos dywysyk i'gas devnyth arbednek, kepar dell oma dywysyk i'm devnyth arbednek vy," yn medh ev. "Me a wel dhyworth agas besias why dhe wil agas cygarygow agas honen. Bydner re bo poos genowgh anowy cygaryk obma."

An den a dednas in mes paper ha tobackô ha troyllya an eyl in y gela gans sleyneth brâs. Yth esa y vesias hir ow qwaya mar scav ha mar dhybowes avell tavoryon treghvil.

Holmes a dewys, saw yth esa ev ow meras glew orth agan coweth coynt, ha me a welas an den dhe vos a les brâs dhodho. "Yth esoma ow predery," yn medh Holmes wàr an dyweth, "na veu rag examnya crogen ow fedn yn udnyk a wrussowgh why ow onoura dre elwel obma newher ha hedhyw arta?"

"Na veu, na veu, a syra. Kyn feuma lowen dhe wil indella kefrës. Me a dheuth obma dhywgh, a Vêster Holmes, rag me a wor ow bosama den heb meur a gonvedhes a fordhow an bës, hag otta lebmyn, yma problem poos ha pòr gales adhesempys worth ow godros. Aswonys yw dhybm fatell owgh why an uhella arbenegor in Ewrop marnas onen—"

"In gwir, a syra! A allama govyn pyw usy ow cafos an onour a vos an kensa?" Holmes a wovydnas, nebes asper y lev.

"Res yw ober Monsieur Bertillon dhe vos estêmys brâs gans an sciensyth kewar."

"A ny via gwell dhywgh ytho omgùssulya ganso ev?"

"'Dhe'n sciensyth kewar' a leverys vy. Saw ow tùchya an den injyn in taclow an bës, pùbonen a wor why dhe vos i'n pryck uhella. Yth esoma ow qwetyas na wrug avy heb y intendya agas—"

"Nebes yn udnyk," yn medh Holmes. "Me a grës, a Dhoctour Mortymer, fur via ragowgh derivas dhybm yn plain pëth yw an caletter esowgh why ow whelas ow gweres vy ganso."

CHAPTRA II

Mollath Teylu Baskerville

"Yma genef i'm pocket dornscrif," yn medh an Doctour Jamys Mortymer.

"Me a'n gwelas pàn wrussowgh why entra i'n rom," yn medh Holmes.

"Dornscrif coth ywa."

"A'n êtegves cansvledhen avarr, mar nyns ywa contrafeytyans."

"Fatl'yllowgh why leverel hedna, a syra?"

"Why re beu ow presentya mesva pò dyw anodho ragof vy dh'y examnya, dhia bàn wrussowgh why dallath côwsel. Gwadn via skians an arbenegor na alsa leverel pana dermyn a veu screfys an dhogven ajy dhe dheg bledhen pò ogas dy. Why martesen re redyas ow famflet bian adro dhe'n mater. Me a lavarsa y feu an dhogven screfys adro dhe 1730."

"Y feu va screfys i'n vledhen 1742 rag bos kewar." An Doctour Mortymer a'n tednas in mes a bocket y grispows. "An dhogven-ma, posessyon a'y deylu, a veu comyttys dhybm gans Syr Charles Baskerville y honen. Y vernans sodyn ha trist a veu skyla a lowr a gôws in Pow Densher. Me a yll leverel fatell en vy y vedhek personek ha'y gothman ker inwedh. Den crev y vrës o va, a syra, skentyl, fur ha mar vohosak in desmygyans dell oma ow honen. Saw ev a sensy an dhogven-ma dhe vos a bris brâs, hag in y vrës ev o parys rag an sort a vernans a dheuth dhodho wàr an dyweth."

Holmes a istynas in mes y dhorn rag an dornscrif ha'y levna in mes wàr y dewlin. "Te a welvyth, a Watson, bos an *s* hir ha'n *s* cot ûsys i'n dhogven-ma. Hèn yw onen a'n tôknys a alowas dhybm leverel pana dermyn a veu va screfys."

Me a veras dres y scoodh orth an paper melen hag orth an screfa gwadnhës. Yth o screfys orth top an paper "Hel Baskerville," hag in dàn hedna in fygurs brâs dygempen: "1742."

"Yth hevel bos derivas a neb sort."

"Ea, derivas ywa adro dhe neb whedhel coth in mesk esely a deylu Baskerville."

"Saw yth esoma owth ùnderstondya why dhe vos whensys a omgùssulya genef adro dhe neb mater a'gan dedhyow ny hag a'gan bës ny inwedh?"

"Mater a wharva agensow. Mater a'gan bës ny ywa ha mater a res fysky in y gever—y dhetermya kyns pedn peder eur wàrn ugans. Saw cot yw an dornscrif hag yma va ow longya yn clos dhe'n mater. Gans agas cubmyas why me a vydn y redya dhywgh."

Holmes a bosas wàr dhelergh in y jair, gorra bleynow y vesias warbarth, degea y lagasow, hag omblêgyans dhe verkya wàr y fàss. An Doctour Mortymer a sensys an dornscrif dhe'n golow ha dallath redya gans lev tanow ronk an narracyon coynt-ma a'n dedhyow coth:

"Lyes deryvas re bu gwres ow tuchya devedhyans Ky Teylu Baskerville. Saw dre reson my dhe dhescendya yn strayt dhyworth Hugo Baskerville, ha dre reson my dhe gafos an whethel dhyworth ow thas vy, neb a gafas an whethel dhyworth y syra ef, my re'n settyas war baper ha my ow crysy y wharfa poran kepar del yu descryfys genef omma. Ha my a garsa, a vebyon, why dhe gonvedhes fatel wra an keth justys usy ow punsya peghosow yn kepar maner gava peghosow yn maner grassyes, ha nag us dyfen vyth mar bos na yll bos defendys dhe ves dre bysadow ha dre edrega. Dyskeugh ytho dhyworth an whethel ma na wrellough perthy own a frutys an termyn us passys, saw kens dhe warya y'n termyn usy ow tos, ma na vo an hager-passyons neb a wrug tormentya agan teylu mar lyes bledhen, ma na vowns y relesys arta rag agan dyswul.

"Godhvedheugh ytho yn termyn an Rebellyans Mur (hag yth esof vy ow comendya yn fras dheugh an ystory anodho scryfys gans Arluth Clarendon) an Manor ma teylu Baskerville dhe vos yn possessyon Hugo a'n keth hanow. Ny ylly den vyth denagha ef dhe vos an den an moylha gwyls, ungrassyes ha dydhew bythqucth a vu. Y halsa henna martesen bos gyvys dhodho gans y gentrevogyon, rag bythqueth ny wrug sans vyth florsya y'n costys na, saw yth esa ynno neb natur dydrueth ha heb pyteth, ha rag henna y hanow ef o bysna dres oll pow an West. Y wharfa may whrug an Hugo ma cara (mars yu lafyl ry hanow mar vryght dh'y bassyon mar dhyowlak) an vyrgh a neb tiak, neb a'n jeva tyryow ogas dhe stat teylu Baskerville. Saw an vaghteth yowynk, fur del o hy hag a vertu glan, a wre y avoydya pupprys, rag own a's teva hy a'y debel-hanow. Ytho yth hapnyas un degol Myghal an Hugo ma ha pymp po whegh a'y gowetha dhyek, drog aga gnas, dhe slynkya war nans dhe'n bargen tyr ha don an vaghteth yn kerth, rag yth esa hy thas ha'y breder gyllys pell dhyworth an chy, del wodhya Hugo yn ta. Wosa y dhe dhry an vowes dhe'n Hel, y a's settyas in chambour avan, ha Hugo ha'y gowetha a dhallathas medhowy warbarth, kepar del o aga gys pub gorthewer. Lebmyn, yth esa an vaghteth anfusyk avan ow mos yn mes a'y rewl yn un glewes an canow, an cryow gwyls ha'n mollothow uthyk esa ow tos yn ban dhedhy dhywar an dus awoles, rag ymowns y ow leverel Hugo Baskerville hag ef medhow gans gwyn dhe vollethy gans geryow a wrussa dyswul pynag oll a vynsa aga uttra. War an deweth dre reson hy dhe berthy kemmys own, hy a wrug neppyth na wrussa bedha an den moyha stryk po moyha colonnek, rag gans gweres an ydhyow esa ow cudha (hag usy ow cudha bys yn jeth hedhyu) fos soth an chy, hy a skynnyas dhywar hy chambour yn dan an to, hag yndella kerdhes tro ha tre, hag yth esa teyr lyg ynter an Hel ha bargen tyr hy thas.

"Y wharfa pols awosa Hugo dhe forsakya y ostysy may halla ef dry bos ha dewas—ha taclow gweth martesen—dh'y brysner, hag ef a gafas an nyth gwag ha'n edhen dyenkys. Ena, del hevelly, ef a vu kepar ha sagh dyowl, rag ef a fyskys an stayrys war nans hag aberth y'n rom kynyewel. Ef a lammas war an bord bras, ow scullya cannys ha tallyours, hag a gryas yn mes dhyrag oll an company fatel wrussa ef ry y gorf ha'y enef dhe Bowers an Tebel-el, mar teffa ef unweyth ha cachya an voren. Ha pan esa y gowetha ow sevel sawthenys stag ena dre gonnar an den, onen anedha, drocca es an re erel poken moy medhow martesen, a elwys yth o res dhedha settya an cun warnedhy. Y'n ur na Hugo a bonyas mes a'n chy, yn un grya dh'y servysy y cotha dhedha gorra y dyber war y gasek ha lowsya an hons, hag ena ef a ros dhe'n cun lyen dorn dhyworth an vowes, lesca y steda tro ha lorgh an pray, hag yndella ef a dhallathas toth men war y forth dres an hallow gans y gun yn golow an lor.

"Lebmyn yth esa tus an golyans ow sevel egerys aga ganow, heb convedhes pandra re bya gwres mar uskys. Saw wosa termyn aga brys kemyskys del o dre vethewnep a dhyfunas ha percevya gnas an dra neb o lykly dhe vos gwres war an hallow. Yth esa puptra y'n tor' na yn tervans bras, ran o kelwel rag aga fystols, ran rag aga mergh, ha ran rag botel moy a wyn. Saw war an deweth furneth a dhewhelys dh'aga fen muskegys, hag y oll, tredhek yn number, a lammas war geyn aga mergh ha dalleth sewya Hugo. Yth esa an lor ow splanna yn cler y'n ebron a-ughta, hag y a wrug marghogeth yn uskys deu ha deu, hag a gemeras an forth o res dhe'n vowes mos warnedhy rag drehedhes chy hy thas.

"Nyns ens y gyllys marnas myldyr po dyw pan wrussons y passya onen a'n vugeleth nos war an hallow, hag y a elwys dhodho dhe wodhvos a wrug ef gweles an helgh. Ha'n den, kepar del lever an whethel, o mar vuskegys rag ewn uth scant na ylly kewsel, saw war an deweth ef a leverys fatel welas ef an vaghteth anfusyk yn gwyr, ha'n cun war hy lergh. 'Saw me re welas moy es henna," yn meth ef, 'rag Syr Hugo Baskerville a'm passyas war y gasek dhu, hag yth esa ow ponya yn cosel war y lergh ky uthyk yn mes a yffarn, ha byner re bo ky kepar ha henna nefra war ow lergh vy.' Ytho an squyeryon vedhow

a vollethys an bugel ha marghogeth yn rag. Saw yeynder a dheth war aga croghen, rag y a glewas margh ow ponya dres an hal, ha'n gasek dhu, bryth gans ewon gwyn, eth drestans, hy fronnow ow cregy yn lows ha gwag hy dyber. Ena an dus yowynk a wrug marghogeth pur glos an yl dh'y gyla, saw y eth yn rag dres an hal. A pe pubonen anedha y honen oll, ef a vya lowen dhe dreylya pen y vargh ha dewheles. Y a wrug marghogeth yn lent y'n forth na erna dhethons y war an deweth erbyn an cun. Kynth o an cun aga honen aswonys rag aga horaj ha rag aga gos nobyl, yth esens y ow kyny oll warbarth orth pen dyppa bras y'n hal, ran anedha ow scolkya yn kerth ha ran ow myras, ledan aga lagasow ha'ga blew ow sevel, orth an tnow cul dhyragtha.

"An company o sevys, hag y moy dhyvedhow, del yllough why desmygy, es del ens pan wrussons dalleth. Nyns o an ran vrassa anedha whensys dhe avonsya, saw try a'ga number, an dus moyha colonnek, poken an dus moyha medhow, a wrug marghogeth yn rag an tnow war nans. Yth esa owth egery y'n tor' na bys yn spas ledan, mayth esa deu ven bras a'ga saf, ha'n veyn na a yll bos gwelys bys y'n jeth hedhyu, settys del vons gans poblow ankevys y'n dedhyow coth. Yth esa an lor ow splanna yn cref war an laun, hag ena y'n cres otta an vaghteth anfusyk, le may codhas hy, ledhys der own ha squythter. Saw ny wrug an syght a'y horf y na corf Hugo ow crowedha yn hy ogas drehevel an blew war ben an wesyon wyls ha crackya conna-ma. Skyla aga uth o an dra esa ow sevel a-ugh Hugo yn un squardya y vryansen, best dysawour, myl du, yn form kepar ha ky, saw brassa es ky vyth a welas lagas mab den bythqueth. Ha kepar del esens y ow myras, an best gans y dhyns a hakkyas y vryansen yn mes a gorf Hugo Baskerville, hag ena treylya y lagasow a flam ha'y jalla gosek orta. Y aga thry a scryjas rag ewn uth ha marghogeth rag sylwel aga honen, yn un uja whath dres an hal. Y leveryr onen a'n re na dhe verwel an very nos na dre reson a'n taclow a welas ef, ha nyns o an dheu erel ma's tus trogh bys deweth aga dedhyow.

"Henna, a vebyon, yu whethel devedhyans an ky, hag y leveryr an keth ky na dhe dormentya agan teylu bythqueth awosa. Mar qurug avy y settya war baper, hen yu dre reson nag yu an dra aswonys yn ta mar uthyk avel an dra desmygys ha hanter-godhvedhys. Ha ny yllyr denagha fatel vu lyes huny a'gan teylu ny anfusyk y'ga mernans, neb a vu sodyn, gosek ha lun a vystery. Bytegyns re wrellyn ny cafos goskes yn furneth Dew hag yn y dhader heb deweth, na vynsa punsya an ynocens bys vynary pella es an tressa po an peswora denythyans, kepar del yu an godros a'n Scryptour Sans. Yth esof vy worth agas comendya why dhe'n Furneth na a Dhew a vebyon, hag ow husul dheugh yu dhe refraynya dhyworth mos dres an hal yn termyn nos pan vo drehevys an powers a dhrog.

"[Hemma a vu scryfys gans Hugo Baskerville dhe Rojer ha dhe Jowan y vebyon ef, gans an arhadow na wrellens leverel tra vyth a'n taclow ma dhe Elyzabeth aga whor.]"

Pàn o oll an narracyon coynt-ma redys gans an Doctour Mortymer, ev a herdhyas y spectaclys in bàn wàr y dâl, ha meras dres an rom orth Mêster Sherlock Holmes. Holmes a wrug dianowy ha tôwel stock y cygaryk aberth i'n tan.

"Wèl?" yn medh ev.

"A ny brederowgh why y vos a les?"

"Dhe'n cuntellor a whedhlow coth."

An Doctour Mortymer a dednas in mes a'y bocket paper nowodhow plêgys.

"Lebmyn, a Vêster Holmes, ny a vydn ry dhywgh neppyth nebes moy adhewedhes. Hèm yw *Cronykyl Pow Densher*, an 14es a vis Me hevleny. Narracyon cot ywa a'n taclow dyscudhys adro dhe vernans Syr Charles Baskerville, a wharva nebes dedhyow kyns an jëdh-na."

Ow hothman a bosas in rag nebes hag yth o entent dhe redya wàr y fâss. Agan vysytyor a dhesedhas y spectaclys ha dallath:

"Syr Charles Baskerville, neb o campollys avell an ombrofyor Lybral rag Dewnens Cres i'n nessa dôwysyans kebmyn, a verwys yn sodyn agensow ha'y vernans a dhros tristans dhe oll an conteth. Kyn nag esa Syr Charles tregys in Hel Baskerville marnas termyn cot, caradôwder y natur ha'y larjes brâs a wrug dendyl kerensa ha revrons pubonen o va aswonys dhodhans. I'n dedhyow-ma yma lies den a'n *nouveaux riches* i'n pow hag ytho chaunj teg ywa cafos esel a deylu jentyl coth, saw codhys nebes dhe vohosogneth, neb a spêdyas dhe wil y fortyn y honen ha'y dhry tre arta ganso rag dasterevel glory tremenys y dasow. Kepar dell wor kenyver onen, Syr Charles a wrug meur a vona der aventuryans in Afryca Soth. Ev o furra es lies huny, a vo ow mos in rag erna wrella ros an fortyn trailya wàr aga fydn, rag ev a gùntellas y waynyansow warbarth ha dewheles dhe Bow an Sowson ha'y vona yn y bosessyon. Nyns esa ev tregys in Hel Baskerville marnas dyw vledhen, saw warlergh oll an comen cows, ev a'n jeva towlow brâs a dhasterevyans hag a wellheans, mès an re-na re beu goderrys lebmyn der y ancow. Dre rêson nag esa mab na myrgh vëth dhodho, ev o whansek, dell levery ev yn apert, may whrella oll an pow gwil prow a'y fortyn dâ hag ev whath ow pewa. Rag hedna lies huny a'n jevyth skyla personek rag lamentya y vernans dhyrag an termyn ewn. Y ûsadow o ry yn larych dhe jerytas an bluw ha'n conteth, ha'n royow-na re beu der-ivys i'n paper now-odhow-ma.

"Ny veu an cyrcum-stansow esa ow longya dhe vernans Syr Charles clerhës yn tien gans whythrans an cùrunor, saw dhe'n lyha lowr re beu gwrÿs dhe dhefendya dhe ves an whedhlow derevys dre fâlscrejyans pobel an pow. Nyns eus rêson vëth dhe soposya y vernans dhe dhos dre debel-wary, po dhe dhesmygy ev dhe verwel marnas dre vainys natùral yn udnyk. Gour gwedhow o Syr Charles ha den may halsa bos leverys adro dhodho fatell o va wàr nebes fordhow a vrës coynt lowr. Awos oll y rycheth brâs Syr Charles o sempel in y ûsadow personek, ha ny'n jeva ev avell servysy in y jy marnas udn copyl demedhys, Barrymore aga hanow. An gour o y votler ha'n wreg o y wethyades chy. Warlergh an dùstuny a rosons y dhe gort an cùrunor, ha scodhys yw gans an dùstuny rës gans lowr a'y gothmans, yêhes Syr Charles o nebes shyndys rag termyn kyns ès ev dhe verwel, ha dre lycklod nyns esa y golon ev in poynt dâ, rag y fedha lyw y fâss ow chaunjya, hag y to berr-anal warnodho hag ev a gefy shôrys tydn a dhyglon nervek. An Doctour Mortymer, cothman ha medhek an den marow, a ros dùstuny rag scodhya an opynyon-na.

"Gwiryoneth an câss yw sempel. Syr Charles Baskerville a'n jeva an ûsadow pùb gordhuwher kyns mos dh'y wely a gerdhes dres an rosva gerys dâ a wëdh ew dhyrag Hel Baskerville. Yma dùstuny Mêster ha Mêstres Barrymore ow tysqwedhes hebma dhe vos y ûsadow. An peswara dëdh a vis Me Syr Charles a dheclaryas y vos porposys dhe viajya dhe Loundres an nessa dëdh hag ev a erhys dhe Barrymore may whrella packya y seghyer. An nos-na ev êth in mes, kepar dell o ûsys, rag y gerdh gordhuwher, pàn wre va pùpprës megy cygar. Ny wrug ev dewhelys bythqweth. In prës hanter-nos Barrymore a gafas daras an hel egerys whath, hag a gemeras own. Ev a wrug anowy lantern ha mos rag whelas y vêster. An jëdh re bia glëb, hag êsy o sewya pryntys y dreys an rosva wàr nans. Yma yet hanter-fordh an ros-na wàr nans usy ow lêdya in mes dhe'n hal. Yth esa sînys i'n tyller-na y whrug Syr Charles sevel rag pols ena. Ena ev êth in rag wàr y fordh hag y feu y gorf dyscudhys orth an pedn pella a'n rosva.Udn dra na veu styrys yn ewn yw derivas Barrymore olow treys y vêster dhe jaunjya aga gnas dhia bàn wrug ev passya yet an hal, rag yth hevelly dhia an tyller-na in rag Syr Charles dhe gerdhes wàr vlcynow y dreys. Yth esa den henwys Mùrphy, gypson ha gwycor mergh, wàr an hal i'n termyn-na hag ogas lowr dhe'n Hel, saw warlergh y eryow y honen ev o medhow i'n tor'-na. Ev a lever dell glôwas ev criow, saw ny yll ev derivas yn sur pana gwartron esens y ow tos dhyworto. Ny veu kefys tôkyn vëth a dhyghtyans garow wàr gorf Syr Charles, ha kyn whrug dùstuny an medhek declarya an fâss dhe vos dyfelebys in maner angresadow—yth o an fâss mar uthyk cabmys na ylly an Doctour Mortymer cresy i'n dallath y gothman ha'y bacyent dhe vos a'y wroweth dhyragtho—y feu plît an fàss dhe styrya avell onen a sînys mernans dre rêson a fowt anal hag a sqwythter colon. Y feu an styryans-na scodhys der an whythrans wosa mernans, neb a dhysqwedhas cleves coth i'n golon. Rag hedna an dhewdhek den in cort an cùrunor a dheclaryas an mernans dhe acordya poran gans dùstuny an fysycyen. Dâ yw an mater dhe vos indelma, rag dell yllyr bos desmygys, res yw porres er Syr Charles dhe vos tregys i'n Hel ha pêsya gans an oberow dâ neb a veu goderrys in maner mar drist. Na ve breus an cùrunor dhe vos heb flows hag indella dhe dhefendya dhe ves oll an whedhlow romansek ow tùchya an mater, cales via martesen cafos den vëth a vynsa bos tregys in Hel Baskerville. Yth yw convedhys goos nessa an den marow dhe vos Mêster Henry Baskerville, mars usy ev whath ow pewa, hèn yw mab broder yoncca Syr Charles Baskerville. Pàn veu clôwys a'n den yonk an près dewetha, yth esa ev in Ameryca, hag yma an auctorytas worth y whelas rag may hallens y derivas dhodho adro dh'y fortyn dâ."

An Doctour Mortymer a dhasplêgyas y baper ha'y worra arta in y bocket. "An re-na yw an taclow aswonys gans an bobel, a Vêster Holmes, ow tùchya mernans Syr Charles Baskerville."

"Gromercy dhywgh," yn medh Sherlock Holmes, "rag why re dhros dhe'm attendyans câss usy owth apperya a les. Me a redyas i'n paperyow nowodhow nebes artyklys adro dhodho, pàn verwys Syr Charles, saw me o mar vysy gans an mater bian-na a gamêos an Vatycan, ha drefen me dhe vos whansek a wil servys dhe'n Pab, ny wrug avy sewya yn kewar nebes maters a les esa ow tos dhe'n golow in Pow an Sowson. Esowgh why ow leverel bos pùptra aswonys adro dhe'n câss i'n artykyl-na?"

"Esof."

"Rewgh dhybm ytho an taclow pryveth." Ev a bosas wàr dhelergh in y jair, gorra y vesias warbarth, ha'y fàss a veu mar dhyvuf avell tremyn jùj wàr y vynk.

"Mar teuma ha gwil indella," yn medh an Doctour Mortymer, esa ow tallath dysqwedhes an tôknys a emôcyons crev, "me a vydn derivas dhywgh taclow na drestys vy dhe gen den vëth. Me a's sensys dhyworth cort an cùrunor, rag res yw dhe dhen a sciens omwetha rag apperya dhyrag an bës avell nebonen usy ow scodhya fàls-crejyans an bobel. Ha pella, a pe tra vëth gwrës rag encressya

drog-hanow Hel Baskerville, kepar dell lever an paper nowodhow,
an tyller a vynsa gortos heb den vëth dhe drega ino. Rag an dhew
skyla-na me a gresy y fedha gwell dhybm refrainya dhyworth
derivas kenyver tra usy aswonys dhybm, rag ny ylly dâ vëth dos
dhyowrto, saw genowgh why nyns eus rêson vëth na vien opyn yn
tien.

"Nyns eus ma's bohes tus tregys wàr an hal, ha'n re-na a vo
tregys ogas an eyl dh'y gela a vêdh ow metya yn fenowgh. Rag

21

hedna me a welas meur a Syr Charles Baskerville. Nyns eus den vëth deskys dâ tregys ogas dhe Hel Baskerville, marnas Mêster Frankland, a Hel Lafter ha Mêster Stapleton, an biologyth. Den methek cosel o Syr Charles, saw y gleves a'gan dros ny oll warbarth, ha ny a remainyas ogas an eyl dh'y gela dre rêson a'gan les in sciens. Syr Charles a dhros tre ganso meur a skians dhia Afryca Soth, ha ny a bassyas lies gordhuwher plesont ow tebâtya adro dhe anatomy comparek an Bùshman ha'n Hottentot.

"Dres an mîsyow dewetha-ma y feu dhe voy apert dhybm fatell o system nervek Syr Charles compressys yn frâs hag ogas trogh. Ev a gresy an whedhel coth-na, a wrug avy redya dhywgh, gans oll y golon—ha dre rêson a hedna, kyn whre va kerdhes wàr y dhor y honen, ny alsa tra vëth y lêdya dhe gerdhes in mes prës nos wàr an hal. Kyn fo va aneth dhywgh why, a Vêster Holmes, ev o certan bos destnans uthyk cregys a-ugh y deylu, ha rag leverel an gwiryoneth an istory a'y hendasow a wre scodhya an vreus trist-na. Ev o troblys pùb termyn gans an tybyans a neb udn presens ùnkynda, hag ev a wovydnas orthyf moy ès unweyth a wrug vy bythqweth, ha me ow vysytya clevyon i'n nos, gweles best coynt vëth pò clôwes ky owth ùllya. Ev a wovydnas orthyf an dra dhewetha moy ès unweyth, hag yth esa y lev kenyver termyn ow trembla gans amovyans.

"Yth esoma ow perthy cov fatell wrug avy drîvya in bàn dh'y jy gordhuwher teyr seythen dhyrag y vernans. Dell wharva, yth esa ev orth daras y bortal. Me a skydnyas dhywar ow haryach, hag yth esen ow sevel dhyragtho, pàn welys y lagasow fastya aga honen wàr neppyth dres ow scoodh ha meras stark orto wàr ow lergh. Yth o euth grysyl dhe redya wàr y fâss. Me a drailyas adro heb let ha gweles neppyth, a hevelly dhybm bos leugh brâs du ow passya orth pedn an rosva. Ev a veu mar amovys ha'y own o mar vrâs, may feu res dhybm mos dhe'n dor dhe'n tyller mayth esa an best, ha meras adro rag y whelas. Gyllys o bytegyns, saw an wharvos a apperyas dhe wil mêstry uthyk wàr y vrës. Me a wortas ganso oll an gordhuwher, hag i'n termyn-na rag styrya dhybm an emôcyons dysqwedhys ganso, ev a ros dhybm dornscrif an narracyon a redys vy dhywgh, pàn wrug vy entra obma i'n dallath. Yth esoma ow campolla an wharvos bian-ma, rag yth hevel dhybm y vos bern dhybm, awos an dra drist a hapnyas awosa. Saw an termyn may wharva an dra me a gresy na wre styrya nameur, ha dre rêson a hedna nag o fùndacyon vëth gans y fienasow.

"Me a gùssulyas dhe Syr Charles mos straft dhe Loundres. Me a wodhya y golon dhe vos in drog-stât, hag apert o dhybm an preder heb cessya esa ev ow pewa ino, kyn fe y anken heb fùndacyon vëth, dhe vyshevya y yêhes. Mar teffa ev ha passya nebes mîsyow in solas plesont an jîff-cyta, me a gresy y whre va dewheles dhe Bow Densher avell den nowyth. Mêster Stapleton, cothman dhodho ev ha dhybmo vy, o prederus adro dhe yêhes Syr Charles, hag ev o kescolon genama adro dhe'n mater. Saw i'n vynysen dhewetha y wharva an drog-labm uthyk-ma.

"An nos may feu marow Syr Charles, an botler, Barrymore, neb a dhyscudhas an corf, a dhanvonas Perkyns, gwas an stâbel, wàr geyn margh dhe'm kerhes. Ha dre rêson nag en vy gyllys dhe'm gwely, kynth o holergh an prës, me a ylly drehedhes Hel Baskerville le ès our wosa an dra dhe wharvos. Me a jeckyas ha surhe oll an taclow a veu campollys in derivas an cùrunor. Me a sewyas pryntys an treys rosva an gwëdh ew wàr nans, me a welas an tyller orth yet an hal, may whrug Syr Charles gortos, dell hevelly. Me a nôtyas fatell wrug an pryntys chaunjya aga form warlergh an poynt-na. Me a verkyas nag esa sin vëth a gen treys in tyller vëth, marnas merkys treys Barrymore wàr an wrowynek vedhel. Ha wàr an dyweth me a whythras an corf gans meur rach, na veu tùchys erna dheuth vy ow honen. Yth esa Syr Charles ow crowedha wàr y fâss, y dhywvregh istynys in mes, y vesias herdhys aberth i'n dor. Y dremyn o mar uthyk cabmys na yllyn bos certan an corf dhe vos y gorf ev. Nyns esa goly pò myshyf vëth gwrës dhe'n corf. Saw Barrymore a ros fâls-derivas dhe'n cùrunor in udn mater yn udnyk. Ev a leverys nag esa ol a dra vëth wàr an dor adro dhe'n corf. Ny wclas ev ol vëth. Saw me a welas olow—neb pellder dhyworto, saw fresk ha hewel."

"Olow treys?"

"Olow treys."

"Treys den pò treys benyn?"

An Doctour Mortymer a veras orthyn tecken, coynt y dremyn, y lev a skydnyas dhe whystrans ogasty hag ev a worthebys:

"A Vêster Holmes, an olow êns y a dreys ky uthyk brâs!"

CHAPTRA III

An Problem

Me a'n avow, pàn glôwys vy an geryow-na, me a grenas yn crev. Yth esa lev an medhek ow trembla pàn y's côwsas, tra a dhysqwedhas ev dhe vos amovys yn frâs. Holmes a bosas in rag, yn hewol, hag yth esa in y lagasow an glyttrans sëgh ha cales-na a vëdh inhans pàn vo sordys y whans a wodhvos.

"A welsowgh why hebma?"

"Mar gler dell esoma worth agas gweles why lebmyn."

"Prag na wrussowgh why leverel tra vëth?"

"Pana vrow a via hedna?"

"Fatla wharva na wrug den vëth aral y weles?"

"Yth esa an pryntys neb ugans lath dhyworth an corf, ha ny wrug den vëth predery anodhans. Me a sopos na vynsen ow honen predery anodhans, na ve an whedhel coth dhe vos aswonys dhybm."

"A nyns eus lies ky davas wàr an hal?"

"Nyns o an ky-ma kepar ha ky davas."

"Esowgh why ow leverel y vos brâs?"

"Hûjes o va."

"Saw ny wrug an ky dos nes dhe'n corf."

"Na wrug."

"Pana sort a nos o hy?"

"Glëb ha gwynsak."

"Saw nyns esa ow qwil glaw."

"Nag esa."

"Fatl'yw an rosva?"

"Yma dyw lînen a ge ew, dewdhek trosva in uhelder, na yllyr dos dredho. An rosva in cres an dhew ge yw adro dhe eth trosva alês.

"Eus tra vëth inter an keow ha'n rosva?"

"Eus. Yma lysten a wels adro dhe whegh trosva alês a bùb tu."

"Ywa gwir bos aswy i'n ke in udn tyller le may ma yet?"

"Yw, an yet usy darasyk ino. Yma va ow lêdya in mes dhe'n hal."

"Eus aswy vëth aral i'n ke?"

"Nag eus."

"Ytho rag drehedhes rosva an gwëdh ew res yw dhe nebonen dos wàr nans dhyworth an chy poken entra inhy dre yet an hal?"

"Yma fordh in mes dre jy an hâv orth an pedn pella."

"A wrug Syr Charles drehedhes chy an hâv?"

"Na wrug. Yth esa ev ow crowedha adro dhe hanter-cans lath dhyworto."

"Now, leverowgh dhybm, a Dhoctour Mortymer—ha mater poos yw hebma—an olow a welsowgh why, esens y wàr an trûlergh adar wàr an gwels?"

"Ny ylly ol vëth bos gwelys wàr an gwels."

"Esens y wàr an keth tenewen a'n trûlergh avell yet an hal?"

"Esens. Yth esens wàr amal an trûlergh wàr denewen yet an hal."

"Hèn yw a'n les brâssa. Poynt aral. O degës an yet?"

"Degës o hag alwhedhys o an floren crog warnodho."

"Pana uhelder o an yet?"

"Adro dhe beder trosva."

"Rag hedna a ny alsa nebonen dos dresto?"

"Galsa."

"Ha pana verkys erel a wrussowgh why gweles ryb an yet?"

"Ny welys merk specyal vëth."

"Re Dhuw a'm ros! A ny wrug den vëth examnya?"

"Gwrug. Me ow honen a examnyas."

"A ny wrussowgh why cafos tra vëth?"

"Pùptra o kemyskys. Apert yw fatell wrug Syr Charles sevel ena pymp pò deg mynysen."

"Fatl'yllowgh why godhvos hedna?"

"Dre rêson an lusow dhe godha dywweyth dhywar y cygar."

"Dâ dres ehen. Hèm yw kescoweth, a Watson, herwyth agan whansow agan honen. Saw an merkys?"

"Ev a asas y olow y honen pùb le wàr an splat bian a rabmen. Ny welys vy merkys erel."

Sherlock Holmes a weskys y dhorn warbydn y lin, cot y berthyans.

"Ellas na veuma ena!" ev a grias. "Apert yw an câss-ma dhe vos a les specyal, ha câss usy ow presentya meur a jauns dhe'n arbenegor sciensek. An splat-na a rabmen, le may halsen redya kebmys, re beu mostys ha nammys lebmyn nansy yw termyn hir der an glaw ha der eskyjyow a diogow frigus. Ogh, a Dhoctour Mortymer, a Dhoctour Mortymer. Prag na wrussowgh why ow gelwel kyns? Ass owgh why cablus!"

"Ny alsen agas gelwel, a Vêster Holmes, heb dyscudha an taclow-ma dhe'n bës, ha me re ros dhywgh solabrës prag na vydnen gwil indella. Ha pella, pella—"

"Prag yth esowgh why ow hockya?"

"Yma gwlascor ma na amownt helerghyas vëth, kyn fo dhodho experyens hir."

"Esowgh why ow mênya an dra gornatùral?"

"Ny wrug avy leverel hedna poran."

"Na wrussowgh, saw yth hevel why dhe gresy inhy."

"Dhia bàn wharva an drog-labm, a Vêster Holmes, me re glôwas a nebes taclow, ha nyns yw êsy aga acordya gans ordyr desedhys an Bës Natùral."

"Rag ensampyl?"

"Kyns ès an euth-ma dhe wharvos, me a wor y whrug pobel gweles wàr an hal best usy owth acordya gans jevan teylu Baskerville, ha na yll hedna bos best vëth aswonys dhe sciens. Y oll o unver ev dhe vos best uthyk brâs, golow, uthyk ha kepar ha spyrys. Me re grows-examnyas oll an dus-ma. Onen a veu den a'n pow, cales y bedn, onen a veu gov ha'n tressa a veu tiak wàr an hallow. Hag y oll a dherivas an keth whedhel dhybm ow tùchya an tarosvan uthyk-ma, best usy ow cortheby yn perfeth dhe gy iffarnak an whedhel coth. Ow ger dhywgh, yma euth ow rainya in colon pobel an còstys-na, ha scant nyns eus den a'n jeffa an coraj dhe dravalya dres an hal in termyn nos."

"Ha why, den deskys in sciens, esowgh why ow cresy an best dhe vos gornatùral?"

"Ny worama pandra godhvia dhybm cresy."

Holmes a dherevys y dhywscoth. "Bys i'n eur-ma ny wrug avy whythra marnas taclow a'n bës-ma," yn medh ev. "Wàr ow fordh uvel ow honen, me re werryas warbydn an drog, saw ry chalynj dhe Das an Drog y honen, a via, martesen, ober re vrâs dhybm. Saw why a res avowa an olow treys dhe vos a'n bës-ma"

"Yth o ky a'n bës-ma ky an whedhel gwredhek hag ev a ylly tedna briansen den in mes, saw ev o dyowlak kefrës."

"Me a wel agas bos why ow scodhya tus an gornatur yn tien. Saw lebmyn, a Dhoctour Mortymer, leverowgh dhybm hebma. Mars esowgh why ow predery taclow a'n par-na, prag y whrussowgh why unweyth dos dhe omgùssulya genef? I'n kettermyn may leverowgh why nag yw prow vëth whythra mernans Syr Charles, yth esowgh why ow whansa me dh'y assaya."

"Ny leverys vy me dhe whansa why dh'y wil."

"Ytho in pana vaner a allama agas gweres why?"

"Why a yll gwil gweres, mar tewgh why ha leverel pandra gotha dhybm gwil gans Syr Henry Baskerville, a vëdh ow trehedhes Gorsaf Waterloo"—an Doctour Mortymer a veras orth y euryor— "kyns pedn udn eur ha hanter poran."

"Ev yw an er, a nyns ywa?"

"Yw. Pàn veu marow Syr Charles ny a wrug whelas an den jentyl yonk-ma, hag a dhyscudhas ev dhe vos ow conys tir in Canada. Herwyth pùb derivas a dheuth dhyn, ev yw pollat bryntyn in kenyver fordh. Nyns esoma ow côwsel lebmyn avell medhek, saw avell fydhyador hag asectour a gebmyn Syr Charles."

"Me a sopos nag eus golednor vëth aral."

"Nag eus. Ny yllyn sewya olow goos nessa vëth aral marnas Rojer Baskerville, an den yonca a'n try broder, o Syr Charles truan an den cotha intredhans. An secùnd broder a verwys yn yonk hag ev o tas an maw-ma, Henry. An tressa broder, Rojer, o losel-was an teylu. Ev a erytas natur coth gwyls teylu Baskerville. Ymowns y ow leverel ev dhe vos an very hevelep a'n pyctour a's teves an teylu a Hûgo coth. Dell hevel, Rojer a wrug Pow an Sowson re beryllys ragtho y honen ha fia dhe Ameryca Cres. Ev a veu marow ena a'n fevyr melen i'n vledhen 1876. Henry yw an den dewetha a deylu Baskerville. Kyns pedn eur ha pymp mynysen me a vydn metya ganso in Gorsaf Waterloo. Me a gafas pellscriven dhyworto ev dhe dhrehedhes Southampton myttyn hedhyw. Lebmyn, a Vêster Holmes, pëth yw an gùssul wella in y gever?"

"Prag na yll ev mos dhe jy y hendasow?"

"Yma va owth apperya natùral, a nyns usy? Saw, gwrewgh perthy cov pùb Baskerville neb êth dy dhe verwel yn sodyn dre dhrog-labm. Me yw sur, mar teffa Syr Charles ha côwsel orthyf vy dhyrag y vernans, ev a wrussa cùssulya warbydn dry an esel dewetha a'n teylu coth, er dell ywa a rycheth brâs, dhe'n tyller mortal-na. Ny yllyr denaha bytegyns fatell usy prosperyta an pow lobm bohosak ow cregy wàr y bresens in Hel Baskerville. Syr Charles a wrug lowr a ober dà, saw oll an ober-na a wra codha dhe'n dor, mar ny vëdh den vëth tregys i'n Hel. Own a'm beus me dhe vos movys re der ow les ow honen i'n mater. Rag hedna yth esoma ow try an câss dhyragowgh rag pesy agas cùssul."

Holmes a wrug predery pols.

"Wàr verr lavarow, an mater yw indelma," yn medh ev. "Warlergh agas tybyans why yma neb main dyowlak owth obery rag gwil Dartmoor peryllys avell trigva dhe esel a deylu Baskerville—yw hedna agas tybyans why?"

"Dhe'n lyha me a yll leverel fatell eus nebes dùstuny an câss dhe vos indella."

"Yn sur. Saw, a pe kewar agas damcanieth adro dhe neb power kevrînek, an power-na alsa myshevya an den yonk in Loundres mar êsy avell in Pow Densher. Dyowl heb gallos marnas in y le y honen, kepar ha consel pluw, a via re a aneth."

"Scaffa yw agas cows, a Vêster Holmes, ès dell via martesen, a pe res dhywgh mellya gans an taclow-ma agas honen. Agas cùssul ytho yw, kepar dell esoma worth y ùnderstondya, y fedha an den yonk mar salow in Pow Densher avell in Loundres. Ev a vëdh obma kyns pedn hanter-cans mynysen. Pandr'yw agas cùssul?"

"Yth esoma ow comendya, a syra, why dhe gemeres càb, gwil dh'agas spanyol dhe cessya, rag yma va ow cravas ow daras arag, hag ena mos dystowgh dhe Waterloo rag metya gans Syr Henry Baskerville."

"Ha wosa hedna."

"Hag ena ny wrewgh why leverel tra vëth dhodho, erna vo ow thowl determys genef adro dhe'n mater."

"Ha pes termyn a wra passya erna vo hedna determys genowgh?"

"Dew our warn ugans. Deg eur avorow, a Dhoctour Mortymer, me a vëdh plêsys mar qwrewgh why ow vysytya obma, ha gweres vëdh dhybm i'm towlow, mar tewgh why ha dry Syr Henry genowgh."

"Me a vydn gwil indella, a Vêster Holmes." Ev a screfas an appoyntyans wàr ragvrehel y gris hag a fystenas in kerdh in y fordh goynt, dygof, pell y vrës. Holmes a wrug dhodho sevel orth top an stairys.

"Udn qwestyon moy, a Dhoctour Mortymer. Why a lever fatell welas lowr a bobel an vesyon-ma wàr an hal."

"Try den a'n gwelas."

"A wrug den vëth y weles awosa?"

"Ny glôwys vy den vëth dh'y weles."

"Gromercy dhywgh. Myttyn dâ dhywgh."

Holmes a dhewhelys dh'y esedhva, hag yth esa y fâss ow tysqwedhes yth esa ober plesont dhyragtho.

"Esta ow mos in mes, a Watson?"

"Esof, mar ny allama gwil gweres dhis."

"Na yllowgh, a goweth dâ. Me a vëdh ow pesy dha weres i'n termyn a wythres. Saw hèm yw chauns spladn, na veu y bar bythqweth. Pàn ves ow passya shoppa Bradley, a vynses y besy dhe dhanvon in bàn obma puns a'y dobackô lows creffa? Gromercy dhis. Dâ via dhybm, mar teffes ha remainya mes a jy bys gordhuwher. Ena me a garsa comparya genes tybyansow adro dhe'n problem-ma, meur y les, a wrussyn ny cafos myttyn hedhyw."

Me a wodhya yn tâ fatell o res dhe Holmes remainya y honen oll ha dygoweth i'n ourys-na a ober empydnyon, may whre va posa pùb part a'n dùstuny, derevel dyffrans damcaniethow, kesposa an eyl warbydn y gela, ha determya pana boyntys o a bris, ha pana daclow nag esa ow longya dhe'n câss. Rag hedna me a spênas oll an jëdh i'm clùb, ha ny dhewhelys vy dhe Strêt Baker bys gordhuwher. Namnag o naw eur pàn wrug avy entra i'n rom esedha arta.

Ow thybyans kensa, pàn wrug vy egery an daras, a veu an rom dhe vos gans tan, rag yth o an tyller mar leun a vog, mayth o dyscler ino golow an lugarn wàr an bord. Pàn wrug vy dos aberth i'n rom, bytegyns, ow dowtys a veu sewajys, rag yth esa an mog ow tos dhyworth tobackô garow crev, ha hedna a'm sêsyas er an vriansen ha gwil dhybm passa. Me a welas der an nywl Holmes in y won chambour, ev gyllys in gron in chair brehek ha'y bib a bry du inter y wessyow. Yth esa nebes rolyow a baper a'ga groweth adro dhodho.

"Esta anwesys, a Watson?" yn medh ev.

"Nag ov. Yma an airgelgh venymys-ma ow qwil dhybm passa."

"Me a sopos y vos nebes tew, pàn esta ow campolla an dra."

"Tew! Anwodhaf ywa."

"Gwra egery an fenestry dhana! Me a wel, fatell esta i'th clùb oll an jorna."

"Holmes wheg!"

"Usy an gwir genef?"

"Usy yn certan. Fatla yllys desmygy?"

Ev a welas an sowthan wàr ow fâss, hag ev a wharthas. "Yth esta owth omdhysqwedhys fresk ha teg, a Watson. Hag yma hedna ow ry dhybm an chauns a ûsya ow gallos gwadn wàr dha bydn. Yma den jentyl ow mos alês dëdh glëb ha lisak. Yma va ow dewheles gordhuwher heb spot vëth warnodho, ha'y hot ha'y eskyjyow whath ow spladna. Cler yw na wrug ev gasa an tyller mayth esa ev oll an jorna. Nyns ywa den a'n jeves cothmans ogas. Ple hylly ev bos dhana? A nyns ywa apert?"

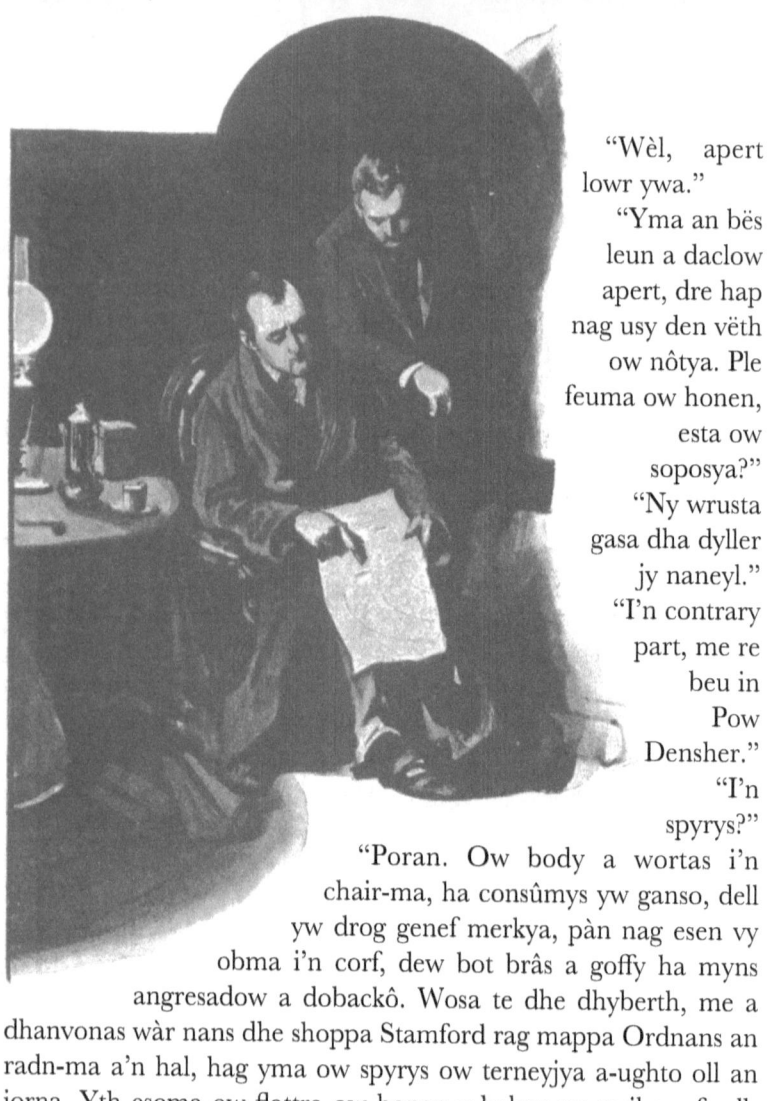

"Wèl, apert lowr ywa."

"Yma an bës leun a daclow apert, dre hap nag usy den vëth ow nôtya. Ple feuma ow honen, esta ow soposya?"

"Ny wrusta gasa dha dyller jy naneyl."

"I'n contrary part, me re beu in Pow Densher."

"I'n spyrys?"

"Poran. Ow body a wortas i'n chair-ma, ha consûmys yw ganso, dell yw drog genef merkya, pàn nag esen vy obma i'n corf, dew bot brâs a goffy ha myns angresadow a dobackô. Wosa te dhe dhyberth, me a dhanvonas wàr nans dhe shoppa Stamford rag mappa Ordnans an radn-ma a'n hal, hag yma ow spyrys ow terneyjya a-ughto oll an jorna. Yth esoma ow flattra ow honen y halsen vy gwil ow fordh adro wàr an hal."

"Mappa gradhva vrâs, me a sopos?"

"Gradhva pòr vrâs."

Ev a egoras in mes udn part a'n mappa ha'y sensy dres dhewlin. "Otobma an tireth usy a les dhyn ny. Hèn yw Hel Baskerville in y gres."

"Hag yma cosow adro dhodho, a nyns eus?"

"Poran. Yth esoma ow soposya rosva an gwëdh ew, kyn nag yw hy merkys in dàn an hanow-na, dhe istyna an lînen-ma ahës. Yma an hal, dell welta, adhyhow dhedhy. An cùntellyans bian a dreven obma yw pendra Grympen, le may ma y vedhegva dh'agan cothman, an Doctour Mortymer. Nyns eus marnas nebes treven scùllys alês, ajy dhe bymp mildir adro dhe'n Hel. Yma Hel Lafter obma, neb yw campollys i'n narracyon. Yma chy merkys obma, ha hèn yw trigva an naturegor, Stapleton o y hanow, mars esoma ow remember yn ewn. Otta dew jy tiak wàr an hal—Tor Uhel ha Foulmire. Hag ena peswardhek mildir alena yma pryson brâs Princetown. Inter an tyleryow scùllys-ma hag adro dhedhans yma owth istyna an hal, lobm ha dyvêwnans. Hebma ytho yw an waryva may feu gwarys an trajedy, ha govenek a'm beus y hyllyn ny gweres worth y wary arta."

"Res yw dhodho bos tyller gwyls."

"Yw, tyller wordhy yw dhe'n taclow a wharva ino. Mars yw an Jowl whensys dhe vellya gans mater a vab den—"

"Yth esta dha honen owth inclynya dhana dhe'n styryans gornatùral."

"Canasow an Jowl a yll bos gwrës a gig hag a woos, a ny yllons? Yma dew gwestyon worth agan gortos dhywar an dallath. An kensa: a veu drog-ober vëth gwrës wàr neb cor? An secùnd: pandra veu an drog-ober ha fatla veu va comyttys? Heb mar, mar pëdh desmygyans an Doctour Mortymer prevys dhe vos gwir, ha mars eson ny ytho ow têlya gans powers avês dhe lahys kebmyn an Natur, otta dyweth agan whythrans. Saw res yw dhyn examnya yn tien oll an desmygyansow erel kyns dêwys an dhamcanieth-ma. Ny a wra degea an fenester arta, mars owgh why parys dh'y wil. Tra goynt ywa, saw me a gav airgelgh poos dhe weres ow qwil prederow poos. Heb mar ny wrug avy folya an tybyans-na mar bell dhe entra in box rag predery, saw hedna a via an sewyans rêsonus a'm crejyans. A wrusta jy determya tra vëth adro dhe'n câss?"

"Gwrug. Me a wrug predery lowr adro dhodho dres an jëdh."

"Pandr'esta ow tyby a'n mater?"

"Ancombrynsy brâs ywa."

"Mater dybarow ywa in gwir. Yma taclow ow longya dhodho nag yw kepar ha câssys erel. An chaunj-na i'n olow treys rag ensampyl. Pandr'esta ow predery ow tùchya hedna?"

"Mortymer a leverys an den dhe gerdhes wàr vleynow y dreys an part-na a'n rosva wàr nans."

"Nyns esa va ma's ow tasleverel neppyth a glôwas ev dhyworth fol in cort an cùrunor. Prag y fynsa nebonen kerdhes an rosva wàr nans wàr vleynow y dreys?"

"Pandra ytho?"

"Ow ponya yth esa, a Watson—ow ponya rag y vêwnans, ow ponya erna wrug tardha y golon—hag ev a godhas flat wàr y fâss."

"Pandr'esa ev ow ponya dhyworto?"

"Ot agan problem ny. Saw yma sînys fatell veu an den muskegys rag ewn euth, kyns ès ev dhe dhallath ponya."

"Fatl'ylta jy leverel hedna?"

"Yth esoma ow soposya fatell dheuth skyla y euth dres an hal. Mars yw hedna gwir, hag yth hevel bos gwirhaval, ny vynsa den vëth ponya dhyworth an chy adar tro ha'n chy, marnas hedna a ve muskegys der euth. Mars yw gwir dùstuny an jypson, ev a bonyas in udn gria in mes rag gweres tro ha'n tyller nag o lyckly gweres dhe dhos dhyworto. Hag arta, pyw esa va ow cortos an nos-na, ha prag yth esa ev orth y wortos in rosva an gwëdh ew adar in y jy y honen?"

"Yth esta ow soposya ev dhe vos ow cortos nebonen?"

"An den o cothwas anyagh. Ny a alsa convedhes ev dhe vos in mes ow kerdhes, saw glëb o an dor hag anwhek o an awel. Ywa natùral ev dhe sevel dres pymp pò deg mynysen, kepar dell dhetermyas an Doctour Mortymer dhyworth lusow y cygar, gans moy a furneth ès dell vynsen vy ascrefa dhodho?"

"Saw ev a ûsyas mos in mes pùb gordhuwher."

"Me a grës nag o gwirhaval ev dhe wortos ryb yet an hal kenyver gordhuwher. I'n contrary part, yma an dùstuny ow tysqwedhes fatell wre va goheles an hal. Ev a wrug gortos ena an nos-na. Hedna a veu an nos kyns ès ev dhe dhyberth dhe Loundres. Yma an mater ow kemeres shâp, a Watson. Yma taclow ow codha aberth i'ga thyller. Istyn dhybm ow crowd, dell y'm kyrry, ha ny vydnyn ny predery namoy adro dhe'n maters-ma erna wrellen ny cafos an prow a vetya gans an Doctour Mortymer ha Syr Henry Baskerville myttyn avorow."

CHAPTRA IV

Syr Henry Baskerville

Taclow an haunsel a veu kemerys yn avarr dhywar agan bord, ha Holmes a wortas, gon chambour adro dhodho, an metyans promyssys. Agan cliens a dheuth adermyn, rag an clock a weskys deg eur poran pàn omdhysqwedhas an Doctour Mortymer ha'n barnet yonk wàr y lergh. An barnet o den bian, strîk, tewl y lagasow, adro dhe dheg wàrn ugans bloodh. Tew du o y abransow hag ev a'n jeva corf pòr stordy ha fàss cavylek crev. Ev ow gwyskys in sewt a vrethyn rudhyk, hag a hevelly bos kepar ha den a spênas an radn vrâssa a'y dedhyow in dàn ebron, saw yth esa neppyth in y lagas fast hag in y vêstry warnodho y honen a levery y vos den jentyl.

"Hèm yw Syr Henry Baskerville," yn medh an Doctour Mortymer.

"Dar, heb mar," yn medh Syr Henry, "ha tra pòr goynt, a Vêster Sherlock Holmes, yw hebma: na ve ow hothman obma dhe gomendya dos dh'agas vysytya myttyn hedhyw, me a vynsa dos ow honen. Yth esoma ow clôwes why dhe assoylya desmygyow bian, ha me re gafas onen anodhans hedhyw. Yma otham a voy prederow ès dell allama ry dhodho."

"Syr Henry, esedhowgh, me a'gas pës. Esoma ow convedhes why dhe gafos an experyens marthys-ma abàn wrussowgh why drehedhes Loundres?"

"Nyns ywa ma's trufyl, a Vêster Holmes. Tra vëth ma's ges, dre lycklod. An dra yw an lyther-ma, mar kyller y elwel lyther, a dheuth dhybm myttyn hedhyw."

"Ev a settyas mayler wàr an bord, ha ny oll a bosas a-ughto. Yth o an mailyer an ehen gebmyn, losyk y lyw. Yth o an drigva, "Syr Henry Baskerville, Ostel Northùmberlond," pryntys in lytherow garow warnodho. "Charing Cross" o an postverk hag y feu an mailyer gorrys i'n post an gordhuwher tremenys.

"Pyw a wodhya y fedhowgh why ow cortos in Ostel Northùmberlond?" Holmes a wovydnas, ow meras yn sherp orth agan vysytyor.

"Ny wodhya den vëth. Ny wrussyn ny determya erna wrug vy metya gans an Doctour Mortymer."

"Saw heb mar yth esa an Doctour Mortymer y honen ow cortos ena solabrës?"

"Nag esen. Me a wortas in chy cothman," yn medh an medhek.

"Nyns esa tôkyn in neb le yth en ny porposys dhe vos dhe'n ostelna."

"Hùm! Yth hevel bos agas gwayow a les brâs dhe nebonen." Holmes a gemeras in mes a'n mailyer hanter-folen a baper cappa fol plêgys in peswar. Ev a's egoras ha'y spredya in mes wàr an bord. Y feu udn lavar gwrës in hy cres gans geryow pryntys hag y glusys warnedhy. An lavar o kepar dell sew: "mars yw agas bêwnans pò agas rêson precyùs dhywgh, gwrewgh gwetha agas honen dhyworth an hal." An ger "hal" yn udnyk o screfys in ink in lytherednow dygelmys.

"Lebmyn," yn medh Syr Henry Baskerville, "martesen why a vydn leverel dhybm, a Vêster Holmes, pandr'usy hedna ow styrya in hanow an jowl, ha pyw usy ow negys vy a gebmys les dhodho?"

"Pandr'esowgh why ow predery adro dhodho, a Dhoctour Mortymer? Wàr neb cor, a nyns yw res dhywgh avowa nag eus tra vëth gornatùral in hebma?"

"Nag eus, a syra, saw yma va martesen ow tos dhyworth nebonen usy ow cresy an

negys
dhe vos gornatùral."

"Pana negys?" Syr Henry
a wovydnas yn shert. "Yth
hevel dhybm why tus jentyl dhe
wodhvos lowr moy agesof vy adro
dhe'm negyssyow ow honen."

"Why a wra godhvos kenyver tra a
woryn ny kyns ès gasa an rom-ma, a Syr
Henry. Hèn yw ow fromys dhywgh," yn medh
Sherlock Holmes. "Ny a vydn lymytya agan honen, der
agas cubmyas why, i'n tor'-ma dhe'n scriven-ma, meur hy les.
Res yw fatell veu hy gorrys warbarth ha postys newher. Usy *An
Times* a'n jëdh de genowgh, a Watson?"

"Otta va i'n gornel."

"A alsewgh why y istyna dhybm—an folen wàr jy, mar pleg, gans
artyklys an penscrefor?" Ev a veras orto yn scav, ow qwil dh'y
lagasow ponya an colovednow wàr nans hag in bàn. "Artykyl dâ

dres ehen yw hebma ow tùcha kenwerth frank. Gesowgh vy dhe ry
dhywgh darn in mes anodho.

Ow tùchya agas kenwerth arbednek pò agas dywysygneth agas
honen, mars esowgh why ow tyby hedna dhe vos nerthhës dre
dhyfendollow, gwrewgh consydra nag yw lahys a'n par-na
herwyth rêson; i'n contrary part na wrowns y ma's shyndya agas
bêwnans dhywgh ha'gas prosperyta precyùs, ha heb dowt vëth y
a wra gwetha rycheth dhyworth an enys-ma.

"Pandr'esowgh why ow predery adro dhe hedna, a Watson,"
Holmes a grias gans joy, in udn rùttya y dhewla warbarth yn
contenttys. "A nyns esowgh why ow predery hedna dhe vos tybyans
bryntyn?"

An Doctour Mortymer a veras orth Holmes ha les galwansek dhe
redya wàr y fâss. Syr Henry Bakserville a drailyas y lagasow orthyf
vy, ha qwestyon brâs inhans."

"Ny worama nameur adro dhe dhyfendollow ha taclow a'n par-
na," yn medh ev, "saw yth hevel dhybm ny dhe wandra nebes
dhywar an fordh ewn ow tùchya an nôten-na."

"I'n contrary part, me a grês ny dhe vos wàr an trûlergh tobm,
Syr Henry. Watson obma a wor meur moy adro dhe'm gîsyow
agesowgh why, saw yth esof vy ow kemeres own na wrug ev
convedhes styr an lavar-ma."

"Na wrug, res yw dhybm avowa na welaf colm vëth."

"Saw, a Watson wheg, yma colm mar ogas intredhans may feu an
eyl tednys in mes a'y gela. 'Mars yw,' 'agas', 'agas', 'bêwnans',
'gwrewgh', 'gwetha dhyworth an.' A ny welowgh why lebmyn ple
feu kefys an geryow-ma?"

"Re'n jowl, why a lever gwir! Wèl, a nyns ywa skentyl!" Syr
Henry a grias.

"In gwir, a Vêster Holmes, yma hedna ow fetha tra vëth a alsen
vy desmygy," yn medh an Doctour Mortymer, hag ev ow meras
orth ow hothman gans sowthan brâs. "Me a alsa convedhes
nebonen dhe leverel an geryow dhe dhos in mes a baper
nowodhow; saw why re gampollas an paper ha determya y dhe
dhos dhyworth artykyl an penscrefor. Hèn yw onen an taclow
moyha marthys a welys vy bythqweth. Fatla wrussowgh why y wil?"

"Yth esoma ow soposya y halsowgh why determya inter crogen pedn Afrycan ha crogen pedn Eskimô?"

"Yn certan."

"Saw fatla?"

"Saw hèn yw ow les specyal. Apert yw an dyffransow. Elyn an fâss, an grîben a-ugh an lagasow, stubm an challa, an—"

"Saw hèm yw ow les specyal vy, hag yth yw an dyffransow mar apert. Yma kebmys dyffrans inter olow plobm *bourgeois* an *Times*, ha prynt lows a baper gordhuwher hanter-dema, dell eus inter agas Afrycan ha'gas Eskimo. An determyans a olow prynt yw onen a'n branchys moyha elvednek rag an helerghyas, saw res yw dhybm avowa pan en vy yonk me a gemyskys unweyth an *Mercùry Leeds* gans *Nowodhow Myttyn an West*. Saw artykyl penscrefor i'n *Times* yw dybarow yn tien, ha ny alsa an geryow-ma dos mes a baper vëth aral. Dre rêson an dra dhe vos gwrës de, dre lycklod an geryow a dheuth in mes a dhyllans an jëdh de."

"Mar bell dell allama agas sewya dhana, a Vêster Holmes," yn medh Syr Henry Bakserville, "nebonen a drohas an messach-ma in mes gans gwelsow."

"Gwelsow ewynas," yn medh Holmes. "Why a wel fatell o pòr got laun an gwelsow, rag res veu dhe'n person a wrug an messach ûsya dew drogh rag ger hir."

"Hèn yw gwir. Nebonen ytho a drohas an messach in mes gans gwelsow cot aga laun, ha'y lena gans toos—"

"Glus," yn medh Holmes.

"Gans glus wàr an paper. Saw me a garsa godhvos prag y feu an ger 'hal' screfys adar trehys in mes."

"Dre rêson na ylly ev y gafos in prynt. Oll an geryow erel o sempel hag y a ylly bos kefys in dyllans vëth, saw 'hal' o moy anvenowgh."

"Dar, heb mar, hedna a vynsa styrya an mater. A wrussowgh why redya ken tra vëth i'm messach-ma, a Vêster Holmes?"

"Yma nebes tôknys erel, saw an person a gemeras with a removya pùb hynt oll. Why a wel fatell yw an drigva gwrës in pryntscrefa a lytherow garow. Saw an *Times* yw paper na vëdh kefys saw bohes venowgh in dewla den vëth marnas dewla tus deskys dâ. Ny a yll acordya ytho fatell veu an messach formys gans nebonen esa whensys dhe apperya bos heb dyscans. Dre rêson ev dhe assaya dhe geles y screfa y honen, me a vynsa cresy an dorn dhe vos aswonys dhywgh, pò why dhe allos aswon an dorn i'n termyn usy ow tos. Arta why a wra merkya nag yw an geryow glusys in lînen strait, saw radn anodhans dhe vos uhella ès re erell. An ger 'bêwnans' rag ensampyl, yma va in mes a'y dyller ewn. Yma hedna ow tysqwedhes fowt a rach, martesen pò nebonen frobmys pò nebonen esa ow fysky. Dre vrâs me a garsa predery an screfor dhe vos ow fysky, rag an negys o a boster brâs, ha nyns ywa lyckly an formyor dhe vos heb rach. Mars esa ev ow fysky, ny a dal govyn dhana, prag yth esa ev ow fysky, rag lyther vëth gorrys i'n post près vëth bys i'n myttyn avarr, a wrussa drehedhes Syr Henry kyns ès ev dhe asa y ostel. Esa an formyor a'n lyther ow perthy own bos dyskevrys—ha gans pyw a via ev dyskevrys?"

"Yth eson lebmyn owth entra in pow an desmygyans," yn medh an Doctour Mortymer.

"Leverowgh kyns, ny dhe entra in pow may hyllyn ny kesposa pùb gwirhevelepter, ha dêwys an dra moyha gwirhaval. Ûsyans sciensek an desmygyans yw hedna, saw ny a'gan beus fùndacyon pùpprës rag agan rêsnans. Lebmyn, why a vynsa y elwel desmygyans heb dowt vëth, saw me yw ogas certan an drigva-ma dhe vos screfys in ostel."

"In hanow Duw fatl'yllowgh why leverel hedna?"

"Mar tewgh why ha'y examnya dour, why a welvyth fatell wrug an bluven ha'n ink inwedh ancombra an screfor. An bluven re scùllyas ink dywweyth in udn ger, hag re

beu sëgh teyrgweyth in trigva got. Hedna a dhysqwa nag esa ma's pòr vohes ink i'n votel. Lebmyn, yn anvenowgh y fëdh pluven pò botel ink in chy pryveth alowys dhe vos indella, ha tra draweythys yw pàn usy an dhew fowt ow tos warbarth. Saw aswonys yw dhywgh pluven an ostel hag ink an ostel, le na gefyr yn fenowgh ma's an dhew fowt warbarth. Ea, me yw sur pàn lavaraf hebma: mar teffen ny hag examnya pùb atalgyst in pùb ostel adro dhe Charing Cross erna wrellen cafos an remnant a'n artykyl in mes a'n *Times*, ny a alsa dyscudha an den a dhanvonas an messach coyntma. Hô! Hô! Pandr'yw hebma?"

Yth esa Holmes owth examnya an paper o an geryow glusys warnodho, worth y sensy mesva pò dyw dhyworth y lagasow.

"Wèl?"

"Tra vëth," yn medh ev hag ev a dowlas an paper dhyworto. "Hanter-folen wag a baper yw hy, heb unweyth merk dowr warnedhy. Me a grës fatell wrussyn ny tedna kebmys dell yllyn in mes a'n lyther coynt-ma. Lebmyn, Syr Henry, a wrug ken tra vëth a les wharvos dhywgh abàn dheuthowgh why dhe Loundres?"

"Dar, na wrug, a Vêster Holmes. Na wrug, me a grës."

"A wrussowgh why gweles den vëth dhe vos orth agas sewya pò worth agas aspia?"

"Yth hevel dhybm me dhe gerdhes strait aberth in novel pymp dynar," yn medh agan vysytyor. "In hanow Jovyn, prag y carsa den vëth ow sewya pò ow aspia?"

"Ny a vydn drehedhes an mater-na yn scon. Eus tra vëth aral genowgh a yllowgh why reportya dhyn kyns hedna?"

"Wèl, yma hedna ow powes gans an dra esowgh why ow mênya."

"Me a grës y tal reportya tra vëth nag yw herwyth ûsadow agan bêwnans kenyver jorna."

"Syr Henry a vinwharthas. "Ny worama meur a vêwnans Breten Veur whath, rag me re spênas oll ow thermyn ogasty i'n Stâtys Ûnys hag in Canada. Saw yth esoma ow soposya nag yw kelly onen a'gas botas tra gebmyn i'n bêwnans obma."

"A wrussowgh why kelly onen a'gas botas?"

"A syra dâ," an Doctour Mortymer a grias, "nyns yw hy ma's gyllys wàr stray. Why a's cav, pàn wrellowgh why dewheles dhe'n ostel. Pana brow ywa ancombra Mêster Holmes gans trufyl a'n par-na?"

"Wèl, ev a besys may whrellen campolla tra vëth avês dhe ûsadow pùb dëdh."

"Poran," yn medh Holmes, "na fors pana wocky a havalsa an wharvos. Esowgh why ow leverel why dhe gelly onen a'gas botas?"

"Wèl, gyllys ywa wàr stray dhe'n lyha. Me a worras ow dyw votasen avês dhe'm daras newher, ha myttyn hedhyw nyns esa marnas onen ryb an daras. Ny yllyn cafos sens vëth dhyworth an den usy orth aga glanhe. An dra wetha yw, na wrug vy aga ferna marnas gordhuwher de i'n Strand ha ny wrug vy bythqweth aga gwysca."

"Mar ny wrussowgh bythqweth aga gwysca, prag y feu res dhywgh aga gorra avês rag aga glanhe?"

"Botas gell êns y, ha ny vowns bythqweth vernyshys. Hèn o an rêson me dh'aga gorra in mes."

"Yth esoma ow convedhes dhana, pàn dheuthowgh why dhe Loundres de, why dhe vos in mes heb let ha perna pair a votas?"

"Me a wrug perna lies tra. An Doctour Mortymer obma êth genama. Why a dal ùnderstondya, mars yw res dhybm bos sqwier in nans ena, y tal dhybm bos gwyskys i'n dyllas ewn. Ha me yw gyllys nebes lows i'n maters-na awos bos mar bell i'n West a'n Stâtys Ûnys. Me a bernas an botas gell-na inter taclow erel—me a ros whegh dollar ragthans—hag y feu onen anodhans ledrys dhyworthyf kyns ès me dh'aga gorra adro dhe'm treys."

"Yth hevel tra a vohes valew dhe vos ledrys," yn medh Sherlock Holmes. "Me a'n avow, acordys oma gans an Doctour Mortymer, fatell vêdh kefys an votasen gellys kyns na pell."

"Ha lebmyn, a dus jentyl," yn medh an barnet in maner ervirys, "yth hevel dhybm me dhe gôwsel hir lowr adro dhe'n bohes a worama. Termyn yw ragowgh gwil warlergh agas promys, ha ry derivas dhybm a'n negys eson ny ow têlya ganso."

"Agas govynadow yw warlergh rêson," Holmes a worthebys. "A Dhoctour Mortymer, me a grës na alsowgh why gwil gwell ès derivas an whedhel lebmyn poran kepar dell wrussowgh why y dherivas dhyn ny."

42

Pàn veu va kentrynys indella, agan cothman sciensek a dednas y baperow in mes a'y bocket ha presentya oll an câss, kepar dell wrug ev an myttyn kyns. Syr Henry Baskerville a woslowas gans attendyans brâs, ha traweythyow ev a grias in mes gans sowthan.

"Wèl, yth hevel me dhe eryta erytans arbednek heb dowt vëth oll," yn medh ev, pàn o an narracyon dewedhys. "Heb mar, me a glôwas a'n ky rag an kensa prës pàn en vy flogh bian. Yth ywa whedhel meurgerys an teylu, saw ny brederys vy a'y gemeres yn sevur bythqweth kyns lebmyn. Saw ow tùchya mernans ow êwnter—wèl, yth hevel bos pùptra ow pryjyon i'm pedn, ha nyns ywa cler dhybm. Ny wrussowgh why determya, dell hevel, yw hebma mater rag an creslu pò rag pronter."

"Poran."

"Ha lebmyn yma genen an mater-ma a'n lyther danvenys dhybm i'n ostel. Me a sopos hedna dhe longya dh'y dyller ewn."

"Yma va ow tysqwedhes nebonen dhe wodhvos moy adro dhe'n taclow usy ow wharvos wàr an hal ès dell wodhyn ny," yn medh an Doctour Mortymer.

"Hag inwedh," yn medh Holmes, "why dhe vos plegadow dhe'n person-na, rag yma va worth agas gwarnya a beryl."

"Poken, yma va whensys dhe'm fêsya vy, rag y dhrog-porpos y honen."

"Heb mar, hèn a yll bos inwedh. Gromercy dhywgh why, a Dhoctour Mortymer, rag presentya dhybm problem, usy owth offra dhyn nebes possybyltas, meur aga les. Saw agan bern i'n tor'-ma, a Syr Henry, yw dhe ervira a via fur ragowgh why dhe viajya dhe Hel Baskerville."

"Prag na wrellen mos?"

"Yth hevel bos peryl ena."

"Esowgh why ow styrya peryl dhyworth an jevan-ma an teylu pò peryl dhyworth mab den?"

"Hèn yw an dra a res dhyn determya."

"Pynag oll dra a vo, ow gorthyp yw fast. Nyns eus dyowl vëth in iffarn, a Vêster Holmes, ha nyns eus den vëth i'n norvës a alsa ow gwetha dhyworth mos tre dhe jy ow fobel ow honen, ha hèn yw ow gorthyp dewetha." Ev a blêgyas y dâl, du y abransow, ha'y fâss a rudhyas yn tewl, pàn esa ev ow côwsel. Yth hevelly nag o marow

43

spyrys tanek teylu Baskerville i'n den-ma, aga esel dewetha. "I'n mên-termyn," yn medh ev, "scant ny gefys vy termyn dhe ombredery adro dhe oll an taclow a wrussowgh why derivas dhybm. Negys brâs yw rag den dhe glôwes ha dhe ervira heb cafos spâss dh'y gonsydra. Me a garsa cafos our cosel ow honen oll rag determya an dra. Goslowowgh, a Vêster Holmes, hanter wosa udnek eur ywa, ha me a vydn dewheles dystowgh dhe'm ostel. Gesowgh ny dhe leverel why ha'gas cothman, an Doctour Watson, dhe dhos adro rag livya genen ny orth dyw eur. Me a yllvyth leverel dhe glerha ena, fatell usy an negys-ma owth apperya dhybm."

"A vydn hedna agas servya why, a Watson?"

"Yn perfeth."

"Ena why a yll agan gortos i'gas ostel. A wrama gelwel càb ragowgh?"

"Gwell via dhybm kerdhes, rag an mater-ma re wrug ow ancombra."

"Me a vydn dos yn lowen rag kerdhes genowgh," yn medh y gothman.

"Ena ny a vydn metya arta orth dyw eur. Duw genowgh ha myttyn dâ dhywgh!"

Ny a glôwas botas agan vysytyoryon ow skydnya an stairys, ha tros an daras arag ow tegea. Dystowgh Holmes a jaunjyas dhia hunrosor dyfreth dhe dhen a wythres.

"Dha hot ha dha eskyjyow, Watson, yn uskys! Nyns eus mynysen dhe gelly!" Ev a fystenas aberth in y jambour i'n gon chambour, ha dewheles pols awosa gwyskys in frock-côta. Ny a fyskys warbarth an stairys wàr nans hag in mes i'n strêt. Y hylly an Doctour Mortymer ha Baskerville bos gwelys whath adro dhe dhew cans lath dhyragon tro ha Strêt Resohen.

"A wrama ponya ha'ga stoppya?"

"Na wres rag oll an bës, Watson wheg. Me yw leun-gontentys gans dha gowethas jy, mar kylta perthy ow howethas vy. Agan cothmans yw fur, rag yn certan pòr deg yw an myttyn rag kerdhes alês."

Ev a encressyas toth y stâpys, erna wrussyn lehe an pellder intredhans y ha ny hanter ogasty. Ena ny a's sewyas aberth in Strêt Resohen hag indella Strêt Rêjent wàr nans, ha ny ow sensy adro

dhe gans lath wàr aga lergh. Unweyth agan cothmans a stoppyas
ha meras orth an taclow in fenester shoppa. Ena Holmes a wrug an
keth tra. Tecken awosa hag ev a grias in mes yn contentys, ha pàn
sewys vy y lagasow sherp, me a welas càb *Hansom*, esa den ino, dhe
sevel wàr an tenewen aral a'n strêt, hag i'n tor'-na yth esa va ow
tallath mos in rag yn lent unweyth arta.

"Ot agan den, a Watson! Deus in rag! Ny a vydn meras stark orto, mar ny yllyn ny gwil namoy."

I'n tor'-na me a bercêvyas barv vojek dhu ha dewlagas glew trailys orthyn dre fenester tenewen an càb. Dystowgh an daras i'n to a veu tôwlys yn egerys, neppyth a veu scrijys dhe'n drîvyor, ha'n càb a dhienkys yn whyls Strêt Rêjent ahës. Holmes a veras adro yn freth rag gelwel càb aral, saw ny ylly càb vëth bos gwelys. Ena ev a bonyas totta in helgh in mesk oll an daromres, saw re vrâs o an pellder inter an càb ha ny, hag yth o an càb gyllys mes a wel solabrës.

"Otta ny!" yn medh Holmes yn wherow, pàn dheuth ev in mes a'n fros a gerry hag a gertys. Yth esa ev ow tiena ha'y fâss o gwydn rag ewn sorr. "A veu kebmys cales lùck ha kebmys drog-condûk bythqweth i'n bës? A Watson, Watson, mars osta den gwiryon, te a vydn recordya hebma inwedh ha'y settya warbydn oll an sowena a'm beu!"

"Pyw o an den-na?"

"Ny won màn"

"Spior?"

"Wèl, apert yw dhyworth pùptra clôwys genen, fatell veu Baskerville folys yn clos gans nebonen dhia bàn dhrehedhas ev Loundres. In pana vaner aral y halsa bos godhvedhys ev dhe dhêwys Ostel Northùmberlond dhe drega ino? Mar qwrussons y sewya an kensa dëdh, yth hevelly dhybm dre lycklod y dh'y sewya an secùnd dëdh kefrës. Martesen te a verkyas me dhe gerdhes yn lent dres an rom bys i'n fenester, pàn esa an Doctour Mortymer ow redya an whedhel coth."

"Ea, yth esoma ow perthy cov."

"Yth esen ow whelas crowdroryon i'n strêt, saw ny welys vy onen vëth. Yth eson ny obma ow têlya gans den pòr skentyl, a Watson. An negys-ma yw pòr dhown, ha kyn na wrug vy determya whath a veu va rag dâ pò rag drog a wrug an person-na omdava genen, cler dhybm i'n mater yw gallos ha towl. Pàn wrug agan cothmans agan gasa, dystowgh me a's sewyas, rag govenek a'm beu a nôtya aga sewyor dywel. Ev o mar wyly, na wrug ev trestya y honen wàr droos, saw ev a ûsyas càb, may halla va strechya wàr aga lergh pò fystena drestans, hag indella goheles aga golok. An gîs-na a'n jeva

46

prow aral whath, mar teffens ha kemeres càb, ev a via parys dh'aga sewya. Yma anles brâs ow longya dhe'n dra bytegyns."

"Yma va worth y dhry in dàn dhanjer drîvyor an càb."

"Ea, poran."

"Ellas na wrussyn ny merkya an nyver!"

"A Watson wheg, kyn feuma pòr gledhek, yn certan nyns esta ow tesmygy me dhe fyllel cafos an nyver. Nyver 2704 yw agan den-ny. Saw nyns yw hedna vas i'n tor'-ma."

"Ny allama predery a dra vëth moy a alsesta gwil."

"Pàn welys an càb, y codhvia dhybm trailya dystowgh ha kerdhes tro ha'n qwartron contrary. Ena heb fystena vëth me a wrussa cafos an secùnd càb ha sewya an kensa pellder lowr dhyworto, pò, gwell whath, me a alsa drîvya dhe Ostel Northùmberlond ha gortos ena. Wosa an den ùncoth dhe sewya Baskerville tre, ny a'gan bia an chauns a wary y brat y honen wàr y bydn ha gweles pleth esa va ow mos. Kepar dell yw taclow i'n tor'-ma, dre rêson ny dhe vos re scav ha re dhybreder, agan contrary der y scafter ha'y der y fors, re spêdyas dh'agan defia. Hag indella ny re draitas agan honen ha kelly agan den."

Pàn esen ny ow kestalkya indella, yth esen ny ow sygera yn lent Strêt Rêjent wàr nans, ha'n Doctour Mortymer ha'y goweth o gyllys mes a wel nans o termyn hir.

"Ny via a brow dhyn aga sewya lebmyn," yn medh Holmes. "Gallas an skeus ha ny wra va dewheles. Ny a dal gweles pana gartednow erel eus i'gan dewla, ha'ga gwary gans porpos hardh. A ylta jy remembra fâss an den-na i'n càb?"

"Nyns oma certan a dra vëth marnas a'n varv."

"Ha me inwëdh—hag ytho yth esoma ow soposya fatell fâls-varv o hy. Den skentyl wàr negys mar dyckly, ny'n jevia otham vëth a varv marnas dhe gudha y fysment. Deus ajy obma, a Watson!"

Ev a drailyas adenewen hag entra in sodhva pellscrefa, le may feu va wolcùbmys pòr wresek gans an menystror.

"A, a Wilson, me a wel na wrussowgh why ankevy an câss bian-na a gefys vy an fortyn dâ a'gas gweres ino."

"Na wrug yn sur, a syra. Why a selwys ow hanow dâ ha'm bêwnans kefrës martesen."

47

"A goweth wheg, yth esowgh why ow corlywa nebes. Yth esoma
ow perthy cov, a Wilson, fatell esa maw in mesk agas coscar henwys
Cartwright, hag ev a dhysqwedha y vos teythyak lowr i'n
whythrans."

"Esa, syra, hag yma va genen whath."

"A yllowgh why y elwel dhyn? Gromercy dhywgh. Ha me a garsa
cafos mona munys rag an nôta-ma a bymp puns."

48

Maw peswardhek bloodh, bryght ha glew y fâss a worthebys an somons. Yth esa ev ow sevel lebmyn ow meras gans revrons brâs orth an helerghyas, meur y hanow.

"Rewgh dhybm *Kevarwedhyador an Ostelyow*, mar pleg," yn medh Holmes. "Gromercy dhywgh! Lebmyn, a Cartwright, ot obma hanow try ostel wàrn ugans, y oll ogas dhe Charing Cross. Esta worth aga gweles?"

"Esof, a syra."

"Te a wra vysytya oll an re-na an eyl wosa y gela."

"Ea, a syra."

"Te a wra dallath in pùb câss in udn ry udn sols dhe'n porthor wàr ves. Ot obma try sols wàrn ugans."

"Ea, a syra."

"Te a wra leverel dhodho y carses gweles paper scùllys an jëdh de. Te a lever fatell yw pellscriven a bris gyllys wàr stray, ha te dhe vos orth hy whelas. Esta ow convedhes?"

"Esof, a syra."

"Saw in gwiryoneth te a vëdh ow whelas folen cres an *Times*, a vo nebes tell trehys gans gwelsow inhy. Ot obma copy a'n *Times*. An folen yw an folen-ma. Te a alsa y aswon yn êsy, a ny alses?"

"Galsen, a syra."

"In pùb câss an porthor wàr ves a vydn kerhes porthor an portal, ha te a wra ry sols dhodho ev inwedh. Ot obma try sols wàrn ugans. Te a wra desky in ugans câss mes a dry wàrn ugans fatell veu leskys pò removys scùllyon an jëdh de. I'n try hâss erel y a dhysqwa dhis carn a baper, hag i'n carn-na te a wra whelas an folen-ma in mes a'n *Times*. Nyns eus ma's chauns munys a'y throuvya. Ot obma deg sols moy, mar pëdh otham vëth a daclow erel. Danvon dhybm derivas adro dhe'n negys dhe Strêt Baker dre bellscriven kyns gordhuwher. Ha lebmyn, a Watson, nyns yw ober vëth gesys ragon ma's dhe dhyscudha pyw yw drîvyor an càb, Nyver 2704, hag ena ny a wra vysytya onen a byctourvaow Strêt Bond, ha spêna an termyn ena, erna vowns y worth agan gortos i'n ostel."

CHAPTRA V

Teyr Neujen Derrys

oynt o an mater, saw Sherlock Holmes a ylly heb caletter vëth dygelmy y vrës pynag oll termyn a vydna. Dres dew our an negys stranj esen ny owth obery warnodho a hevelly bos ankevys, hag ev o budhys i'n mêstrysy Beljan arnowyth. Ny vydna ev côwsel a dra vëth marnas a byctours, nag esa marnas an tybyansow moyha dyscler ganso adro dhedhans, dhia bàn wrussyn ny gasa an byctourva erna dhrehethsyn Ostel Northùmberlond.

"Yma Syr Henry Baskerville avàn orth agas gortos," yn medh an gwas. "Ev a'm pesys dh'ags dry in bàn kettel wrellowgh why drehedhes."

"A vynsowgh why alowa dhybm meras orth agas covlyver?" yn medh Holmes.

"Mynsen, yn certan."

An lyver a dhysqwedhas fatell veu dew hanow addys warlergh hanow Baskerville. An eyl o Theofylùs Johnson dhyworth Newcastle; ha'y gela ow Mêstres Oldmore ha'y vowes, dhia High Lodge, Alton.

"Sur oma hedna dhe vos an keth Johnson neb a vedha aswonys dhybm," yn medh Holmes dhe'n gwas. "Laghyas ywa, loos y vlew, hag yth yw cloppek y gerdh."

"Nag yw, hèm yw Mêster Johnson; ev a bew whelyow glow, hag yth ywa pòr strîk, heb bos cotha agesowgh agas honen."

"Yn sur why yw myskemerys ow tùchya y negys."

"Nag oma, a syra! Yma va ow tos dhe'n ostel-ma nans yw lies bledhen, ha ev yw aswonys dhyn yn tâ."

"Â, yma hedna ow conclûdya an mater. Mêstres Oldmore inwedh. Yth hevel dhybm bos an hanow aswonys dhybm.

Gwrewgh ow ascûsya me dhe vos mar wovydnus, saw yn fenowgh pàn wrellen vysytya udn cothman, ny a gav cothman aral."

"Hy yw evredhes, a syra. Hy gour a veu unweyth mer a Gerlew. Yma hy ow tos obma pùpprës, pàn dheffa hy dhe Loundres."

"Gromercy dhywgh. Me a'm beus own nag yw hy aswonys dhybm. Ny re dhyscudhas tra a bris brâs der an qwestyons-ma, a Watson," Holmes a gontynewas, isel y lev, pàn esen ny owth ascendya an stairys. "An re-na mayth yw agan cothman a les dhedhans, ny a wor nag usons i'n ostel-ma. Yma hedna ow styrya, kynth yns y whensys dh'y aspia, y yw whensys kefrës na wrella ev aga gweles. Hèn yw gwiryoneth usy ow sygnyfia lowr."

"Pandr'yw y styr."

"Yma va ow styrya—hô, a goweth dâ, pandr'yw an mater?"

Pàn dheuthon ny adro dhe dop an stairys, ny a vetyas gans Syr Henry Baskerville y honen. Rudh o y fâss rag ewn sorr, hag yth esa ev ow sensy botasen goth, bodnek in y dhewla. Mar vrâs o y sorr, na ylly ev scant côwsel, ha pàn dhalathas ev côwsel moy heglew o ranyeth an West in y eryow, ès tra vëth a wrussyn clôwes dhyworto myttyn an jëdh-na.

"Yth hevel dhybm pobel an ostel-ma dhe gresy ow bos gocky," ev a grias. "Y a vydn dyscudha fatell wrussons y dallath mellya gans an den cabm, mar ny wrowns y kemeres with. Re Jovyn, mar ny yllvyth an den-na cafos ow botasen gellys, ev a gav trobel. Me a yll gwil ges gans den vëth, saw, a Vêster Holmes, y res êth re bell an prës-ma."

"Esowgh why whath ow whelas agas botasen?"

"Esof, a syra, hag porposys oma hy hafos."

"Saw why a leverys fatell o hy botasen nowyth gell?"

"O, syra. Ha lebmyn onen coth du yw hy."

"Pywa! Nyns esowgh why ow leverel—?"

"Hèn yw an pëth poran esoma ow leverel. Ny'm beu marnas try fair in oll an bës—an botas nowyth gell, an botas coth du ha'n lether lenter. Newher y a gemeras onen a'm botas gell, ha hedhyw y re ladras onen a'n botas du. Wèl, usy hy genes jy? Lavar, a dhen, ha na sav ena in udn veras orthyf!"

Tendyor Almaynek amovys o devedhys i'gan gwel.

"Nag usy, a syra. Me re's whelas dres oll an ostel, saw ny glôwys vy ger vëth anedhy."

"Wèl, an votasen-na a wra dewheles dhybm kyns howlsedhas, poneyl me a vydn gweles an menystror rag leverel dhodho me dhe asa an ostel-ma dystowgh."

"Trouvys vëdh hy, a syra—mar pedhowgh why nebes perthyans, trouvys vëdh."

"Gwait may fe hy trouvys, rag hy yw an dra dhewetha a wrama kelly i'n fow-ma a ladron. Wèl, wèl, a Vêster Holmes, why a vydn

ascûsya dhybm, mar qwrug vy agas trobla gans trufyl a'n par-
ma—"

"Me a grës an mater dhe vos wordhy a'n trobel."

"Dar, agas tremyn yw pòr sevur adro dhodho."

"Fatl'esowgh why worth y styrya?"

"Nyns esoma ow whelas y styrya. Yth hevel dhybm an dra dhe
vos an moyha muscok ha'n moyha coynt bythqweth a wharva
dhybm."

"An moyha coynt martesen," yn medh Holmes yn prederus.

"Fatl'esowgh why worth y styrya agas honen?"

"Ny vynsen leverel me dh'y ùnderstondya whath. An câss-ma
dhywgh yw pòr gompleth, a Syr Henry. Pàn vo hebma kemerys
warbarth gans mernans agas êwnter, yth esoma ow cresy na veu
onen vëth a'n pymp cans câss, meur aga foster, a wrug vy whythra,
mar dhown avell an câss-ma. Saw yma genen i'gan dewla nebes
neujednow, ha lyckly yw onen pò y gela dh'agan hùmbrank dhe'n
gwiryoneth. Ny a yll wastya termyn mar teun ny ha sewya an
neujen gabm, saw dhe sconha pò dhe voyha adhewedhes res yw ny
dhe dhos warbydn an neujen ewn."

Ny a gafas ly plesont, ha bohes a veu leverys a'n negys neb a'gan
dros warbarth. Pàn wrussyn ny omdedna bys i'n rom esedha
pryveth, Holmes a wovydnas orth Baskerville pëth o va porposys
dhe wil.

"Viajya dhe Hel Baskerville."

"Ha pana dermyn?"

"Orth pedn an seythen-ma."

"Dre vrâs," yn medh Holmes, "me a grës agas ervirans dhe vos
fur. Me a'm beus lowr a dhùstuny fatell usy pobel worth dha sewya
in Loundres, hag in mesk milyons an cyta-ma pòr gales yw
dyscudha pyw yw an bobel-ma ha pana dowl eus dhedhans. Mars
yw drog aga forpos, y a alsa agas myshevya, ha ny a via anteythy
dh'aga lettya. A wodhyowgh why, a Dhoctour Mortymer, fatell
wrug nebonen agas sewya why hedhyw myttyn, wosa why dhe asa
ow chy?"

An Doctour a blynchyas yn frâs gans sowthan. "Agan sewya! Pyw
a'gan sewyas?"

"I'n gwetha prës, ny worama. Eus in mesk agas contrevogyon pò in mesk an dus aswonys dhywgh wàr Dartmoor den vëth usy barv leun dhu dhodho?"

"Nag eus—pò gas vy dhe bredery—dar, eus. Barrymore, botler Syr Charles, yw den neb a'n jeves barv leun dhu."

"Hâ! Ple ma Barrymore?"

"Yma an Hel in dàn y rewl."

"Gwell via dhyn dyscudha usy ev ena, pò parhap yma va in Loundres."

"Fatl'yllowgh why gwil hedna?"

"Rewgh dhybm form pellscriven. 'Yw pùptra parys rag Syr Henry?' Hedna a vëdh lowr. Trigva, dhe Vêster Barrymore, Hel Baskerville. Ple ma an sodhva pellscrefa nessa dhe'n Hel? Grympen. Dâ lowr, ny a vydn danvon an secùnd pellscriven dhe'n postvêster, Grympen. 'Res delyvra pellscriven dhe Vêster Barrymore inter y dhewla. Mar nag usy in tre, danvenowgh pellscriven wàr dhelergh dhe Syr Henry Baskerville, Ostel Northùmberlond.' Hedna a vydn leverel dhyn kyns gordhuwher usy Barrymore in y le in Pow Densher, usy pò nag usy."

"Hèn yw gwir," yn medh Baskerville. "Wàr neb cor, a Dhoctour Mortymer, pyw yw an Barrymore-ma?"

"Ev yw mab an botler coth, neb yw marow. Teylu Barrymore re beu ow kemeres with a'n Hel nans yw peswar denythyans. Mar bell dell worama, ev ha'y wreg yw copyl mar wordhy avell copyl vëth i'n conteth."

"Bytegyns," yn medh Baskerville, "apert yw, erna vo nebonen a'n teylu tregys i'n Hel, yma chy bryntyn dhe'n bobel-ma ha nyns eus tra vëth dhedhans dhe wil."

"Hèn yw gwir."

"A dheuth mona vëth dhe Barrymore dhyworth testament Syr Charles?" Holmes a wovydnas.

"Ev ha'y wreg aga dew a recêvas pymp cans puns."

"Hâ! A wodhyens fatell vydnens recêva hedna?"

"Godhyens. Y fedha Syr Charles ow côwsel pùpprës adro dhe broviansow y destament."

"Hèn yw a les brâs."

"Yma govenek dhybm," yn medh an Doctour Mortymer, "nag esowgh why ow meras gans skeus orth pynag oll a wrug recêva kemynro dhyworth Syr Charles. Y feu mil buns gesys dhybmo vy inwedh."

"In gwir! Ha den vëth aral?"

"Y feu lies sùmen vian dhe bersons, ha lies cheryta poblek kefrës. An remnant êth dhe Syr Henry yn tien."

"Ha pygebmys o an remnant?"

"Seyth cans ha dew ugans mil buns."

Holmes a dherevys abrans rag ewn sowthan. "Ny wodhyen agan bos ow têlya gans sùmen mar hûjes," yn medh ev.

"Pùbonen a wodhya Syr Charles dhe vos rych, saw ny wrussyn ny dyscudha pana rych, erna wrussyn ny whythra y stockys. Cowl-valew an stât o milyon puns ogasty."

"Tru! Tru! Gaja yw hedna a alsa nebonen gwary heb rach ragtho. Udn qwestyon moy, a Dhoctour Mortymer. Gesowgh ny soposya y fynsa neppyth wharvos dh'agan cothman yonk obma— gevowgh dhybm an desef dyvlas!—pyw a vynsa eryta an stât?"

"Drefen Rojer Baskerville, broder yonk Syr Charles, dhe verwel heb demedhy, an stât a vynsa skydnya dhe deylu Desmond. Y yw cosyns pell in mes. Jamys Desmond yw pronter coth in Westmorlond."

"Gromercy dhywgh. Yma an manylyon-ma a les brâs. A wrussowgh why bythqweth metya gans Jamys Desmond?"

"Gwrug. Ev a dheuth wàr nans unweyth dhe vysytya Syr Charles. Ev yw den, wordhy y semlant ha sans y vêwnans. Yth esoma ow perthy cov ev dhe sconya kemynro vëth dhyworth Syr Charles, kyn whrug ev y inia warnodho."

"Ha'n den-ma, sempel y vêwnans, a via ev an er dhe vilyow Syr Charles?"

"Ev a via an er dhe'n stât, rag y fëdh ev ow skydnya dhe'n gorow nessa dhodho in goos. Ev a vynsa eryta an mona kefrës, mar ny via determys wàr gen fordh gans an perhen present, rag ev a yll gwil a vydna ganso heb mar."

"Yw agas testament dewetha gwrës genowgh, a Syr Henry?"

"Nag yw, a Vêster Holmes, nyns ywa gwrës genef. Ny gefys termyn lowr whath, rag ny dheskys vy bys i'n jëdh de fatl'o taclow.

Saw wàr neb cor, me a grës y tal an mona mos gans an tîtel ha gans
an stât. Hèn o tybyans ow êwnter truan. Fatl'yll an perhen restorya
glory teylu Baskerville, mar ny gav ev mona lowr rag gwetha an
posessyon in plît ewn? Res yw sensy chy, tiryow ha mona
warbarth."

"Yw poran. Wèl, a Syr Henry, me yw acordys genowgh why ow
tùchya furneth a'gas viajya wàr nans dhe Bow Densher heb
strechya. Ny vanaf vy gwil marnas udn condycyon. Mars ewgh why
dy, res porres yw dhywgh dry coweth genowgh."

"Y fèdh an Doctour Mortymer ow tos genama."

"Saw y fèdh res dhe'n Doctour Mortymer attendya y glevyon,
hag yma y jy ev mildiryow dhyworth agas chy why. Kyn fo va vëth
mar whensys dh'agas gweres why, ny vëdh ev abyl martesen. Nâ,
Syr Henry, why a dal kemeres genowgh den gwiryon lel, a vëdh
rybowgh pùppreës."

56

"Ywa possybyl y halsowgh why agas honen dos genef, a Vêster Holmes?"

"Mar teffa an negys dhe boynt pòr dyckly, me a vynsa whelas dhe vos present ow honen, saw why a yll convedhes, gans oll ow negys avell omgùssulyor ha gans pùb galow a vêdh ow tos dhybm dhia lies qwartron pùpprës, ny allama gasa Loundres bys pedn termyn heb finweth certan. I'n tor'-ma yma godroslader ow mostya onen a'n henwyn moyha wordhy in oll Pow an Sowson, ha ny yll den vêth marnas me yn udnyk stoppya bysmer anfusyk dres ehen. Why a welvyth ytho na allama dos genowgh why bys in Dartmoor."

"Rag hedna, pyw a vynsowgh why comendya?"

Holmes a settyas y dhorn yn scav wàr ow dorn vy.

"Mar pëdh ow hothman parys dh'y omgemeres, nyns eus den vêth a via gwell rybowgh pàn vowgh why in tyller diantel. Ny yll den vêth leverel hedna gans moy a fydhyans ino agesof vy ow honen."

An comendyans a'm sowthanas yn tien, saw kyns ès me dhe allos gortheby, Baskerville a'm sêsyas er an dorn ha'y strotha yn crev.

"Wèl, lebmyn, why yw pòr garadow, a Dhoctour Watson," yn medh ev. "Why a wel fatl'oma ha why a wor kebmys adro dhe'n negys avelof ow honen. Mar tewgh why ha skydnya genef dhe Hel Baskerville, ha'm gweres der an mater, ny vanaf vy y ankevy nefra."

Meurgerys genef bythqweth o an promys a aventur. Gormola Holmes a blêgyas dhybm yn frâs, ha whans brâs an barnet me dhe dhos ganso inwedh."

"Me a vydn dos genowgh gans plesour brâs," me a leverys. "Ny worama fatl'alsen spêna ow thermyn dhe well."

"Ha why a vydn rcportya dhybm gans mur rach," yn medh Holmes. "Pàn dheffa gorotham, ha dos a wra, me a vydn derivas dhywgh pandra gotha dhywgh gwil. A yllyn ny acordya y fedhowgh why parys dhe dyberth De Sadorn gordhuwher?"

"A wra hedna desedha rag an Doctour Watson?"

"Yn perfeth."

"Ena De Sadorn, mar ny glôwowgh tra vêth contrary, ny a vydn metya orth train hanter wosa deg eur dhia Paddington."

Ny a savas hag yth en ny parys dhe dhyberth, pàn grias Baskerville in mes gans joy, hag owth omvudhy y honen in onen a gornellow an chambour ev a dednas botasen gell adhan cùbert.

"Ow botasen stray!" ev a grias.

"Re wrello pùb caletter mos a wel ragon mar êsy!" yn medh Sherlock Holmes.

"Saw tra goynt lowr ywa," yn medh an Doctour Mortymer. "Me a sarchyas an chambour-ma gans meur rach dhyrag prës ly."

"Ha me a'n sarchyas inwedh," yn medh Baskerville. "Kenyver mesva ino."

"Certan oma nag esa botasen vëth ino i'n prës-na."

"I'n câss-na res yw an gwas dh'y gorra ena pàn esen ny ow livya."

An Alman a veu kerhys, saw ev a leverys na wodhya ev tra vëth i'n mater, na ny ylly whythrans vëth y styrya. Indelma y feu addys ken tra dhe'n rol dhydheweth a vysterys bian dybrîs, esa ow tos mar glos an eyl wosa y gela. A pe settys adenewen rag tecken whedhel uthyk mernans Syr Charles, ny a'gan beu rew a wharvosow dystyr ajy dhe dhew dhëdh. Intredhans y yth esa an lyther pryntys, an aspior du y varv i'n caryach, collva an votasen nowyth gell, collva an votasen goth du, ha lebmyn dewhelans an votasen nowyth gell. Holmes a esedhas heb côwsel i'n càb, pàn esen ny ow trîvya tre bys in Strêt Baker, ha me a aswonas wàr y dâl plêgys ha'y fâss sherp, fatell esa y vrës ev, kepar ha'm brës vy ow whelas desmygy neb framweyth, a ylly oll an wharvosow dybarow fyttya ino. Ev a esedhas oll an dohajëdh ha'n gordhuwher ow predery in nywl a dobackô.

Tecken dhyrag kydnyow dyw bellscriven a veu drës dhyn. An kensa a redyas indelma:—

RE GLÔWYS NAMNYGEN BOS BARRYMORE I'N HEL. BASKERVILLE.

An secùnd a redyas:—

VYSYTYS TRY OSTEL WARN UGANS HERWYTH ARHADOW, SAW SOWETH NY YLLYN CAFOS FOLEN DREHYS A'N *TIMES*. CARTWRIGHT.

"Otta jy, gyllys yw dyw a'm teyr neujen, a Watson. Nyns yw tra vëth mar bigus avell câss, mayth usy pùptra ow mos wàr dha bydn. Ny a res sarchya adro rag cafos olow nowyth."

"Yma genen whath drîvyor an càb, mayth esa an aspior ino."

"In gwir. Me re dhanvonas pellscriven rag cafos y hanow ha'y drigva dhyworth an Sodhva Covscrefa. Ny vien sowthenys, mar teffa hedna ha dry dhybm gorthyp ow govyn."

Senys veu clogh an daras ha hedna a veu gwell ès gorthyp. An daras a egoras hag gwas garow y fysment a entras. Apert o ev dhe vos an drîvyor y honen.

"Me a gafas messach dhyworth an bedn-sodhva den jentyl i'n drigva-ma dhe wovyn adro dhe Gàb Nyver 2704," yn medh ev. "Me re dhrîvyas ow hàb vy, nans yw seyth bledhen, ha ny wrug den vëth bythqweth gwil croffal wàr ow fydn. Me a dheuth obma strait dhyworth an Garth may hallen govyn orthowgh why, fâss dhe fâss, pandr'eus genowgh why wàr ow fydn."

"Ny'm beus tra vëth i'n bës wàr agas pydn, a dhen dâ," yn medh Holmes. "I'n contrary part, me a vydn ry dhywgh hanter-sovran, mar tewgh why ha ry gorthebow cler dhe'm qwestyons."

"Wèl, me a'm beu dëdh dâ heb dowt vëth oll," yn medh an drîvyor in udn vinwherthyn. "Pëth esowgh why whensys dhe wovyn, a syra?"

"Kyns oll agas hanow ha trigva, mar pedhama whans dh'agas gweles why arta."

"Jowan Clayton, 3 Strêt Tùrpey, an Vùrjestra. Yma ow hàb vy ow tos in mes a Garth Shipley, ogas dhe Orsaf Waterloo."

Sherlock Holmes a nôtyas hedna.

"Lebmyn, a Clayton, leverowgh dhybm adro dhe'n tremenyas a dheuth rag whythra an chy-ma adro dhe dheg eur myttyn hedhyw ha wosa hedna sewya an dhew dhen jentyl Strêt Rêjent wàr nans."

An den a gemeras sowthan hag ev a apperyas nebes shâmys inwedh. "Dar, ny amownt dhybm leverel taclow dhywgh, rag yth hevel why dhe wodhvos solabrës pùptra yw godhvedhys dhybm," yn medh ev. "An gwiryoneth an den jentyl dhe leverel dhybm fatell o va helerghyas, hag yth o res dhybm refrainya dhyworth leverel tra vëth dhe dhen vëth."

"A was dâ; hèm yw mater abrîs, ha mar qwrewgh why assaya dhe gudha tra vëth oll dhyworthyf, why a yllvyth cafos agas honen in drog-plît. Why a lever an den dhe dherivas dhywgh y vos helerghyas?"

"Ea, ev a'n leverys."

"Pana dermyn a wrug ev leverel hedna?"

"Pàn wrug ev ow gasa."

"A leverys ev tra vëth moy?"

"Ev a gampollas y hanow."

Holmes a veras orthyf yn uskys ha vyctory dhe redya wàr y fâss. "Ô, ev a wrug campolla y hanow, a wrug? Ny veu hedna re fur. Pëth a veu an hanow a gampollas ev?"

"Y hanow," yn medh an drîvyor, "o Mêster Sherlock Holmes."
Bythqweth ny welys ow hothman mar fest sowthenys dell veu i'n
tor'-na gans gorthyp an drîvyor. Rag tecken ev a esedhas in
ancombrynsy tawesyk. Ena ev a wharthas yn colodnek.

"Wrynch sley, a Watson—wrynch sley heb dowt vëth!" yn medh
ev. "Yth esoma ow percêvya mongledha dhe waya wàr ow fydn.
Mar uskys ha mar heblyth ywa avell ow cledha ow honen. Ev a'm
tùchyas yn teg an fyt-na. Ytho, y hanow o Sherlock Holmes, o va?"

"O, a syra. Hèn o hanow an den jentyl."

"Pòr dhâ! Leverowgh dhybm ple whrussowgh why y gemeres ha
pùptra a wharva."

"Ev a'm hailyas qwarter wosa naw eur in Plâss Trafalgar. Ev a
leverys y vos helerghyas, hag a offras dew gyny dhybm, mar teffen
ha gwil pynag oll dra a vydna dres oll an jorna heb govyn qwestyon
vëth. Me o pës dâ agria dhe hedna. Kyns oll ny a dhrîvyas wàr nans
dhe Ostel Northùmberlond, erna dheuth dew dhen jentyl in mes ha
kemeres càb in mes a rew an càbbys. Ny a sewyas aga hàb, erna
wrug ev stoppya ogas dhe'n tyller-ma."

"Dhyrag an daras-ma poran," yn medh Holmes.

"Wèl, ny allama bos sur a hedna, saw yth esoma ow soposya an
tremenyas dhe wodhvos oll adro dhodho. Ny a stoppyas hanter-
fordh an strêt wàr nans ha gortos our ha hanter. Ena an dhew dhen
jentyl a wrug agan passya, in udn gerdhes, ha ny a's sewyas Strêt
Baker wàr nans hag ahës—"

"Me a wor," yn medh Holmes.

"Ernag esen ny try wharter a'n fordh Strêt Rêjent wàr nans. Ena
ow den jentyl a dowlas an darasyk in bàn ha cria y rêsa dhyn drîvya
heb let dhe Orsaf Waterloo, uskyssa gyllyn. Me a whyppyas an
gasek ha ny a dhrehedhas an gorsaf ajy dhe dheg mynysen. Ena ev
a wrug pe y dhew gyny, kepar ha den jentyl, hag ev êth in kerdh
aberth i'n gorsaf. Saw pàn esa ev ow tyberth, ev a drailyas ha
leverel, 'Martesen a les vëdh dhywgh, why dhe vos ow trîvya
Sherlock Holmes.' Hèn yw fatla wrug vy desky y hanow."

"Me a wel. Ha ny wrussowgh why y weles wosa hedna?"

"Na wrug, wosa ev dhe entra i'n gorsaf."

"Ha pana semlant a'n jeva Mêster Sherlock Holmes?"

An drîvyor a gravas y bedn. "Wèl, nyns o va den yw êsy dhe dhescrefa. Me a lavarsa ev dhe vos dew ugans bloodh, hag a uhelder cres, naneyl uhel nag isel, dyw vesva bò teyr mesva le agesowgh why, a syra. Ev o gwyskys in dyllas den jentyl, hag ev a'n jeva barv dhu, trehys pedrak, ha fâss gwydnyk. Ny allama leverel moy ès hedna."

"Pana lyw o y lagasow?"

"Nâ, ny worama hedna."

"Eus tra vëth moy a yllowgh why perthy cov anodho?"

"Nag eus, a syra. Tra vëth."

"Wèl, dhan, ot agas hanter-sovran. Yma ken hanter-sovran orth agas gortos, mar kyllowgh why dry moy a avîsyans dhybm. Nos dâ dhywgh!"

"Nos dâ, a syra, ha gromercy dhywgh why."

Jowan Clayton a dhepartyas in udn wherthyn in y vriansen. Holmes a drailyas dhybm ha derevel y dhywscoth. Yth esa minwharth edrygys wàr y fâss.

"Trehys yw agan tressa neujen, hag otta ny le mayth esen i'n dallath," yn medh ev. "As yw sley an javal! Ev a wodhya agan nyver, ev a wodhya Syr Henry Baskerville dhe omgùssulya genef, ev a welas pyw en vy in Strêt Rêjent, ev a dhesmygyas me dhe gafos nyver an càb ha me dhe whelas an drîvyor ha côwsel orto, ha rag hedna ev a dhanvonas wàr dhelergh dhyn an messach taunt-na. Me a lever dhis, a Watson, ny a'gan beus escar wordhy ahanan. Me re sùffras cowl-ardak in Loundres. Govenek a'm beus why dhe gafos fortyn gwell in Pow Densher. Saw anês oma i'm brës adro dhodho."

"Pandr'osta anês adro dhodho?"

"Adro dhe'th tanvon jy. Hager-negys ywa, Watson, hager-negys peryllys, ha dhe voy y'n gwelaf, dhe le usy ef ow plêgya dhybm. Ea, a gothman wheg, te a yll wherthyn, saw ow gaja dhis fatell vedhama pòr lowen, pan wrylly dewheles salow ha saw dhe Strêt Baker."

CHAPTRA VI

Hel Baskerville

Yth o Syr Henry Baskerville ha'n Doctour Mortymer parys an jëdh appoyntys, ha ny a dhalathas, dell o arayes, wàr agan fordh tro ha Pow Densher. Mêster Sherlock Holmes a dhrîvyas genama dhe'n gorsaf hag a ros dhybm y arhadow dewetha ha'y gùssul dhewetha.

"Ny vanaf vy dha besy dhe gampolla skeus na damcaniethow, a Watson," yn medh ev. "Me a garsa yn udnyk te dhe reportya an taclow dhybm mar leun dell ylta, ha te a yll gasa an damcaniethow dhybmo vy."

"Pana sort a daclow?" me a wovydnas.

"Pynag oll dra a havalsa dhis bos ow longya dhe'n negys, na fors pana andhydro a vo, ha spessly an perthynyans inter Baskerville yonk ha'y gentrevogyon, poken skians nowyth vëth ow tùchya mernans Syr Charles. Me ow honen re wrug nebes whythransow agensow, saw i'n gwetha prës, ny wrug vy spêdya dhe dhyscudha tra vëth. Nyns yw certan saw udn dra, hèn yw Mêster Jamys Desmond, an er nessa, dhe vos den jentyl coth, pòr garadow y nas, ytho apert yw nag usy an darsewyans-ma ow tos dhyworto ev. Yth hevel dhybm y hyllyn ny y dhegea in mes a'gan tybyansow yn tien. Saw yma gesys an bobel a vëdh adro dhe Syr Henry Baskerville wàr an hal."

"A ny via dâ kyns oll dhe fêsya in kerdh an copyl-ma, Mêster ha Mêstres Barrymore?"

"Ny via màn. Ny alses gwil errour brâssa ès hedna. Mars yns y inocent, anjùstys dydrueth via, ha mars yns y cablus, ny a via owth hepcor pùb chauns a'y dhry tre dhedhans. Nâ, nâ, ny a vydn aga sensy wàr agan rol a dus mayth en ny dowtys adro dhedhans. Yma gwas stâbel i'n Hel, mars esoma ow remembra yn ewn. Yma dew diak wàr an hal. Hag ena yma agan cothman an Doctour Mortymer, ha me a grës ev dhe vos onest yn tien, hag ena yma y wre'ty, na wodhyn ny tra vëth anedhy. Yma an naturegor-ma, Stapleton, ha'y whor, hag y leveryr hy dhe vos benyn yonk, meur y thenvos. Yma Mêster Frankland a Hel Lafter, hag ev yw nebonen, na wodhyn tra vëth adro dhodho, hag yma nebes kentrevogyon erel. An re-na yw an bobel a res dhis whythra yn sherp."

"Me a vydn gwil oll ow ehen."

"Yma godnys genes, yth esoma ow soposya."

"Eus, me a grës y vos gwell aga dry genef."

"Sur lowr. Sens dha bystol rybos mo ha myttyn, ha na wra lowsya agas gwith nefra."

Agan cothmans a erhys caryach kensa gradh solabrës, hag yth esens orth agan gortos wàr an cay.

"Nâ, nyns eus nowodhow vëth genen," yn medh an Doctour Mortymer, ow cortheby qwestyon Holmes. "Me a yll tia udn dra dhywgh, na veun ny sewys termyn vëth an dhew dhëdh passys-ma. Nyns ethon ny in mes bythqweth heb warya yn lybm, ha ny alsa den vëth scappya dhyworth agan golok."

"Why a remainyas warbarth pùpprës, yth esoma ow soposya."

"Gwrussyn, marnas dohajëdh de. Ow ûsadow pùpprës, pàn dheffen in bàn dhe Loundres, a vëdh dhe sacra udn jëdh dhe dhydhan. Rag hedna me a'n passyas in Gweythva Coljy an Chyrùrjons."

"Ha me êth dhe veras orth an bobel i'n park poblek," yn medh Baskerville. "Saw ny gefsyn ny trobel vëth oll."

"Dybreder veu bytegyns," yn medh Holmes, in udn shakya y bedn ha'y semlant pòr sad. "Me a'gas pës, na wrellowgh why mos alês agas honen oll. Neb drog-labm uthyk a wra codha warnowgh mar tewgh why ha gwil indella. A gefsowgh why agas botasen aral?"

"Na gefys, a syra. Gyllys yw hy rag nefra."

"In gwir. Hèn yw a les brâs. Wèl, Duw genowgh why," ev a addyas, kepar dell esa an train ow tallath slynkya an cay wàr nans. "Perthowgh cov, a Syr Henry, a onen a lavarow an whedhel coth coynt-na a redyas an Doctour Mortymer dhyn, ha gohelowgh an hal i'n termyn-na an tewolgow, pàn vo exaltys powers an drog."

Me a veras wàr dhelergh orth an cay, pàn o va gesys pell dhyworthyn, ha me a welas fygur uhel, lobm Holmes ow sevel heb gwaya, hag ev ow meras wàr agan lergh.

Uskys ha plesont o an viaj, ha me a bassyas an termyn owth aswon dhe well ow dew goweth hag ow qwary gans spanyol an Doctour Mortymer. Wàrlergh nebes termyn an dor gorm o gyllys rudhyk, ha'n bryck o chaunjys dhe ven growyn. Yth esa buhas rudh ow pory in gwelyow inter keow dâ, le mayth esa an gwels rych ha'n plansow fethus ow tysqwedhes aireth moy rych, kyn fe hy gleppa inwedh. Yth esa Baskerville yonk ow meras gans mal der an fenester orth an pow, hag ow kelwel in mes rag ewn delît pàn wrug ev aswon semlant aswonys tireth Pow Densher.

"Me re viajyas dres meur a'n bës, a Dhoctour Watson, dhia bàn wrug vy gasa an conteth-ma, saw bythqweth ny welys pow a ylly bos comparys ganso."

"Ny welys vy bythqweth den a Bow Densher, nag o kerensa vrâs in y golon dh'y gonteth," me a leverys.

"Qwestyon ywa a gynda an den mar veur dell yw mater a'n conteth," yn medh an Doctour Mortymer. "Mar tewgh why ha meras orth agan cothman obma, why a wel pedn rônd an Kelt, usy ow ton ino gwres an Kelt ha'y allos dhe gara. Pedn Syr Charles truan o a sort pòr draweythys, hanter-Godhalek, hanter-Ivernek in y deythy. Saw why o maw pòr yonk, a nyns ewgh why, pàn wrussowgh why gweles Hel Baskervile rag an prës dewetha?"

"Maw i'm bledhydnyow wàr dheg en vy, pàn veu marow ow thas, ha ny wrug vy bythqweth gweles an Hel, rag yth esa ow thas tregys in dyjy bian wàr an Cost Soth. Me êth alena dhe gothman in Ameryca. Me a lever dhywgh bos pùptra mar nowyth dhybm dell ywa dhe'n Doctour Watson, ha me yw pòr whensys dhe weles an hal."

"Owgh why in gwir? Nena êsya ywa ry agas whans dhywgh, rag ot agas kensa golok a'n hal," yn medh an Doctour Mortymer, hag ev ow poyntya mes a fenester an caryach.

A-ugh pedrogow gwer an gwelyow ha crobmen isel a goos yth esa ow terevel i'n pellder bryn loos trist, densak y dop, dyscler ha nywlek, kepar ha neb tirweth darosvanus in hunros. Baskerville a esedhas termyn hir, y lagasow fastys warnodho, ha me a redyas wàr y fâss freth pana leun a styr o an syght anodho ragtho, an kensa golok a'n tyller stranj-na, le may fedha y hendasow ow rowtya mar bell hag ow casa aga merk warnodho. Otta va esedhys in y sewt brethyn ha ranyeth Ameryca wàr y gows, i'n gornel a garyach kebmyn train, saw pan wren vy meras orth y dremyn tewl ha bew, me a gresy ev dhe vos mab wordhy a'n ehen-na a dus nobyl, tanek ha leun a vêstry. Yth esa gooth, colon ha nerth in y abransow tew, y frigow sensytyf, hag in y lagasow brâs a lyw an coll. A pe helgh cales ha peryllys orth agan gortos wàr an hal-na a'n godros, ev dhe'n lyha a via coweth a alsa den peryllya y honen ragtho, rag certan o y fynsa radna an peryl heb plynch vëth.

An train a stoppyas in gorsaf bian ryb an fordh, ha ny oll a skydnyas. Wàr ves, in hans dhe'n pail isel gwydn, yth esa kert ha dew vargh yonk orth agan gortos. Wharvos brâs o agan devedhyans, dell hevelly, rag mêster an gorsaf ha porthoryon a dheuth adro dhyn rag carya agan fardellow in mes a'n gorsaf. Tyller wheg sempel i'n pow o va, saw sowthenys veuma, pàn welys vy dew dhen kepar ha soudoryon, in unform du, ow posa wàr aga godnys cot hag ow meras orthyn sherp, kepar dell esen ny ow passya. Den an côcha, pollat bian cabmys, a dhynerhys Syr Henry Baskerville, ha wosa nebes mynys yth esen ny ow ponya yn uskys an fordh ledan wydn wàr nans. Yth esa porva ow rollya in bàn dhyworth an fordh a bùb tu, hag y fedha treven coth gwelys ow kîky in mes dhia an delyow tew glas, saw adrëv an pow howlek cosel, yth esa ow terevel, crug hir trist an hal, tewl warbydn ebron an gordhuwher, terrys dell o gans an brynyow densak ha leun godros.

An kert a lescas adro aberth in fordh tenewen, ha ny êth adro hag in bàn dre vownderyow ûsys gans cansvledhydnyow a rosow. Yth esa bankednow uhel a bùb tu, neb o poos gans kewny glëb ha tavas carow kigek. Yth esa reden rudhvelen ha dreyn breyth ow spladna in golow an howlsedhas. Yth esen ny prest owth ascendya. Ny êth dres pons cul a ven growyn, hag adro dhe'n gover uhel y dros, esa ow frosa yn uskys dhe'n dor, gans ujow ha gans ewon inter an kerrygy loos. Yth esa gover ha fordh kefrës ow troyllya in bàn dre valy leun a dherow isel hag a sabwëdh. Baskerville a grias in mes gans delît brâs orth kenyver trailyans i'n fordh. Yth hevelly teg dh'y lagasow ev, saw dhybmo vy yth esa neppyth trist ow crowedha wàr an pow, rag yth esa dyweth an vledhen ow tos warnedhy yn apert. Yth esa delyow melen wàr enep an bownderyow, ha moy anodhans a neyjas dhe'n dor pàn wrussyn passya. Y fedha clattra agan rosow bodharhës gans del podrek in bankednow—royow bohosak, dell hevelly dhybmo vy, esa an Natur ow tôwlel dhyrag caryach er teylu Baskerville orth y dhewhelans.

"Hô!" Doctour Mortymer a grias, "pëth yw hebma?"

Yth esa efander serth a dir grugek dhyragon, radn a'n hal mes a'y le. Wàr an top, cales ha sherp kepar hag imach a dhen wàr geyn margh, ny a welas soudor wàr y vargh, tewl hag asper, y godn desedhys ha parys wàr y vregh. Yth esa ev owth aspia an fordh, may whrussyn namnygen marhogeth.

"Pandr'yw hebma, a Perkyns?" an Doctour Mortymer a wovydnas.

Agan drîvyor a drailyas in y esedhva.

"Yma prysner scappys mes a Princeton, a syra. Yma va frank nans yw try dëdh, hag yma an wardens owth aspia pùb fordh ha pùb gorsaf, saw ny wrussons y weles in tyller vëth whath. Nyns yw an diogow adro obma plêsys, a syra, ha hèn yw an gwiryoneth."

"Saw yth esoma ow convedhes y dhe gafos pymp puns, mar kyllons ry avîsyans vëth.

"Cafons, a syra, saw an chauns a bymp puns yw neppyth bohosak comparys gans an chauns a nebonen dhe drehy agas briansen. Why a wel, nag yw haval dhe brysner vëth aral. Ny wrussa an den-ma stoppya rag tra vëth."

"Pyw ywa dhana?"

"Selden ywa, denlath Notting Hill."

Yth esen ow perthy cov a'n câss, rag y feu onen a les brâs dhe Holmes, dre rêson a'n garowder uthyk dres ehen a'n drog-ober ha'n cruelta dybyta a dhysqwedhas an felon in oll y wrians. Mar grysyl o omdhegyans an drog-oberor, an gort a gresy nag o va salow yn tien in y vrës, hag awos hedna ny veu va gorrys dhe'n mernans, adar prysonys bys in dyweth y dhedhyow. Agan kert o ascendys wàr vùjoven ha yth esa an hal hûjes ow lêsa dhyragon gans y garnow a garrygy ha a vrynyow. Yth esa gwyns yeyn ow whetha dreson dhywarnodho hag a wre dhyn crena. In neb le wàr an plain lobm-na yth esa an den dyowlak ow lùrkya, ow cudha y honen in fow kepar ha best gwyls, y golon leun a dhregyn tro ha'n genedhel a wrug y dôwlel in mes. Ny rêsa ma's predery a hedna, ha collenwys in agan desmygyans o godros uthyk an desert lobm, an

68

gwyns rewys ha'n ebron dewl. Baskerville y honen a dewys, ha
tedna y gôta moy clos adro dhodho.

Yth o gesys an pow rych wàr agan lergh hag in danon. Ny a'n
gwely lebmyn wàr agan lergh, hag yth esa golowys ledrek an howl

isel ow trailya an goverow dhe neujednow owrek, hag ow terlentry
wàr an dor rudh, nôwyth erys der an ardar, ha wàr glasneth tew an
cosow. Yth esa an fordh dhyragon ow tevy dhe voy ha dhe voy
lobm ha gwyls, dres ledrow brâs, gellrudh ha glas, gans meyn vrâs
scùllys alês warnodhans. Dhia dermyn dhe dermyn ny a bassyas
chy bian wàr an hal, y fosow ha'y do gwrës a ven, heb idhyow vëth
warnodho dhe vedhelhe y lînednow cales. Dystowgh ny a gafas
agan honen ow meras dhe'n dor aberth in dyppa kepar ha hanaf,
derow ha sabwëdh obma ha ena ino, lettys aga thevyans, rag y o
cabmys ha stubmys dre gonar an hager-awel dres an bledhydnyow.
Yth esa dew dour uhel ha cul ow terevel a-ugh an gwëdh. An
drîvyor a's dysqwedhas gans y whypp.

"Hel Baskerville," yn medh ev.

Y vêster a savas in bàn hag yth esa va ow meras orth an plâss, y
vohow rudhys ha'y lagasow ow spladna. Nebes mynys awosa ny a
dhrehedhas yettys an porthorjy, milhentall a dresweyth marthys in
horn oberys, hag yth esa colovednow tewedhak adhyhow hag
aglêdh, y nabmys gans kewny, ha wàr aga thop pedn torgh teylu
Baskerville. An porthorjy o crellas a ven growyn du ha kebrow
noth, saw adâl dhodho yth esa drehevyans nowyth, hanter-derevys,
an kensa frût a owr Syr Charles dhyworth Afryca Soth.

Ny a bassyas der an yet aberth i'n rosva, le may tewys agan rosow
arta in mesk an delyow, ha le mayth esa an gwëdh ow terevel aga
branchys dhe wil keyfordh dewl a-uhon. Baskerville a dremblas
kepar dell veras an rosva hir ha tewl in bàn tro ha'n tyller mayth esa
an chy ow shînya kepar ha spyrys orth an pedn pella.

"A veu va obma?" ev a wovydnas, cosel y lev.

"Na veu, na veu. Yma rosva an gwëdh ew wàr an tenewen aral.
An er yonk a veras adro, trist y semlant.

"Nyns o marth ow êwnter dhe gresy bos anken ow tos warnodho
in tyller kepar ha'n plâss-ma," yn medh ev. "Lowr yw rag gorra
own in den vëth. Me a wra dhe rew a wolowys tredanek bos gorrys
in bàn obma ajy dhe whegh mis, ha ny wrewgh why y aswon ena,
gans golow mil. gantol in gwedrow tredanek obma poran dhyrag
daras an portal."

Yth esa an rosva owth egery aberth in spâss ledan a wels, hag otta
an chy adâl dhyn. Kynth esa an golow ow mos in kerdh, me a welas

in y gres drehevyans pedrak ha porth dhyragon. Yth o oll tâlenep an chy cudhys in idhyow, ha splat glân obma hag ena, le mayth esa fenester pò côta arvow owth herdhya der an veyl tewl. Dhywar an pedrak cres-ma yth esa an dhew dour ow terevel, y auncyent crenelek ha lies tardhell inhans. Adhyhow hag aglêdh a'n tourow me a welas eskelly moy arnowyth gwrës a ven growyn du. Yth esa golow dyscler ow spladna dre fenestry, tew aga stykednow, hag in mes a'n chymblas uhel wàr an to uhel serth yth esa ow terevel udn goloven a vog du.

"Wolcùm, Syr Henry! Wolcùm dhe Hel Baskerville!"

Den uhel a gerdhas in mes a skeus an porth rag egery daras an kert. Yth esa fygur a venyn dhe weles warbydn golow melen an portal. Hy a dheuth in mes ha gwil gweres dhe'n den ow kemeres agan seghyer dhe'n dor.

"Ny vedhowgh why ancombrys mar teuma ha drîvya tre heb let, a vedhowgh, Syr Henry?" yn medh an Doctour Mortymer. "Yma ow gwreg vy worth ow gortos."

"A ny vydnowgh why remainya ha cafos kydnyow genen?"

"Na vanaf. Res yw dhybm dyberth. Dre lycklod y fëdh ober orth ow gortos in tre. Me a garsa remainya rag dysqwedhes oll an chy dhywgh, saw Barrymore a vëdh gwell avel gêdyor. Duw genowgh, ha na wrewgh hockya dëdh pò nos dhe'm kerhes, mar callama agas servya."

Son an rosow a verwys an rosva wàr nans, ha Syr Henry ha me, ny a drailyas aberth i'n portal, ha'n daras a dhegeas gans tros brâs wàr agan lergh. Rom teg o an tyller may wrussyn ny cafos agan honen, hûjes, uhel, poos an trestrow a dherow, duhës der an oos. Yth esa tan ow crackya wàr an olas adrëv an hern tan uhel. Syr Henry ha me, ny istynas agan dewla tro ha'n tan, rag yth esa gwyndrew in agan besias wosa drîvya mar bell. Ena ny a veras adro dhyn orth an fenestry uhel cul a weder goth lywys, an panellow a dherow, an pednow a gyrwas, an scochons wàr an fosow, pùptra dyscler ha tewl i'n golow gwadn a'n lantern cres.

"An chy-ma yw dell wrug y dhesmygy poran," yn medh Syr Henry. "A nyns ywa an very pyctour a jy teylu coth? Ha perthowgh cov, hèm yw an keth hel, may fedha tregys ow theylu nans yw pymp cans bledhen. Solem oma in udn bredery adro dhodho."

Me a welas y fâss tewl ow colowy gans tan colon kepar ha maw, hag ev ow meras oll adro. Yth esa an golow ow spladna in le mayth esa ow sevel, saw yth esa skeusow hir ow resek an fosow wàr nans, hag ow cregy kepar ha nenlen dhu a-ughto. Barrymore o dewhelys dhyworth don agan fardellow dh'agan chambours. Otta va lebmyn a'y sav dhyragon, hag ev uvel ha cosel kepar ha servont deskys dâ. Marthys o y semlant, rag ev o uhel, teg, ha pedrak du y varv, ha bryntyn o tremyn y fâss.

"A garsowgh why cafos kydnyow lebmyn heb let, a syra?"

"Ywa parys?"

"Y fëdh parys kyns pedn nebes mynys, a syra. Why a gav dowr tobm in agas chambours. Me ha'm gwreg, ny a vëdh lowen dhe remainya obma genowgh why, erna vo ken taclow arayes genowgh, saw why a dal convedhes fatell vëdh otham a felshyp brâs i'n chy awos an condycyons nowyth."

"Pana gondycyons nowyth?"

"Nyns esen ma's ow styrya, a syra, fatell wre Syr Charles bewa yn cosel ha dyberthys dhyworth an bës, ha ny a ylly y servya in pùb otham. Why, heb mar, a vëdh whensys dhe enjoya moy a gowethas, hag indella res vëdh chaunjya felshyp agas chy."

"Esowgh why ow mênya why ha'gas gwreg dhe vos porposys dhe dhyberth alebma?"

"Ny wren ny departya ma's pàn wrella hedna desedha dhywgh, a syra."

"Saw yma agas teylu why obma nansy yw nebes denythyansow, a nyns usy? Drog via genef dallath ow bêwnans obma, dre derry kescolm coth a'gan teylu."

Yth hevelly dhybm fatell esa emôcyon dhe redya wàr fâss gwydn an botler.

"Hèm yw ow thybyans vy inwedh, a syra, ha tybyans ow gwreg. Saw rag leverel an gwiryoneth, yth o Syr Charles meurgerys genen, ha ny a veu diegrys der y vernans. Dre rêson a hedna nyns yw an chy-ma mar blesont ragon namoy. Me a'm beus own na vedhyn ny attês nefra arta in Hel Baskerville."

"Saw pandr'yw porposys dhywgh dhe wil?"

"Ny'm beus dowt vëth dhybm, a syra, na wren ny spêdya dhe fastya agan honen in neb negys. Larjes Syr Charles re ros dhyn an chauns a wil indella. Ha lebmyn, a syra, martesen gwell via dhybm agas hùmbrank bys in agas chambours."

Yth esa baluster an soler pedrak ow resek adro dhe dop an hel coth, hag y hylly ascendya bys dhodho dre vain a stairys dobyl. Dhyworth an tyller-ma in cres an chy yth esa dyw dremenva hir owth istyna adhyhow ha aglêdh oll an drehevyans ahës, hag yth esa pùb chambour owth egery in mes anodhans. Yth esa ow chambour vy i'n keth askell avell chambour Baskerville, ha ny o kentrevrogyon nessa ogasty. An chambours-ma a apperyas lies gweyth moy modern ès i'n radn gres a'n chy, ha'n paper bryght

ha'n cantolyow, meur aga nùmber, a weresas dhe fêsya in kerdh an impressyon morethek a gefsyn, pàn wrussyn ny drehedhes an chy kyns oll.

Saw an rom kynyewel, esa owth egery in mes a'n hel, o tyller a skeus hag a dewolgow. Rom hir o va, hag yth esa stap ow kescar an bord uhel, le may fedha esedhys an teylu, dhyworth an part isella rag aga servysy. Orth pedn an rom yth esa soler avàn rag menestrals. Yth esa tresters ow resek dres an rom a-uhon, hag a-ugh hedna arta yth esa an nen, duhës gans mog. A pe renkyow a faclow anowys cregys wàr an fosow, ha colorys ha wharthow ha dydhan a vanket a'n termyn coth ino, an rom a via medhelhës martesen. Saw lebmyn, pàn esa dew dhen jentyl, gwyskys in dyllas du, esedhys in cres a gelgh bian a wolow tôwlys gans lantern in dàn y skeus, aga levow a vedha ow whystra ha'ga spyrys êth isel. Yth esa ow meras orthyn dhywar an fos rew dyscler a hendasow in pùb kynda a wysk, dhia marhak a oos Elyzabeth bys i'n pollat brav a dermyn an lesruvaneth, ha'ga howethas heb cows a wrug dhyn tewel. Ny gôwsyn ny ma's bohes, ha ragof vy ow honen, me a veu lowen pàn o gorfednys an prës boos ha ny a ylly omdedna bys in rom arnowyth an bylyards rag megy cygaryk.

"Wàr ow fay, tyller lowen nyns yw hebma màn," yn medh Syr Henry. "Me a sopos y halsa nebonen bos ûsys dhodho, saw yth esoma owth omglôwes stranj obma whath. Nyns yw marth ow ôwnter dhe vos nebes anês hag ev tregys heb coweth in chy kepar ha'n chy-ma. Bytegyns, ny a yll mos dh'agan gwely yn avarr haneth, mar pëdh hedna dâ genowgh, ha martesen taclow a wra apperya moy plesont myttyn avorow."

Kyns ès mos dhe'n gwely, me a dednas ow croglednow adenewen ha meras in mes a'm fenester. Yth esa hy owth egery wàr an glesyn dhyrag daras an hel. In hans dhodho yth esa dyw gelly owth hanaja hag ow lesca i'n gwyns esa ow terevel. Hanter-loor a dorras dre resegva an cloudys. In hy golow yeyn me a welas wàr an tu aral a'n gwëdh amal trogh a garrygy, ha keyn hir ha cabm an hal morethek. Me a dhegeas an groglen, ha me certan fatell o ow argraf dewetha a'n hal kepar ha'n re erel a gefys bys i'n eur-na.

Ny veu hedna an argraf dewetha bytegyns. Me a drouvyas ow honen hunek saw dygùsk. Y fedhen ow tossya heb powes dhia denewen dhe denewen, ow cortos an cùsk nag o parys dhe dhos. I'n pellder me a glôwas clock ow seny pùb qwarter our, saw avês dhe hedna yth esa taw marow a'y wroweth wàr an chy coth. Hag ena, yn sodyn, in very cres an nos, me a glôwas son, cler, heglew ha certan. Olva benyn o, an ujow cudhys tegys a nebonen, tormentys gans tristans dygabester. Me a savas in bàn i'm gwely ha goslowes. Ny ylly an son bos pell dhyworthyf. Sur en fatell esa i'n chy y honen. Dres qwarter our me a wortas, pùb nerv i'm corf hewol ha dyfun, saw ny dheuth sownd vëth aral, marnas seny an clock ha'n idhyow ow rùstla wàr an fos wàr ves.

CHAPTRA VII

Mêster ha Mêstresyk Stapleton a Jy Merypyt

Tecter fresk an nessa myttyn a wrug neppyth dhe fêsya in mes a'gan pedn an argraf morethek ha loos a gefsyn a'gan kensa gordhuwher in Hel Baskerville. Kepar dell esa Syr Henry ha dell esen vy ow tebry haunsel warbarth, yth esa golow an howl ow spladna ajy der an fenestry uhel, in udn dôwlel splattys a lywyow gwadn der an scochons settys ahës inhans. Yth esa an panellow tewl ow terlentry kepar ha brons i'n golowydnow owrek. Cales o convedhes hebma dhe vos an udn rom a worras kebmys moreth ha tristans in agan enef gordhuwher an jëdh de.

"Me a grës ny agan honen, adar an chy, dhe vos dhe vlâmya!" yn medh an barnet. "Ny o sqwith warlergh agan viaj, ha yeynhës dre rêson ny dhe dhrîvya mar bell. Rag hedna loos o agan argraf a'n tyller. I'n tor'-ma ny yw fresk ha salow, hag ytho pùptra yw lowen arta."

"Ny veu va qwestyon a dhesmygyans yn tien bytegyns," me a worthebys. "A wrusta rag ensampyl clôwes nebonen, benyn me a grës, owth ola i'n nos?"

"Hèn yw coynt, rag pàn esen vy hanter in cùsk, me a brederys me dhe glôwes neppyth indella. Me a wortas termyn hir lowr, saw ny glôwas tra vëth moy anodho. Rag hedna me a erviras na veu an dra marnas hunros yn udnyk."

"Me a'n clôwas dyblans, ha sur ov yth esa benyn owth ola in gwir."

"Res yw dhyn govyn adro dhe hebma heb let vëth." Ev a wrug seny an clogh ha govyn orth Barrymore a ylly ev styrya agan experyens. Me a welas tremyn gwydn an botler dhe drailya dhe voy gwydn whath, pàn glôwas ev qwestyon y vêster.

"Nyns eus marnas dyw venyn i'n chy, a Syr Henry," ev a worthebys. "Onen anodhans yw mowes an gegyn, hag y fëdh hyhy ow cùsca in askel aral. Hy ben yw ow gwreg, ha me a yll mos ragtho, na dheuth an son-na dhyworty hy."

Saw gow o an geryow-na. Rag y wharva wosa haunsel me dhe dhos orth Mêstres Barrymore i'n dremenva hir, hag yth esa leun-wolow an howl wàr hy fâss. Hy o benyn vrâs, poos hy bejeth, ha heb emôcyon. Fast ha sevur o form hy gwessyow. Saw hy lagasow a's traitas, rag y o rudh, ha hy a veras orthyf dre grehyn lagasow whethfys. Hy ytho a olas i'n nos, ha mar qwrug hy ola, hy gour ty a wodhya adro dhodho. Saw ev a beryllyas y honen pàn leverys na olas hy, rag ev a alsa bos dyskevrys yn êsy. Prag y whrug ev indella? Ha prag y whrug hy ola mar wherow? Yth esa airgelgh a vystery hag a dristans ow cùntell solabrës adro dhe'n den sêmly, gwydn y fâss ha du y varv. Ev a veu an kensa dhe dhyscudha corf Syr Charles, ha ny'gan beu marnas y lavarow ev avell dùstuny ow tùchya cyrcùmstancys esa ow lêdya dhe vernans an den coth. O va possybyl wosa pùptra Barrymore dhe vos hedna a welsyn ny i'n càb in Strêt Rêjent? An varv a ylly bos an udn varv. Drîvyor an càb a gôwsas adro dhe dhen moy isel, saw y hylly an argraf-na bos camdybys. Fatl'yllyn vy bos certan a'n mater rag nefra? Dell o apert, an kensa tra ragof dhe wil o vysytya postvêster Grympen, ha dyscudha a veu an bellscriven settys inter dewla Barrymore y honen. Na fors pandra via an gorthyp, me a vynsa cafos neppyth sur dhe'n lyha dhe reportya dhe Sherlock Holmes.

Syr Henry a'n jeva lies paper dhe examnya wosa haunsel; yth o vas an termyn-na ytho rag ow thro in mes. Kerdh plesont veu a beder mildir amal an hal ahës, ha me a drouvyas ow honen wàr an dyweth in pendra loos, mayth o brâssa dew jy ès an remnant. An re-na o chy an Doctour Mortymer ha'n tavern. An postvêster o spîcer an bendra kefrës hag ev a berthy cov cler a'n bellscriven.

"Yn sur, a syra," yn medh ev. "Me a wrug dhe'n bellscriven bos delyvrys dhe Vêster Barrymore, poran kepar dell veu erhys dhybm."

"Pyw a wrug hy delyvra?"

"Ow mab obma. A Jamys, te a dhelyvras an bellscriven-na dhe Vêster Barrymore i'n Hel an seythen eus passys, a ny wrusta?"

"Gwrug, a das. Me a's delyvras."

"Inter y dhewla y honen?" me a wovydnas.

"Wèl, yth esa ev avàn i'n talyk i'n tor'-na, ma na yllyn hy delyvra inter y dhewla y honen. Saw me a's ros inter dewla Mêstres Barrymore, ha hy a bromyssyas y whre hy y ry dhodho dystowgh."

"A wrusta gweles Mêster Barrymore?"

"Na wrug, a syra. Me a lever dhywgh fatell esa ev i'n talyk."

"Mar ny wrusta y weles, fatla wodhesta ev dhe vos i'n talyk?"

"Wèl, y codhvia dh'y wreg y honen godhvos pleth esa va," yn medh an postvêster yn crowsek. "A ny gafas ev an bellscriven? Mar wharva errour vëth, res yw dhe Vêster Barrymore y honen croffal."

Yth hevelly dhybm nag o tra vëth moy dhe wainya dhyworth pêsya gans an qwestyons. Saw apert o, awos wrynch Holmes, nag o dùstuny vëth dhyn nag esa Barrymore in Loundres oll an prës-na. Gesowgh ny dhe soposya ev dhe vos in Loundres in gwir— gesowgh ny soposya inwedh an keth den dhe vos an person dewetha dhe weles Syr Charles yn few, ha'n kensa dhe sewya an er nowyth, pàn dhewhelys ev dhe Bow an Sowson. Pandra ytho? Esa ev ow lavurya rag pobel erel, pò a'n jeva ev neb towl casadow y honen? Pana brow a via dhodho darsewya teylu Baskerville? Me a brederys a'n gwarnyans coynt trehys in mes a artykyl penscrefor an *Times*. A veu hedna y ober ev, pò a veu an gwarnyans rës gans nebonen, esa ow whelas lettya y dowlow ev? Ny'n jevia ev marnas udn skyla yn udnyk, kepar dell veu campollys gans Syr Henry, mar calla an teylu bos sensys in kerdh der own, Mêster ha Mêster Barrymore a vynsa cafos chy dâ hag attês ragthans aga honen bys nefra. Saw ny via lowr an styryans-na rag an plottyans down ha sotel, a hevelly bos ow qwia roos dywel adro dhe'n barnet yonk. Holmes y honen a leverys na dheuth câss mar gompleth dhodho in oll an rew a gâssys scruthus a whythras ev. Me a wrug ow fejadow, ha me ow kerdhes an fordh loos, pell dhyworth an bobel, may fe ow hothman fries yn scon dhyworth y negyssyow, hag indella may halla ev kemeres an begh ha'n charj poos dhywarnaf.

Yn sodyn ow frederow a veu goderrys der an tros a dreys ow ponya wàr ow lergh ha dre lev nebonen ow kelwel ow hanow. Me a drailyas, rag yth esen ow qwetyas gweles an Doctour Mortymer, saw sowthenys veuma gans stranjer esa worth ow sewya. Ev o den

bian, tanow, dyvarv, kempen y dremyn, melen y vlew, ascornek y
jalla. Ev o inter deg warn ugans ha deu ugans bloodh, hag yth o va
gwyskys in sewt loos ha hot cala wàr y bedn. Yth o box sten cregys
dhywar y scoodh, hag yth esa roos glas rag cachya tycky Duwas in
y dhorn.

"Certan oma, why a vydn ascûsya ow bolder, a Dhoctour
Watson," yn medh ev hag ev ow tos tro ha'n tyller mayth esen a'm

sav. "Pobel sempel on ny obma wàr an hal, ha ny vedhyn ny ow cortos dhe vos presentys yn formal. Why re glôwas ow hanow martesen, dhyworth Mortymer, cothman dhywgh why ha dhybmo vy. Me yw Stapleton, a Jy Merypyt."

"Agas roos ha'gas box a leverys dhybm pyw owgh why," me a leverys, "rag me a wodhya Mêster Stapleton dhe vos naturegor. Saw fatla wrussowgh why ow aswon vy?"

"Yth esen ow vysytya Mortymer, hag ev a'gas dysqwedhas dhybm dhyworth fenester y vedhegva, pàn esewgh why ow passya. Dre rêson ny agan dew dhe vos ow mos wàr an udn fordh, me a brederys y whrellen agas cachya ha presentya ow honen dhywgh. Yma govenek dhybm nag yw Syr Henry dhe lacka wosa y viaj hir."

"Yma va in yêhes dâ, gromercy dhywgh."

"Yth esen ny oll ow perthy own warlergh mernans trist Syr Charles na vedha an barnet nowyth parys dhe drega obma. Lowr yw pesy den rych dhe dhos wàr nans ha budhy y honen in tyller kepar ha'n plâss-ma, saw ny res dhybm leverel dhywgh, fatell vëdh y bresens a brow brâs dhe'n pow-ma. Yth esoma ow soposya na'n jeves Syr Henry dowtys hegol in mater."

"Yth hevel dhybm nag yw hedna lyckly."

"Heb mar why a wor adro dhe whedhel coth an ky dyowlak usy ow clena orth an teylu?"

"Me re glôwas anodho."

"Mater a sowthan yw pana hegol a yll an diogow bos ader dro obma! Lies anodhans re dos solabrës y dhe weles best a'n par-na wàr an hal." Yth esa ev ow minwherthyn orth an geryow-na, saw yth hevelly dhybm dhyworth y lagasow ev dhe gemeres an negys moy sevur. "An whedhel-na a sêsyas brës Syr Charles yn tydn, ha certan oma hedna dhe lêdya dh'y vernans trist."

"Saw fatla?"

"Y nervow ev ow mar frobmys, may hylly ky vëth oll, mar teffa ev ha'y weles, gwil dh'y golon stoppya yn tien. Yth esoma ow soposya ev dhe weles neppyth kepar an nos dewetha-na in rosva an gwëdh ew. Me a vedha own y whre neb drog-labm wharvos, rag me a gara an den coth yn frâs hag a wodhya y golon dhe vos gwadn."

"Fatla wodhyowgh why hedna?"

"Mortymer, ow hothman, a'n derivas dhybm."

"Yth esowgh why ow cresy ytho neb ky dhe sewya Syr Charles, hag ev dhe verwel rag ewn euth dre rêson anodho?"

"Eus styryans gwell dhywgh?"

"Ny wrug vy determya tra vëth whath."

"A wrug Mêster Sherlock Holmes determya tra vëth?"

An geryow-na a gemeras ow anal dhyworthyf tecken, saw pàn verys orth y fâss cosel hag orth y lagasow fast, ow howeth a dhysqwedhas nag esa ev intendys dhe'm sowthanas.

"Heb les vëth via dhyn mâkya nag owgh why aswonys dhyn, a Dhoctour Watson," yn medh ev. "An covyon a'gas helerghyas re wrug agan drehedhes obma, ha ny alsowgh why screfa adro dh'y sowena, heb bos aswonys agas honen. Pàn gôwsas Mortymer orthyf adro dhywgh, ny ylly ev keles dhyworthyf pyw owgh why. Mars esowgh whywhy obma, nena yma ow sewya bos an mater a les dhe Vêster Sherlock Holmes. Ha heb mar, me yw whensys dhe wodhvos pandr'usy ev ow predery adro dhe'n câss."

"Drog yw genef, saw ny allama gortheby an qwestyon-na."

"A allama govyn ywa ervirys dh'agan onoura gans vysyt?"

"Ny yll ev gasa Loundres i'n tor'-ma. Yma câssys erel dhodho, yw res dhodho dêlya gansans."

"Dieth yw hedna! Ev a alsa tôwlel golow wàr daclow yw mar dewl dhyn ny. Saw ow tùchya agas whythransow agas honen, mar pëdh fordh vëth may hallama bos a brow dhywgh, me a drest why dh'y leverel dhybm. A pe neb tybyans a'gas dowtys pò a'n fordh mayth esowgh why ow tôwlel examnya an câss, me a alsa martesen ry neb cùssul dhywgh whath."

"Me a yll agas assurya nag esoma obma marnas rag vysytya Syr Henry, ow hothman, ha nag eus otham dhybm a weres vëth!"

"Dâ dres ehen!" yn medh Stapleton. "Pòr ewn ywa ragowgh dhe warya ha dhe vos fur. Me yw keredhys yn compes rag omherdhya ow honen warnowgh. Me a vydn promyssya dhywgh na wrama gwil mencyon anodho nefra arta."

Ny o devedhys dhe dyller mayth esa trûlergh gwelsek ow trailya dhyworth an fordh hag ow troyllya dres an hal. Yth esa bryn serth adhyhow, lies men brâs scùllys alês warnodho, hag i'n dedhyow passys mengledh growyn a veu trehys ino. Yth esa an enep dhyragon ow formya âls tewl, reden ha dreyn ow tevy in y fâljow. Yth esa coloven a vog loos ow terevel a-ugh mùjoven abell.

"Kerdh cot lowr a vydn agan dry ny bys in Chy Merypyt," yn medh ev. "Martesen why a vydn sparya our, may hallen vy cafos an plesour a'gas presentya why dhe'm whor."

Kyns oll me a brederys y codhvia dhybm bos ryb Syr Henry. Saw ena me a borthas cov a'n crug a baperyow hag a reknys o scùllys wàr vord y weythva. Certan o na yllyn gwil gweres vëth dhodho gans an re-na. Ha Holmes a erhys dhybm spessly dhe studhya an gentrevogyon wàr an hal. Me a acordyas gans galow Stapleton, ha ny a drailyas warbarth an trûlergh wàr nans.

"Tyller marthys yw an hal," yn medh ev in udn veras adro orth an gonyow todnek, kepar ha todnow glas wàr an mor, aga crîbednow a ven growyn densak owth ewony in bàn in formys tarosvanus. "Nefra ny vëdh nebonen sqwith a'n hal. Ny yllowgh why desmygy pàna gevrînow coynt yw kelys ino. Yma an hal mar hûjes, mar dhyvêwnans ha mar leun a vystery."

"Yw an hal aswonys pòr dhâ genowgh dhana?"

"Nyns esoma obma ma's dyw vledhen. Tregoryon an hal a vynsa ow gelwel den nowyth-devedhys. Ny a dheuth obma termyn cot warlergh Syr Charles dhe vos tregys i'n Hel. Saw ow whans o dhe whythra kenyver part a'n pow ader dro, ha me a vynsa predery lebmyn, nag eus lowr a dus mayth yw an hal mar dhâ aswonys dhedhans avell dhybmo vy."

"Ywa cales dhe aswon?"

"Pòr gales. Why a wel, rag ensampyl, an plain brâs-na dhe'n north obma, usy an brynyow coynt ow terry in mes anodho. Esowgh why ow merkya tra vëth marthys adro dhe hedna?"

"Tyller pòr dhâ via rag ponya wàr geyn margh."

"Den a vynsa cresy indella, saw crejyans a'n par-na a wrug dhe nebes tus kelly aga bêwnans ena kyns lebmyn. Esowgh why ow merkya an spottys spladn gwer scùllys alês warnodho?"

"Esof. Y a hevel bos moy frûthus ès remnant an dor."

Stapleton a wharthas. "Hèn yw Lis Grympen brâs," yn medh ev. "Udn stap myskemerys i'n tyller-na ha'n den pò an best a vëdh marow. Me a welas onen a verhygow an hal ow qwandra aberth ino. Ny dheuth ev bythqweth in mes. Hewel termyn hir o y bedn

ow herdhya in mes a'n poll, saw an tyller a'n sùgnas dhe'n mernans
wàr an dyweth. I'n sêson sëgh kyn fe, peryllys yw whelas dhe bassya
dresto, saw wosa an glaw in kydnyaf kepar ha lebmyn, tyller uthyk
yw. Saw me a yll trouvya ow fordh bys in y gres ha dewheles yn few.
Re Jovyn, ot ena ken merhyk anfusyk!"

Yth esa neppyth gell ow rollya hag ow tossya adro in mesk an hesk glas. Ena y feu gwelys codna hir tormentys ow qwrydnya in bàn in pain hag uj uthyk a wrug dasseny dres oll an hal. Me a drailyas yeyn rag ewn euth, saw nervow ow howeth a apperyas dhe greffa ages ow nervow vy.

"Gyllys yw!" yn medh ev. "An lis a'n cafas. Dew vargh ajy dhe dhew jorna, ha lies moy, parhap, rag y fedhons ûsys dhe vos dy i'n awel sëgh, ha ny wodhons an dyffrans, erna wrella an lis aga lenky. Tebel-tyller yw Lis Grympen brâs."

"Ha why a lever why dhe allas mos dredho, a leverowgh?"

"Lavaraf. Yma nebes trûlerhow a yll bos kemerys gans nebonen strîk. Me re wrug aga throuvya."

"Saw prag y fynsowgh why entra in tyller mar uthyk?"

"Wèl, esowgh why ow qweles an brynyow i'n pellder? An re-na in gwiryoneth yw enesow dyberthys, na yll den vëth aga drehedhes dre rêson a'n lis, neb re slynkyas adro dhedhans dres an cansvledhydnyow. Hèn yw an tyller may fêdh an plansow traweythys ha'n tycky Duwas traweythys, mara'th eus an connyng dh'aga hafos."

"Me a vydn assaya ow fortyn neb udn jorna."

Ev a veras orthyf yn sowthenys.

"Rag kerensa Duw, gorrowgh tybyans a'n par-na in mes a'gas brës!" yn medh ev. "Me a via cablus a'gas goos why. Me a lever dhywgh, na vedha chauns vëth oll why dhe dhewheles yn few. Ny allama y wil ow honen marnas dre berthy cov a nebes tirnosow completh."

"Hô!" me a grias. "Pëth yw hedna?"

Y feu clôwys cry isel, ha trist dres ehen, ow scubya dres an hal. Yth o oll an air lenwys anodho; saw ny yllyn leverel pana gwartron esa ev ow tos dhyworto. Pàn dhalathas, hanajen gosel o, saw encressya a wrug ha gwil uj down, hag ena skydnya ha gwil hanajen drist ow lebmel i'gan scovornow. Stapleton a veras orthyf ha pòr goynt o y dremyn.

"Tyller coynt yw an hal!" yn medh ev.

"Saw pëth yw hedna?"

"Yma an diogow ow leverel hedna dhe vos Ky Teylu Baskerville ow kelwel rag y bray. Me re'n clôwas unweyth pò dywweyth kyns, saw bythqweth ny veu mar uhel."

Me a veras adro, gans own yeyn i'm colon, orth an plain hûjes ha'n splattys glas a borf warnodho. Nyns esa tra vëth ow qwaya dres oll an efander-na marnas dyw vran, esa ow renky yn uhel dhywar vryn wàr agan keyn.

"Why yw den deskys. Nyns esowgh why ow cresy flows a'n par-na," me a leverys. "Pandr'usy ow qwil an son coynt-na, warlergh agas tybyans why?"

"An porf a wra sonyow coynt traweythyow. Hèn yw an lis ow skydnya pò an dowr ow terevel, pò neppyth."

"Nâ, nâ, hedna a veu an lev a neb creatur bew."

"Wèl, why a lever gwir martesen. A wrussowgh why bythqweth clôwes clabyttour ow taredna?"

"Na wrug, ny wrug vy bythqweth."

"Edhen traweythys yw—gyllys yn tien ogasty—in Pow an Sowson i'gan dedhyow ny. Saw y hyll kenyver tra wharvos wàr an hal. Ea, ny vien sowthenys dhe dhesky ny dhe glôwes an edhen dewetha a ehen an clabyttours."

"Hèn yw an dra moyha coynt ha moyha stranj a glôwys vy bythqweth."

"Yw, yth yw an tyller-ma nebes stranj ha dres natur. Mir orth an bryn dres ena. Pëth esowgh why ow tyby adro dhe'n re-na?"

Yth o oll an leder cudhys dre gelhow loos a veyn, ugans anodhans dhe'n lyha.

"Pëth yns y? Corladnow?"

"Nag yns. Y yw treven agan hendasow wordhy. Yth esa lies onen a'n dus ragistorek tregys wàr an hal, ha dre rêson nag o den vëth specyal tregys warnodho awosa, ny a gav aga threven bian poran kepar dell wrussons y aga gasa. An re-na yw aga thentys heb to. Why a yll gweles aga olasow ha'ga gweliow, mar pedhowgh why parys dhe entra i'n crowyow."

"Dar, tre vian yw hy. Pana dermyn esa tus tregys inhy."

"I'n oos neolythek. Ny wodhyn ny an prës poran."

"Pana sort a vêwnans a's bedha?"

85

"Y a wre pory aga gwarthek wàr an ledrow-ma. Y a dheskys palas sten, pàn esa an cledha a vrons ow tallath kemeres le an vool a flynt. Mir orth an cledh brâs i'n bryn adâl dhyn. Hèn yw aga merk y. Ea, why a gav nebes poyntys pòr goynt adro dhe'n hal, a Dhoctour Watson. Ô, ascùsyowgh vy tecken! Hèn a res bos *Cyclopides*."

Kelyonen vian pò gowdhan bian a neyjas dres agan trûlergh, ha heb strech yth esa Stapleton ow fysky pòr vewek ha pòr uskys wàr lergh an treghvil. An dra a neyjas strait tro ha'n lis brâs, ha'm

86

coweth heb hockya màn, a labmas dhia dos dhe dos wàr y lergh, y roos gwer ow lesca i'n air. Y dhyllas loos ha'y resegva sqwychus, avrewlys in igam ogam a'n gwrug kepar ha gowdhan brâs y honen. Yth esen ow sevel ow meras orto, meur ow estêmyans rag y wrians marthys, ha me dowtys na wre va martesen trebuchya i'n lis fâls. Me a glôwas an sownd a nebonen ow kerdhes wàr ow lergh hag a drailyas rag gweles benyn ogas dhybm wàr an trûlergh. Hy o devedhys dhyworth an qwartron mayth esa an goloven a vog. Hedna a leverys dhybm hy dhe dhos dhyworth Chy Merypyt, kyn whrug dyppa i'n hal hy heles erna veu hy pòr ogas dhybm.

Ny yllyn dowtya hòm dhe vos Mêstresyk Stapleton, a glôwys vy adro dhedhy, rag nyns esa marnas bohes benenes wàr an hal. Ha me a remembras fatell leverys nebonen dhybm hy dhe vos teg dres ehen. An venyn, esa ow tos tro ha me, o pòr sêmly in gwir, ha'y thecter o a sort pòr specyal. Scant ny ylly bos moy a dhyffrans inter broder ha whor. Lywyow fâss Stapleton o newtral, ha'y vlew o melen ha'y lagasow loos. Y whor o tewlha ès benyn vëth tewl hy blew a welys vy bythqweth in Pow an Sowson. Tanow o hy, uhel hag afînys. Prowt, kervys fin o hy fâss, mar rewlys may halla va apperya heb emôcyon, na ve an ganow sensytyf ha'n lagasow teg down ha bewek. Hy fygur perfeth ha'y dyllas nobyl a's gwrug vesyon coynt in gwir wàr drûlergh dygoweth wàr hal. Yth esa hy ow meras orth hy broder, pàn wrug vy trailya. Hag ena hy a encressyas hy cris tro ha me. Me a derevys ow hot ha parys en rag styrya neppyth dhedhy, pàn wrug hy geryow hy trailya ow frederow aberth in shanel nowyth.

"Dewhelowgh!" yn medh hy. "Dewhelowgh dhe Loundres dystowgh."

Ny yllyn marnas meras stark orty dre sowthan gocky. Yth esa hy lagasow ow lesky ha hy a frappyas an dor gans hy throos.

"Prag yma res dhybm dewheles?" me a wovydnas.

"Ny allama y styrya." Hy lev o cosel ha freth, hag yth esa hy ow stlevy in hy hows. "Saw rag kerensa Duw, gwrewgh an pëth esoma ow covyn orthowgh. Dewhelowgh ha na settyowgh troos wàr an hal nefra arta."

"Saw ny wrug vy ma's drehedhes namnygen."

"A dhen, a dhen!" hy a grias. "A ny yllowgh why convedhes pàn vo gwarnyans rag agas les agas honen! Dewhelowgh dhe Loundres! Dalathowgh haneth! Voydyowgh alebma, pynag oll a wharvo! Sh, yma ow broder ow tos! Na leverowgh ger vëth a'm lavarow. A vynsowgh why cafos dhybm an degyrynen-na dhybm usy in mesk an lostow margh? Yma lies tegyrynen wàr an hal, saw heb mar, why yw nebes adhewedhes rag gweles tecter an tyller."

Y jâss o forsâkys gans Stapleton, hag ev a dheuth wàr dhelergh dhyn ow tiena gans an ponyans, ha rudh o y fâss.

"Hô, a Beryl!" yn medh ev, hag yth hevelly dhybm nag o ton y vednath re garadow.

"Wèl, a Jack, te yw pòr dobm."

"Ov, yth esen ow chassya *Cyclopides*. Pòr draweythys yw ha bohes venowgh y fëdh ev gwelys i'n kydnyaf holergh. Govy me dh'y gelly!" Ev a gôwsas heb bern, saw yth esa y lagasow bian scav ow lebmel pùpprës dhyworthyf vy dhe'n venyn yonk.

"Why re wrug agas presentya an eyl dh'y gela, dell welaf."

"Gwrussyn. Yth esen ow leverel dhe Syr Henry an sêson dhe vos nebes holergh rag gweles tecter gwir an hal."

"Dar! Pyw osta ow tesmygy hedna dhe vos?"

"Yth esen ow tesmygy ev dhe vos Syr Henry Baskerville."

"Nag ov, nag ov," me a leverys. "Nyns oma ma's den kebmyn uvel, saw cothman dhodho. An Doctour Watson yw ow hanow vy."

Apert o dhyworth hy fâss sensytyf hy dhe vos vexys. "Yth esa fowt convedhes intredhon dhana," yn medh hy.

"Ny'gas beu meur a dermyn rag kestalkya," yn medh hy broder, hag yth esa qwestyon sherp i'n keth lagasow-na.

"Me a gôwsas orth an Doctour Watson avell nebonen tregys obma, adar avell vysytyor," yn medh hy. "Ny vern dhodho ywa abrës pò adhewedhes rag tegyryn. Saw why a vydn dos, a ny vydnowgh, ha gweles Chy Merypyt?"

Wosa kerdhes pellder cot ny a dheuth dy, dhe jy lobm wàr an hal. I'n termyn eus passys yth o chy neb poror rych, saw lebmyn yth o settys in ordyr rag gwil trigva arnowyth dhyworto. Yth esa avalednek adro dhodho, saw dell o ûsys wàr an hal, an gwëdh o lettys i'ga thevyans. Argraf oll an tyller o bohosak ha trist. Servont coth, gwedhrys ha coynt in y cyvyl a lyw gossenek, a egoras an daras dhyn, hag ev a hevelly bos warlergh gnas an chy. Wàr jy bytegyns, yth esa rômys brâs, ha mebyl afînys inhans, a gôwsas orthyf a dhecernyans an venyn. Pàn wrug vy meras in mes a'ga fenestry orth an veyn growyn obma hag ena wàr an hal esa owth istyna heb dyweth bys i'n gorwel pella, res o dhybm gwil marthùsyon an den deskys dâ-ma ha'n venyn sêmly-ma dhe dhos rag bos tregys i'n tyller kepar ha hedna.

"Tyller coynt dhe dhêwys, a nyns ywa?" yn medh ev, kepar pàn ve va ow cortheby ow frederow. "Saw ny yw lowen lowr, a nyns on, a Beryl?"

"Pòr lowen," yn medh hy, saw ny veu son vëth a grejyans in hy lev.

"Me a'm beu scol," yn medh Stapleton. "In north a Bow an Sowson yth esa hy. Mecanek ha heb les vëth o an ober dhe dhen a'm natur vy, saw an pryvylej a vos tregys gans pobel yonk, a weres ow shâpya an bresyow yonk hag a stampya ow gnas ow honen ha'm fylosofy ow honen warnodhans o kerys brâs genef. Saw yth o an destnans wàr agan pydn. Cleves plagus poos a dorras in mes i'n scol, ha try a'n vebyon a veu marow. Bythqweth ny yllyn gorra an strocas-na dhywarnaf, hag y feu meur a'm mona lenkys dredho. Bytegyns, na ve me dhe gelly cowethas wheg an vebyon, me a alsa lowenhe ow tùchya an cales-lùck a'm beu, rag yth yw losowieth ha zoologieth a les brâs dhybm, hag yma meur dhe wil i'n gwel obma. Pella yth yw an Natur mar ger dhe'm whor dell yw dhybmo vy. Me re leverys oll hebma dhywgh, a Dhoctour Watson, awos an wolok wàr agas fâss ha why ow meras orth an hal in mes a'gan fenester."

"In gwir an preder a entras i'm pedn y halsa an tyller-ma bos nebes sëgh—dh'agas whor why martesen, moy ès dhywgh why agas honen."

"Nâ, nâ, ny vedhama nefra sqwith a'n tyller-ma," yn medh hy yn uskys.

"Yma agan lyvrow dhyn, ha'gan studhyansow; hag yth yw agan kentrevogyon a les brâs. An Doctour Mortymer yw pòr lettrys in y dhevnyth hy honen. Yth o Syr Charles truan pòr dhâ avell coweth inwedh. Aswonys dâ o va dhyn, hag y fëdh hireth angresadow dhyn wàr y lergh. Esowgh why ow predery me dh'y ania ev, mar teffen ha mos hedhyw dohajëdh dhe Hel Baskerville ha metya gans Syr Henry rag an kensa prës?"

"Sur oma ev dhe vos pòr lowen dh'agas gweles why."

"Martesen dhana why a alsa gwil mencyon dhodho a'n pëth porposys genef. Ny a yll parhap in agan fordh uvel agan honen gwil neppyth rag êsya taclow dhodho, erna vo va ûsys dh'y drigva nowyth. A vydnowgh why dos genef an stairys in bàn, a Dhoctour Watson, rag meras orth a'n cùntellyans a'm beus a Lepidoptera? Me a grës ow hùntellyans vy dhe vos moy leun ès onen vëth aral in oll an soth a Bow an Sowson. Pàn vo hedna gwrës genowgh, parys vëdh an ly ogasty."

Saw me o whensys dhe dhewheles dhe'm charj. Tristans an hal, mernans an merhyk truan, an son coynt a glôwys vy hag a veu kelmys gans whedhel coth uthyk teylu Baskerville, oll an re-na a dùchyas ow frederow gans hireth. Ha pella, moy ès oll an argrafow dyscler-na, me a gafas an gwarnyans dyblans dhyworth Mêstresyk Stapleton, ha hy a'n ros dhybm mar freth ha mar sevur, na yllyn dowtya rêson poos ha down dhe vos adrëv dhodho. Me a sconyas pùb iniadow a wrussons ry dhybm dhe wortos rag lyvya gansans, ha me a dhalathas ow viaj wàr dhelergh, ha kemeres an trûlergh gwelsek a wrug vy dos warnodho.

Dell hevelly, bytegyns, yth esa neb scochfordh rag an re-na mayth o hy aswonys dhedhans, rag kyns ès me dhe dhrehedhes an fordh vrâs, me a veu sowthenys pàn welys vy Mêstresyk Stapleton esedhys wàr ven ryb an trûlergh. Hy fâss o rudhys teg dre bonya, hag yth esa hy dorn ryb hy thenewen.

"Me re bonyas oll an fordh rag metya genowgh, a Dhoctour Watson," yn medh hy. "Ny gefys vy an termyn dhe omwysca i'm hot. Res yw dhybm sevel orth stoppya, poken ow broder martesen a vydn merkya ow bos gyllys. Me a garsa leverel dhywgh pana dhrog yw genef me dhe errya mar wocky ha cresy why dhe vos Syr Henry. Me a'gas pës a ankevy an geryow a leverys vy, nag usy ow longya dhywgh why màn."

"Saw ny allama aga ankevy, a Vêstresyk Stapleton," me a leverys. "Me yw cothman dhe Syr Henry, ha'y les ev yw pòr ogas dhe'm colon. Leverowgh dhybm prag yth esowgh why ow whansa kebmys Syr Henry dhe dhewheles dhe Loundres."

"Sians benyn, a Dhoctour Watson. Pan vyma aswonys gwell genowgh, why a wra convedhes na allama ry rêson pùpprës rag ow lavarow pò rag ow gwrians."

"Nâ, nâ. Me a yll perthy cov whath a'n frêthter i'gas lev why. Yth esoma ow perthy cov a'n wolok i'gas lagasow. Me a'gas pës, bedhowgh opyn genef, a Vêstresyk Stapleton, rag bythqweth dhia bàn wrug vy drehedhes an tyller-ma, me a wodhya bos skeusow oll adro dhybm. An bêwnans yw gwrës kepar ha Lis Grympen brâs, gans y splattys bian glas pùb le, may hyll nebonen codha aberth inhans heb hùmbrynkyas vëth dhe dhysqwedhes an trûlergh ewn. Leverowgh dhana, pëth o agas styr, ha me a vydn promyssya dhywgh, y whrama dry agas gwarnyans dhe Syr Henry."

Y hylly hockyans bos redys in hy fâss rag tecken, saw hy lagasow a wrug cales'he arta ha hy a'm gorthebys.

"Yth esowgh why ow qwil re anodho, a Doctour Watson," yn medh hy. "Y feun ny, me ha'm broder, diegrys brâs dre vernans Syr Charles. Aswonys pòr dhâ o va genen, rag an kerdh moyha kerys ganso o dres an hal bys in agan chy ny. An vollath, esa cregys a-ugh an teylu, a wrug argraf crev warnodho, ha pàn dheuth an drog-labm, me a gresy heb mar fatell esa rêson rag a'n dowtys a'n jeva ev. Me a veu troblys rag hedna, pàn skydnyas ken esel a'n teylu dhe vos tregys obma, ha me a gresy y codhvia y warnya adro dhe'n peryl may fedha ev ino. Hèn o oll en vy whensys dhe dherivas dhodho."

"Saw pandr'yw an peryl?"

"Yw whedhel an ky aswonys dhywgh?"

"Nyns esoma ow cresy in flows a'n par-na."

"Saw yth esoma ow cresy ino. Mars eus power vëth dhywgh gans Syr Henry, kemerowgh ev alebma, dhyworth tyller re beu mortal bythqweth dh'y deylu. Efan yw an norvës. Prag y fia ev whensys dhe drega in tyller daunjer?"

"Drefen y vos an tyller a dhaunjer. Hèn yw natur Syr Henry. Me a'm beus own, mar ny yllowgh why ry rêson moy certan dhybm, na yll den vëth gwil dhodho gwaya."

"Ny allama leverel tra vëth dyblans, rag ny worama tra vëth moy certan."

"Me a vynsa govyn udn qwestyon moy orthowgh, a Vêstresyk Stapleton. Mar nyns owgh why intendys dhe leverel tra vëth moy ès hedna, pàn wrussowgh why côwsel orthyf kyns oll, prag na garsowgh why agas broder dhe glôwes agas geryow? Nyns eus tra vëth inhans, a alsa y serry, pò serry ken den vëth."

"Whans ow broder yw dhe weles pobel tregys i'n Hel, rag yma va ow cresy hedna dhe vos a brow dhe vohosogyon an hal. Ev a via serrys, mar teffa ha clôwes me dhe leverel tra vëth, a alsa gwil dhe

Syr Henry voydya dhyworthyn. Saw ow devar yw gwrës genef
lebmyn, ha ny vanaf vy leverel namoy. Res yw dhybm deweheles,
poken ev a vydn merkya nag esoma in tre, ha skeus a'n jevyth, me
dhe gôwsel orthowgh. Duw genowgh!" Hy a drailyas ha wosa
tecken mos mes a wel in mesk an veyn vrâs scùllys alês wàr an hal.
Saw me, ow enef leun a dhowtys dyscler, a sewyas wàr ow fordh bys
in Hel Baskerville.

CHAPTRA VIII

Kensa Derivas an Doctour Watson

Alebma rag me a vydn sewya an cors a wharvosow dre dhascrefa ow lytherow ow honen dhe Vêster Sherlock Holmes, usy ow crowedha dhyragof wàr an bord. Yma udn folen gyllys dhe stray, saw marnas hedna, ymowns y poran kepar dell vowns screfys genef. Yma an re-na ow tysqwedhes dhe ewnha ès ow remembrans an emôcyons ha'n skeusow a'm beu i'n termyn may whrug taclow hapnya, kynth yw ow hovyon ow tùchya an maters trist-ma pòr gler i'm pedn whath.

HEL BASKERVILLE,

13 Hedra

A HOLMES WHEG,—An lytherow ha'n pellscrivednow screfys genef dhis a wrug derivas dhis pùptra ogasty a wharva i'n gornel uthyk molethys-ma a'n norvës. Dhe hirra nebonen dhe drega obma, dhe voy y fëdh spyrys an hal ow skydnya aberth in y enef, brâster hûjes ha tenva grysyl an hal inwedh. Pàn vo nebonen wàr ves wàr ascra an hal, ev re asas wàr y lergh pùb ol a Bow an Sowson agan dedhyow ny, saw wàr an tenewen aral, apert dhe nebonen in pùb le yw lavur ha trigva an bobel ragistorek. Pàn vo nebonen ow kerdhes, a bùb tu ev a wel treven an bobel ankevys-ma, aga bedhow ha'n veyn hir hûjes, neb yw soposys dhe verkya aga themplys. Pàn wrella den meras orth aga crowyow a ven loos warbydn an ledrow breyth, yma va ow forsâkya y oos y honen, ha mar teffa ev ha gweles den blewak, crehyn adro dhodho, ow cramyas in mes a'n daras isel hag ow fyttya seth, flynt hy bleyn, dhe gorden y warek, an den modern a vynsa cresy an den ragistorek dhe vos moy natùral i'n tyller-na agesso ev y honen. An dra goynt yw kebmys anodhans de vewa wàr dhor neb o mar hesk. Nyns oma hendhyscansyth, saw

94

me a alsa desmygy y dhe vos pobel gosel ha compressys, neb a vedha constrînys dhe dhegemeres an tireth na vynsa ken bagas vëth bos tregys ino.

Oll hebma bytegyns yw alyon dhe'n negys a wrusta ow danvon warnodho, ha dre lycklod ny vëdh a les dhe'th vrës mar yeyn dyfroth. Yth esoma ow perthy cov ahanas, pàn leversys nag o bern dhis esa an howl ow trailya adro dhe'n nor pò an nor adro dhe'n howl. Gas vy ytho dewheles dhe'n taclow godhvedhys adro dhe Syr Henry Baskerville.

Mar ny wrusta cafos derivas vëth dhyworthyf i'n dedhyow dewetha-ma, hèn yw dre rêson nag eus tra vëth a bris dhe dherivas. Ena y wharva tra pòr goynt, ha res vëdh dhybm ry acownt dhis anodho warlergh hebma. Saw kyns oll res yw dhybm styrya dhis nebes a'n taclow erel usy ow longya dhe'n mater-ma.

Onen an taclow-na, na wrug avy leverel marnas bohes adro dhodho, yw an prysner dienkys wàr an hal. Yma rêson crev dhe gresy ev dhe scappya qwît in kerdh, ha hèn yw hebasca dhe diogow dygoweth an tireth-ma. Yma dyw seythen passys abàn wrug ev diank, hag in oll an prës-na ny veu tra vëth naneyl gwelys na clôwys anodho. Ny yll den vëth cresy y halsa ev pêsya wàr an hal oll an termyn-na. Heb mar, nyns eus caletter vëth ow tùchya y govva. Ev a alsa cudha y honen in onen vëth oll a'n crowyow men-na. Saw nyns eus tra vëth dhe dhebry wàr an hal, marnas ev a wrug cachya ha ladha onen a dheves an hal. Yth hevel dhyn rag hedna ev dhe vos gyllys, ha dre rêson a hedna yma an diogow in tyleryow pella ow cùsca dhe well.

Yma peswar corf crev i'n mêny-ma, may hyllyn ny kemeres with ahanan agan honen, saw res yw dhybm meneges me dhe bredery traweythyow a Stapleton hag a'y whor. Ymowns y tregys mildiryow dhyworth gweres vëth. Nyns eus in aga chy y marnas udn vowes, udn gwas coth, an whor ha'n broder, ha nyns yw den crev an broder y honen. Y a via dyweres yn tien in dewla bylen kepar ha'n drogoberor-ma dhia Notting Hill, mar teffa ev unweyth hag entra in aga chy. Yth en vy hag yth o Syr Henry pòr anês ow tùchya aga flît y, hag y feu cùssulys y whrella Perkyns, gwas an vergh, mos bys dhedhans ha cùsca in aga chy, saw nyns o Stapleton acordys in fordh vëth oll.

An gwiryoneth yw agan cothman, an barnet, dhe dhallath dysqwedhes les brâs in agan kentrevoges teg. Nyns yw hedna marthus, rag yma an termyn ow passya pòr lent i'n tyller dygowethma rag den gwythresek kepar hag ev; ha hy yw benyn pòr deg, ha meur hy thenva. Yma neppyth tropek hag estrednek in hy

omdhegyans, hag yma hedna ow contrâstya gans hy broder yeyn ha serth. Saw yma ev inwedh ow tysqwedhes bos tanow kelys ino. Apert yw in gwir ev dhe wil mêstry crev warnedhy, rag me re's gwelas ow meras heb hedhy orto, pàn esa hy ow côwsel, kepar ha pàn ve hy ow whelas y gomendyans rag hy geryow. Yth esoma ow trestya ev dhe vos caradow dhedhy. Yma glyttrans sëgh dhe weles in y lagasow, ha settys fyrm yw y wessyow tanow. Yma an re-na ow traita natur certan, ha natur cruel inwedh martesen. Te a wrussa y gafos meur a les rag studhya.

Ev a dheuth dhe vysytya Baskerville an kensa dëdh-na, ha'n nessa myttyn ev a'gan dros dhe dhysqwedhes dhyn an tyller mayth yw leverys whedhel coth tebel-Hûgo dhe dhallath. Res veu dhyn kerdhes nebes mildiryow dres an hal dhe blâss, yw mar anfusyk, may halsa an tyller y honen bos an chêson rag an whedhel. Ny a gafas tnow cot inter dew vryn garow esa ow lêdya dhe splat gwelsek, breyth gans gonbluv gwydn. Yth esa dew ven ow terevel in y gres, y ûsys ha lebmys avàn ernag êns kepar ha dens pedrys neb udn best uthyk. Yth esa an tyller-na ow cortheby in pùb fordh poran dhe dyller an drog-labm auncyent. Yth o an negys a les brâs dhe Syr Henry, hag ev a wovydnas orth Stapleton moy ès unweyth esa ev ow cresy in gwiryoneth y hylly an powers gornatùral mellya gans negyssyow mab den. Ev a gôwsas yn scav, saw apert o ev dhe vos ow covyn in sevureth. Ny levery Stapleton nameur, saw êsy o gweles, fatell ylly ev leverel moy ès dell leverys in gwir. Cler o na leverys ev an pëth a gresy ev in gwiryoneth, rag nyns o va whensys dhe ancombra an barnet. Ev a gowsas a gâssys erel mayth esa teyluyow ow sùffra in dàn neb udn drog-awedhyans, hag ev a'gan gasas ow predery ev dhe gresy adro dhe'n mater an pëth a gresy an bobel gebmyn.

Pàn dheuthon ny wàrlergh, ny a remainyas in Chy Merypyt rag livya, hag ena Syr Henry a aswonas Mêstresyk Stapleton rag an kensa prës. Kettel wrug ev hy gweles ev a apperyas bos dynys brâs gensy, ha mar nyns oma myskemerys, hy a veu tednys dhodho ev kefrës. Ev a's campollas liesgweyth pàn esen ny ow kerdhes tre warbarth, ha warlergh hedna scant ny bassyas dëdh na wrussyn gweles neppyth a'n broder hag a'n whor. Y fedhons y ow kynyewel obma haneth, hag yma nebes cows ahanan ny dhe vos dhe

gynyewel gansans y an seythen usy ow tos. Nebonen a alsa desmygy
bos kesparyans kepar inter y whor ha Syr Henry dhe blêsya
Stapleton, saw moy ès unweyth me re verkyas Stapleton ow meras
yn serrys orth Syr Henry, pàn esa ev owth attendya whor Stapleton.
Yma hy meurgerys dhe Stapleton heb dowt vëth, ha dygoweth via
y vêwnans hepthy, hag yth hevel dhybm omgerensa bur ev dhe
sevel inter hy whor ha maryach mar dhâ. Saw me yw certan na
garsa Stapleton an perthynas intredhans dhe athvejy bys in kerensa,

ha nebes termynyow me re'n merkyas ow whelas aga lettya orth bos warbarth aga honen oll. Dre hap dha arhadow dhybm, na wrellen gasa Syr Henry dhe vos in mes heb coweth, a via liesgweyth calessa, a pe kerensa intredhans aga dew addys dh'agan problemow erel. Assa vien casadow dhe Syr Henry, mar teffen ha collenwel agas comondment bys i'n lytheren!

Nebes dedhyow alebma—de Yow rag bos kewar—an Doctour Mortymer a livyas genen ny. Ev re beu ow cledhya bedhros in Long Down, hag ev a drouvyas crogen pedn ragistorek, usy worth y lowenhe yn frâs. Bythqweth ny veu arbenegor mar unver in y vrës avello ev! Mêster ha Mêstresyk Stapleton a entras wosa hedna, ha'n doctour dâ a'gan kemeras dhe rosva an gwëdh ew, pàn wrug Syr Henry y besy may whrella indella, hag ev a dhysqwedhas dhyn poran fatla wharva pùptra an nos trist-na. Kerdh pell hag anfusyk yw an rosva, inter dyw fos a ge kempen, hag yma lysten gul a wels a bùb tu. Orth an pedn pella yma crellas a jy hâv. Yma yet an hal hanter-fordh wàr nans, le may whrug an den jentyl coth gasa lusow y cygar. Yet predn gwyn ywa ha clycket warnodho. In hans dhodho yma an hal ledan. Me a remembras dha dhamcanieth jy a'n negys ha me a whelas desmygy pùptra a wharva. Kepar dell esa an cothwas ow sevel i'n tyller-na, ev a welas neppyth ow tos dhodho dres an hal, neppyth neb a worras kebmys scruth ino, may whrug ev muskegy ha ponya erna verwys rag ewn euth ha sqwithter. Ena ny a welas an geyfordh hir ha trist may whrug ev fia inhy wàr nans. Saw pandra wrug y sewya? Ky deves dhyworth an hal? Pò ky tarosvanus, du, cosel hag uthyk? Esa mab den ow mellya gans an negys? A wodhya Barrymore, gwydn y fâss, moy ès dell o va parys dhe avowa? Pùptra o dyscler ha stranj, saw pùpprës yma skeus a drespasseth dhe bercêvya i'n mater.

Me re vetyas gans ken kentrevak dhia bàn screfys dhis rag an pres dewetha. Ev yw Mêster Frankland a Hel Lafter. Yma va tregys peder mildir dh'agan soth. Den avauncys in oos ywa, rudh y fâss, gwydn y vlew hag a natur crowsek. Laha Pow an Sowson yw oll y bassyon, hag ev re spênas fortyn brâs ow mos dhe'n laha i'n cortys. Ev a vëdh owth omlath rag an very plesour anodho hag a vëdh mar barys dhe gemeres an eyl tenewen pò y gela in caus vëth. Nyns ywa marth ytho ev dhe drouvya an laha dhe gostya showr a vona.

Traweythyow ev a wra degea in bàn hens sacrys der an laha ha defia an bluw dhe wil dhodho y egery arta. Traweythyow arta ev a wra terry dhe'n dor yet nebonen ha declarya bos trûlergh i'n tyller dhyworth an dedhyow coth mes a gov, hag ow tefia an perhen dh'y dharsewya rag camdremena. Yma va deskys brâs ow tùchya gwiryow coth an manoryow ha'n bobel gebmyn, hag yma va owth ûsya an skentoleth-na par termyn rag prow trevesygyon Fernworthy, ha par termyn wàr aga fydn. Ytho ev a vëdh degës in vyctory strêt an pendra ahës, poken leskys vëdh y imach, poran warlergh y wrians dewetha.

An bobel a lever bos adro dhe seyth ken inter y dhewla i'n tor'-ma, ha dre lycklod an re-na a wra lenky remnant y fortyn, hag indella y rendra dybystyk rag an termyn usy ow tos. Avês dhe'n laha yth hevel bos den caradow wheg, ha nyns esoma worth y gampolla marnas dre rêson te dhe'm inia dhe dherivas dhis adro dhe genyver onen usy adro dhyn. Yma Frankland ow lavurya yn coynt i'n present termyn, rag ev yw astronymer amateurek, hag a'n jeves gweder aspia marthys dâ, usy settys wàr an to a'y jy y honen, hag ev a vëdh ow scubya an hal ganso dres oll an jëdh rag govenek a'n jeves a weles an prysner dienkys in neb le. Mar teffa ha lymytya y honen dhe'n ober-na, y fia pùptra dâ lowr, saw me a glôwas ev dhe borposya dry an Doctour Mortymer dhyrag an gort dre rêson ev dhe egery bedh heb cubmyas dhyworth goos nessa an den marow—hèn o pàn wrug Mortymer palas in bàn an crogen pedn neolythek in bedhros Long Down. Yma Frankland ow qweres ow qwetha agan bêwnans dhyworth sqwithter undon obma, hag yma va ow ry nebes solas wharthus dhyn, usy otham brâs dhyn anodho.

Lebmyn me re ros dhis an nowodhow dewetha ow tùchya an prysner dienkys, Stapleton ha'y whor, an Doctour Mortymer ha Frankland dhia Hel Lafter. Me a vydn dewedha gans an negys moyha a bris, ha screfa dhis a Vêster hag a Vêstres Barrymore, hag adro dhe'n dra varthys a wharva newher.

Kyns oll ow tùchya an bellscriven prevyans, a wrusta danvon dhia Loundres, rag bos certan yth esa Barrymore obma in gwir. Me re styryas solabrës fatell usy dùstuny an postvêster ow tysqwedhes nag o an prevyans a brow vëth, ha na'gan beus prov vëth esa Barrymore obma pò nag esa. Me a dherivas dhe Syr Henry fatl'o taclow, ha dystowgh, kepar dell usy ev ow côwsel dhe blebmyk pùpprës, ev a erhys dhe Barrymore dos in bàn obma, hag a wovydnas orto a wrug ev recêva an bellscriven y honen. Barrymore a leverel fatell wrug ev hy recêva.

"A wrug an maw hy delyvra inter agas dewla agas honen?" Syr Henry a wovydnas.

Barrymore a apperyas nebes sowthenys, hag a gonsydras tecken.

"Na wrug," yn medh ev, "yth esen in rom an boxys i'n tor'-na, ha'm gwreg a's dros in bàn dhybmo."

"A wrussowgh why gortheby an bellscriven agas honen?"

"Na wrug. Me a leverys dhe'm gwreg an pëth dhe wortheby ha hy a skydnyas rag y screfa."

Gordhuwher Barrymore a dhewhelys dhe'n mater a'y vodh y honen.

"Ny yllyn convedhes yn tien prag yth esewgh why worth ow examnya myttyn hedhyw, a Syr Henry," yn medh ev. "Govenek a'm beus nag usy hedna ow mênya me dhe wil neppyth rag kelly agas fydhyans inof."

Res veu dhe Syr Henry y assurya nag o indella an negys, ha'y gonfortya dre ry dhodho radn vrâs a'y dhyllas coth, rag devedhys yw an dyllas nowyth lebmyn dhia Loundres.

Yma Mêstres Barrymore a les dhybm. Hy yw benyn boos, solyd, pòr lymytys, pòr wordhy, ha dell yw ûsys, hy yw pûrytanes. Scant ny alsa den desmygy person heb le a emôcyons. Saw kepar dell wrug avy derivas dhis, an kensa nos may feuma obma, me a's clôwas owth ola yn wherow, ha warlergh hedna me re verkyas an olow a dhagrow wàr hy fâss. Yma neb tristans down ow knias hy holon. Traweythyow me a vynsa soposya bos cov gylty worth hy throbla, ha traweythyow yth hevel dhybm martesen Barrymore dhe wil mêstry avell turont warnedhy. Me a gresy pùpprës bos neppyth coynt ha skyla rag skeus in natur an den-ma, saw aventur an nos newher a dhros warbarth oll ow gorgis in y gever.

Saw parhap an dra a wra apperya mater bian ino y honen. Te a wor nag esoma ow cùsca re boos, hag abàn esoma ow kemeres with a Syr Henry i'n chy-ma, yth esoma ow cùsca dhe voy scav. Newher, adro dhe dhyw eur myttyn, me a veu dyfunys dre stap, kepar ha stap lader, ow passya dres ow chambour. Me a savas in bàn, egery

ow daras, ha gîky in mes. Yth esa skeus hir du ow mos an dremenva
wàr nans. Tôwlys veu an skeus gans den esa ow kerdhes yn cosel an
dremenva wàr nans, ha cantol in y dhorn dyhow. Ev o gwyskys in
cris hag in lavrak, saw nyns esa tra vëth adro dh'y dreys. Ny yllyn
gweles marnas y gelghlînen, saw y uhelder a leverys dhybm an den
dhe vos Barrymore. Yth esa ow kerdhes yn lent ha gans meur rach,
hag yth esa ev ow scolkya in maner gylty.

102

Me re dherivas dhis solabrës fatell yw an dremenva trehys der an balcon usy ow resek adro dhe'n hel, saw yma an dremenva ow pêsya wàr an tenewen pella. Me a wortas ernag o va passys in mes a wel, hag ena me a'n sewyas. Pàn wrug vy dos adro wàr an balcon, ev o gyllys mar bell avell an dremenva in hans, ha me a welas i'n golow esa ow tos in mes a dharas egerys, ev dhe entra onen a'n chambours. Now, oll an chambours-na yw heb mebyl, ha heb den vëth ow cùsca inhans. Ytho y viaj a hevelly dhe voy kevrînek dhybm. Yth esa an golow ow spladna yn crev, kepar ha pàn ve va ow sevel heb gwaya. Me a gramyas an dremenva wàr nans cosella gyllyn, ha gîky adro dhe gornel an daras.

Yth esa Barrymore ow plattya orth an fenester, hag yth esa va ow sensy y gantol warbydn an gweder. Tenewen y fâss ow trailys tro ha me, hag yth o y vejeth serth gans govenek, hag ev ow meras stark orth duder an hal. Ev a savas ena in udn whythra glew. Ena ev a ros uj down ha gans sin, cot y berthyans, ev a dhyfudhas an golow. Dystowgh me a dhewhelys dhe'm chambour, ha wosa tecken me a glôwas an stappys cosel ow tewheles wàr aga herdh arta. Pell wosa hedna, pàn esen ow cùsca cùsk scav, me a glôwas alwheth ow trailya in floren in neb le, saw ny yllyn leverel pleth esa an sownd ow tos dhyworto. Ny allama desmygy pandr'yw styr an mater, saw yma neb negys sêcret ow mos in rag i'n chy morethek-ma, hag avarr pò holergh ny a vydn convedhes pùptra adro dhodho. Ny vanaf vy dha drobla gans ow damcaniethow vy, rag te a'm erhys dhe refrainya dhyworth ry tra vëth dhis marnas an taclow a wharva yn udnyk. Me re gerdhas yn pell gans Syr Henry myttyn hedhyw, ha ny re wrug desmygy towl a wrians warbarth, grôndys wàr an taclow a welys vy newher. Ny wrama côwsel anodho i'n tor'-ma, saw me a grës y fêdh ow nessa derivas a les brâs dhis.

CHAPTRA IX

Secùnd Derivas an Doctour Watson:
An Golow wàr an Hal

HEL BASKERVILLE,
15 Hedra

A HOLMES WHEG,—Mar peuma constrînys dhe'th asa heb meur a nowodhow in dedhyow avarr ow negys, res yw dhis avowa fatell esoma owth amendya an fowt lebmyn, ha fatell usy taclow ow wharvos an eyl wosa y gela heb cessya. I'm derivas dewetha me a worfednas gans Barrymore orth an fenester, hag i'n tor'-ma me a'm beus lies tra dhe leverel dhis solabrës, ha certan oma fatell wrowns dha sowthanas. Yma taclow ow trailya in mes in fordh nag esen ow qwetyas. Ymowns y gyllys meur clerra i'n eth our ha dew ugans dewetha, saw in fordh ymowns y dhe voy liespleg. Saw me a vydn derivas pùptra dhis, ha te a yll jùjya ragos dha honen.

Kyns haunsel an myttyn wosa ow aventur, me êth an dremenva wàr nans rag examnya an chambour may feu Barrymore an nos kyns. Ev a veras pòr dhywysyk der an fenester dhe'n west, ha me a verkyas bos teythy arbednek dhe'n fenester-na dres oll fenestry erel i'n chy—yma an wolok dhyworty moy ogas dhe'n hal ès dell yw dhyworth ken fenester vëth. Yma igor inter dyw wedhen usy owth alowa dhe nebonen meras war an hal strait dhyworth an fenester, saw dhyworth an fenestry erel ny yll den cafos marnas vu abell warnodho. Apert yw ytho, dre rêson na ylly saw an fenester-na yn udnyk servya y borpos, fatell esa Barrymore ow whelas gweles nebonen pò neppyth wàr an hal. Yth hevelly dhybm martesen y fedha kerensa gelys inter Barrymore ha neb benyn. Hedna parhap a vynsa styrya y wayow kepar ha lader hag anês y wre'ty inwedh. Pòr sêmly yw an den, hag ev a alsa ladra colon neb mowes a'n pow

104

heb caletter, hag ytho y halsa bos neb grônd dhe'n dhamcanieth-na. Me a glôwas an daras owth egery, wosa me dhe dhewheles dhe'm chambour, ha hedna a alsa declarya ev dhe vos in mes rag metya gans nebonen in dàn gel. Indella me a rêsnas genef ow honen an myttyn awosa, ha me a lever dhis me dhe bredery indella, kynth yw apert fatell o ow skeusow heb fùndacyon vëth.

Pynag oll dra o an rêson ewn rag omdhegyans Barrymore, me a bredery na yllyn aga sensy dhybm ow honen erna ven abyl dh'aga styrya yn tien. Me a omgùssulyas gans an barnet in y weythva wosa haunsel, ha me a leverys dhodho kenyver tra a welys vy. Hedna a wrug y sowthanas le ès dell esen ow qwetyas.

"Me a wodhya fatell esa Barrymore ow kerdhes adro i'n nos, ha porposys en dhe gôwsel orto adro dhe'n mater," yn medh ev. "Me re glôwas y stappys ev dywweyth pò tergweyth i'n dremenva, hag ev ow tos hag ow mos, poran adro dhe'n termyn a'n nos a wrussowgh why campolla agas honen."

"Yma va martesen ow vysytya an fenester-na kenyver nos," me a offras.

"Martesen. Mars yw an mater indella, ny a alsa y folya ha gweles pëth yw y dowl. Dâ via genef godhvos pandra vynsa gwil agas cothman, Holmes, a pe va obma."

"Me a grës y whrussa ev gwil an dra poran esowgh why ow comendya lebmyn," me a leverys. "Ev a vynsa folya Barrymore rag gweles pandra wre va."

"Ena ny a'n gwra warbarth."

"Saw certan yw ev dh'agan clôwes."

"An gwas yw nebes bodhar, ha wàr neb cor res yw dhyn ny chauncya hedna. Ny a vydn esedha heb cùsca i'm chambour vy haneth ha gortos erna wrella ev passya." Syr Henry a rùttyas y dhewla gans plesour, hag apert o dhybm fatell esa va ow meras orth an aventur avell neppyth dhe vewhe y vêwnans cosel wàr an hal.

An barnet re omdavas gans an penser, neb a barusas an towlednow rag Syr Charles, ha gans byldyor dhyworth Loundres. Ny a yll gwetyas ytho chaunjys brâs dhe dhallath obma yn scon. Paintyoryon ha tus mebla re dheuth in bàn obma dhia Plymoth, hag apert yw bos tybyansow brâs dh'agan cothman ha mona lowr ganso rag restorya reawta an teylu, na fors pygebmys a wrella costya. Pàn vo an chy dasnowethhes ha meblys anowyth, ny vëdh tra vëth ow lackya rag y lenwel marnas gwre'ty. Intredhon ny agan honen yma tôknys dyblans lowr na vëdh otham a hodna, mar pëdh an arlodhes hy honen whensys, rag ny welys vy ma's bohes venowgh den mar gemerys gans benyn dell yw Syr Henry gans agan kentrevoges sêmly, Mêstresyk Stapleton. Yth hevel bytegyns nag usy cors kerensa wiryon ow resek mar smoth dell alsa nebonen gwetyas i'n cyrcùmstancys. Hedhyw rag ensampyl an enep a veu terrys gans todn trobm, ha hedna re beu skyla a ancombrynsy hag a sorr dh'agan cothman.

Warlergh an kescows ow tùchya Barrymore neb a rys vy avàn, Syr Henry a settyas y hot wàr y bedn hag a ombarusas dhe vos in mes. Me heb mar a wrug an keth tra.

"Dar, esta ow tos, a Watson?" yn medh ev, coynt y dremyn.

"Yma hedna ow powes genes jy. Esta ow mos in mes wàr an hal?" me a wovydnas.

"Esof," yn medh ev.

"Wèl, te a wor pana arhadow a gefys vy. Drog yw genef vy herdhya ow honen warnas, saw te a glôwas pana dhywysyk o Holmes, pàn erhys na wrellen vy dha asa jy, ha spessly na wrelles mos in mes wàr an hal dha honen oll."

Syr Henry a settyas y dhorn wàr ow scoodh hag a vinwharthys yn caradow.

"A goweth dâ," yn medh ev, "kyn fe va bëth mar fur, ny wrug Holmes dargana taclow yw wharvedhys abàn wrug avy mos in mes wàr an hal. Esta worth ow honvedhes? Certan oma te yw an den dewetha i'n bës a garsa bos lader sport. Res yw dhybm mos ow honen oll."

Hedna a veu ancombrynsy brâs dhybm. Ny wodhyen pandra godhvia dhybm leverel pò gwil, ha kyns ès me dhe dhetermya, ev a gemeras y welen kerdhes ha dyberth.

Saw pàn wrug vy ombredery, ow honsciens a'm keredhas rag alowa dhodho mos mes a'm golok wàr skyla vëth oll. Me a ylly desmygy pana gablus a vien, a pe res dhybm dewheles dhis ha meneges dhis fatell wharva neb drog-labm dre rêson me dhe ankevy dha arhadow. Wàr ow fay, ow bohow a rudhyas pàn brederys a'n mater. Martesen ny vien re holergh i'n tor'-na unweyth rag y gachya ev. Indella me a dhalathas kerdhes tro ha Chy Merypyt.

Me a fystenas an fordh ahës scaffa gyllyn heb gweles Syr Henry in tyller vëth, erna dheuth vy bys i'n plâss mayth usy trûlergh an hal ow scoredna dhyworth an fordh. I'n tyller-na, own a'm beu yth esen vy martesen i'n tyller cabm wosa pùptra. Rag hedna me a ascendyas bryn, may hyllyn gweles oll adro—hèn yw an keth bryn neb yw trehys aberth i'n mengledh tewl. Me a'n gwelas dystowgh alena. Yth esa ev wàr drûlergh an hal adro dhe gwarter mildir dhyworthyf, hag yth esa benyn ryptho, na ylly bos ken ès Mêstresyk Stapleton. Apert o dhybm fatell esa ùnderstondyng intredhans, ha fatell wrussons metya an eyl gans y gela der acord. Yth esens ow kerdhes yn lent in rag ow kestalkya yn tywysyk, ha me a's gwelas hy ow qwaya hy dewla nebes yn uskys, kepar ha pàn ve hy in sevureth gans hy geryow, hag yth esa ev ow coslowes yn tywysyk orty, hag unweyth pò dywweyth ev a shakyas y bedn, heb

bos unver gensy. Me a savas in mesk an carrygy ow meras ortans, hag ancombrynsy a'm beu pandra godhvia dhybm gwil nessa. Y fia outray, mar teffen ha'ga sewya ha terry aga hescows clos, saw warlergh ow devar cler, res o dhybm heb gasa dhodho mos rag tecken kyn fe in mes a'm golok. Aspia orth cothman o tra gasadow. Bytegyns ny welys vy cors vëth aral marnas meras orto dhywar an bryn, ha glanhe ow honsciens dre veneges dhodho wosa hedna an pëth a veu gwrës genef. Gwir yw, mar teffa peryl sodyn ha'y wodros, me o re bell dhyworto rag bos a weres vëth dhodho. Sur oma bytegyns, te dhe acordya genef, fatell o an mater pòr dyckly, ha nag esa tra vëth aral a yllyn gwil.

Agan cothman, Syr Henry, ha'n venyn a stoppyas wàr an trûlergh. Yth esens ow kestalkya yn tywysyk warbarth, pàn wrug vy convedhes nag en vy an udn dùstuny a'ga metyans. Me a welas dystowgh neb padn gwer ow neyja i'n air, ha pàn verys, me a welas fatell o va degys wàr welen gans nebonen esa ow kerdhes wàr an dor trogh. Stapleton o va ha'y roos rag tycky Duwas in y dhorn. Ev o meur moy ogas dhedhans aga dew ès dell en vy ow honen, hag yth hevelly bos ow tos tro ha'n tyller mayth esens. I'n termyn-na Syr Henry a dednas Mêstresyk Stapleton dh'y denewen. Yth esa y vregh ev adro dhedhy, saw hy apperyas dhe vos ow whelas omdedna dhyworto, hag yth o hy fâss trailys in kerdh. Ev a bosas y bedn tro ha'y fedn hy, ha hy a dherevys hy dorn rag y sconya. Tecken wosa hedna me a's gwelas ow lebmel an eyl dhyworth y gela ha trailya adro wàr hast. Stapleton a veu an chêson a'n dorrva-ma. Yth esa ev ow ponya yn whyls bys dhedhans, ha'y roos gocky cregys dhe'n dor wàr y lergh. Yth esa ev ow qwil sînys hag ow tauncya ogasty gans sorr dhyrag an garoryon. Ny yllyn desmygy pëth o styr y gonar, saw yth hevelly dhybm fatell esa Stapleton ow rebûkya Syr Henry, hag ev wàr y dro ow whelas styrya y wrians. Yth esa Stapleton ow serry dhe voy ha dhe voy ow clôwes geryow Syr Henry, ha nyns o va parys dhe dhegemeres y omdhyvlâmyans. An venyn a savas rypthans yn prowt heb leverel ger. Wàr an dyweth Stapleton a drailyas adro hag a wrug sînys hautyn dh'y whor, ha hy, wosa hockya ha meras orth Syr Henry, a gerdhas in kerdh ryb hy broder. Apert o dhyworth gwayow crowsek an naturegor fatell o va serrys gans an venyn kefrës. An barnet a

remainyas
pols ow
meras wàr aga
lergh, hag ena
ev a gerdhas yn
lent an fordh
may teuth ev,
y bedn posys
wàr nans, ha'y
semlant o trist
dres ehen.
Ny yllyn desmygy
pandr'o styr oll an negys-
ma, saw me a'm beu meth brâs, dre rêson me dhe
welas vu mar bersonek, heb cubmyas ow hothman. Me a bonyas an
bryn wàr nans ytho ha metya gans an barnet wàr woles. Yth o rudh
y fâss gans y sorr, ha plegys o y dâl, kepar ha den na wodhya pandra
godhvia dhodho gwil.

"Hô, a Watson! Ple feusta jy?" yn medh ev. "Nyns esta ow leverel
te dhe'm folya wosa pùptra?"

Me a styryas pùptra dhodho: na yllyn remainya in tre, fatell wrug avy y sewya, ha me dhe weles kenyver tra a wharva. Rag pols y lagasow a loscas gans sorr wàr ow fydn, saw ow fara egerys a goselhas y sorr, ha wàr an dyweth ev a wharthas nebes wherow.

"Te a wrussa predery cres an plain-na dhe vos tyller saw lowr rag den dhe vos pryva," yn medh, "saw re Jovyn, yth hevel fatell o oll an pow devedhys dhe weles fatell esen vy ow tanta—hag ass o gwadn an tantans-na kefrës. Pleth esa dha esedhva?"

"Yth esen vy wàr an bryn-na."

"In very keyn a'n waryva, nâ? Saw yth esa hy broder in rag lowr. A wrusta y weles ow tos warnan?"

"Gwrug in gwir."

"A wrusta bythqweth predery ev dhe vos muscok—hy broder ev?"

"Ny allama leverel ev dhe apperya indella dhybm."

"Parhap nyns ywa muscok. Me a gresy y vos salow i'n brës bys in jëdh hedhyw, saw crës dhybm, y codhvia dhodho ev pò dhybmo vy gwysca kethwysk. Wàr neb cor, pëth yw cabm genef? Te re wrug bewa rybof nans yw nebes seythednow, a Watson. Lavar dhybm in gwir, lebmyn! Eus tra vëth a vynsa ow gwetha rag bos gour ty dâ rag an venyn a garaf?"

"Nag eus, me a grës."

"Ny ylla bos dysplêsys gans ow roweth i'n bës, rag hedna res yw ow ferson ow honen nag yw plêsys dredho. Pëth yw y rêson wàr ow fydn? Ny wrug avy bythqweth shyndya den na benyn in oll ow dedhyow, kebmys dell worama. Saw ny vynsa ev unweyth alowa dhybm tava gans bleynyow hy besias hy."

"A leverys ev hedna dhis?"

"Leverys, ha lies tra moy. Me a lever dhis, a Watson, nyns yw hy aswonys dhybm mès nans yw nebes seythednow, saw dhia bàn wrug vy hy aspia rag an kensa tro me a gresys hy dhe vos gwrës ragof, ha hy inwedh, hy a vedha lowen i'm cowethas vy, ha me a yll tia hedna. Yma golow in lagasow an venyn usy ow côwsel moy apert ès hy geryow, ha ny gefys vy chauns vëth bys i'n jëdh hedhyw a gestalkya gensy ha ny agan honen oll. Hy o lowen dhe vetya genef, saw pàn dheuth hy, ny vynsa hy côwsel adro dhe gerensa, ha ny'm gasas dhe gôwsel adro dhe gerensa naneyl. Hy a leverys arta hag arta fatell o an tyller-ma plâss a beryl, ha na vedha hy nefra lowen erna wrellen y asa yn tien. Me a leverys dhedhy nag esen ow fystena dhe dhyberth in mes anodho, ha mars o hy whensys in gwir me dhe dhyberth, res o dhedhy dos genama. Gans hedna me a offras dhedhy in kebmys geryow hy demedhy hy, saw kyns ès hy dhe allos ry dhybm gorthyp, hy broder a skydnyas warnan, ow ponya tro ha ny ha'y fâss kepar ha fâss den muscok. Ev o gwydn rag ewn sorr, hag yth esa y lagasow ow lesky gans conar. Pandr'esen vy ow qwil gans an venyn? Fatell yllyn vy bedha dhe herdhya ow herensa warnedhy, tra o casadow dhedhy? Esen vy ow cresy y hyllyn gwil pynag oll dra a garsen dre rêson me dhe vos barnet? Na ve ev dhe vos hy broder, me a alsa y wortheby yn ewn. Kepar dell o taclow, me a leverys dhodho nag en methek a'm emôcyon ow tùchya y whor. Govenek a'm beu, me a leverys, hy dhe acordya dhe dhemedhy genef. Ny wrug an lavar-na gwellhe taclow màn, hag ena me a sorras inwedh, ha me a'n gorthebys nebes tobma ès dell o ewn, pàn esa hy hy honen a'y sav rybon. Ytho an mater a worfednas, pàn dhepartyas ev warbarth gensy, kepar dell welsys, hag otta vy mar ancombrys avell den vëth in oll an pow. Lavar dhybm yn udnyk, pandr'yw styr an dra, a Watson, ha me a vëdh moy in kendon dhis ès dell alsen vy nefra attylly dhis."

Me a whelas styrya an mater wàr udn fordh pò war fordh aral, saw rag leverel an gwiryoneth, me o ancombrys ow honen yn tien. Tîtel agan cothman, y fortyn, y oos, y natur, ha'y semlant, y oll a apperya dhe gôwsel in y favour, ha ny wodhyen tra vëth wàr y bydn, marnas martesen an destnans uthyk usy kelmys gans y deylu. Chêson a sowthan yw y dantans dhe vos sconys mar dhyscortes, ha'n venyn dhe dhegemeres hedna heb leverel ger vëth yw marth kefrës. Bytegyns, agan desmygyans a veu coselhës nebes an very dohajëdh-na pàn wrug Stapleton y honen agan vysytya. Ev o devedhys, yn medh ev, dhe omdhyharas rag y fara dyscortes an myttyn-na. Ha wosa kescows pryveth hir gans Syr Henry in y weythva, y feu acord kelmys arta, hag yth on ny gelwys ytho dhe gynyewel in Chy Merypyt de Gwener nessa.

"Ny lavaraf lebmyn ev dhe vos muscok," yn medh Syr Henry. "Ny allama ankevy an wolok in y lagasow pàn wrug ev settya orthyf myttyn hedhyw, saw res yw dhybm grauntya na wrug den vêth omdhyharas moy uvel ès dell wrug ev namnygen."

"A wrug ev styrya y omdhegyans dhis?"

"Yth yw y whor oll y vêwnans, yn medh ev. Hèn yw natùral lowr, ha dâ yw genef ev dhe gonvedhes hy valew. Y re beu warbarth bythqweth, ha warlergh y acownt ev, ev re beu pòr dhygoweth, ha ny'n jeva avell cowethes marnas hy yn udnyk. Rag hedna uthyk o dhodho predery adro dh'y helly. Ny wrug ev percêvya, yn medh ev, me dh'y hara hy, saw pàn welas ev gans y lagasow y honen an mater dhe vos indella, ev a veu kebmys diegrys, na ylly ev mos rag y eryow na rag y wrians. Pòr dhrog o ganso pùptra a wharva, hag ev a aswonas lebmyn yth o gocky ha crefny cresy ev dhe allos sensy benyn deg kepar ha'y whor ragtho y honen oll hy bêwnans. Mars o res dhedhy y asa, gwell via kentrevak dh'y hemeres ès ken den vêth. Saw wàr neb cor strocas poos veu an negys dhodho, ha res o dhe neb termyn passya, kyns ès ev dhe allos agria dhe'n dra. Ev a vynsa refrainya dhyworth gwil tra vêth warbydn an colm intredhon, mar teffen vy ha promyssya me dhe asa an mater adenewen ha dhe vos contentys dhe vos cothman an venyn heb clêmya bos in kerensa gensy. Hedna me a bromyssyas, hag yma an dra ow remainya indella."

Rag hedna yma onen a'gan mysterys bian assoylys. Dâ yw ny dhe dhrehedhes an goles in mater vêth i'n heskyn-ma eson ny ow rollya adro ino. Ny a wor lebmyn prag nag o Stapleton plêsys gans tantor y whor—kynth o va tantor mar wordhy avell Syr Henry. Ha lebmyn yth esoma ow passya in rag dhe neujen aral, a gemerys vy i'n mes a'n vagel gemyskys, mystery an olva i'n nos, merk an dagrow wàr fàss Mêstres Barrymore, kerdh kevrînek an botler dhe'n fenester i'n west. Bêdh kevrednek i'm lowender, a Holmes wheg, ha lavar dhybm na wrug vy dha dùlla avell cadnas—nag osta edrygys a'n fydhyans a wrusta gorra inof, pàn wrussys kensa ow danvon wàr nans obma. Oll an taclow-ma re beu egerys yn tien der an ober a udn nos.

Me a leverys "der ober udn nos," saw in gwir ober veu a dhyw nos, rag an kensa nos ny wrussyn ny dyscudha tra vêth. Me a wortas warbarth gans Syr Henry in y jambour bys teyr eur myttyn ogasty, saw ny glôwsyn ny sownd vêth marnas gweskel an clock wàr

112

an stairys. Golva pòr drist o hy ha gorfedna a wrug pàn godhas kenyver onen ahanan in cùsk in y jair. I'n gwella prës ny wrussyn ny kelly colon, ha ny a erviras assaya arta. An nessa nos ny a iselhas an lantern hag a esedhas in udn vegy cygarygow heb gwil gîk na mîk. An termyn a bassyas lent dres ehen, saw ny a veu gweresys dredho der an keth sort a hirberthyans a'n jeves an helhor pàn vo va ow meras orth an vaglen settys ganso rag pray a neb sort. An clock a weskys udn eur ha dyw eur, ha ny a wrug hepcor pùb govenek rag an secùnd prës, pàn ny agan dew a sedhas in bàn yn sodyn in agan chairys, ha'gan sencys gwadnhës a veu sordys arta. Ny a glôwas gwigh gwrës gans treys nebonen i'n dremenva.

Ny a glôwas an treys ow passya in udn scolkya an dremenva ahës, erna verwys an tros i'n pellder. Ena an barnet a egoras y dharas yn cosel ha ny êth in mes rag sewya an den. Solabrës yth o va gyllys adro dhe'n soler hag yth esa tewolgow wàr oll an dremenva. Ny a gramyas in rag yn cosel erna dheuthyn ny dhe'n askell aral. Ny a'gan beu lowr a dermyn rag cachya an fygur uhel, barvdhu, y scodhow gyllys in gròn hag ev ow kerdhes yn lent an dremenva wàr nans. Ena ev a bassyas der an keth daras avell kyns, ha golow an gantol a wrug y frâmya i'n tewolgow ha tôwlel udn golowyn melen dres duder an dremenva. Ny a slynkyas gans rach tro ha'n daras, in udn assaya kenyver planken i'n leur kyns ès gorra agan poster warnedhy. Avell ragwel ny a asas agan eskyjyow wàr agan lergh, saw plankys coth an leur a wrug crackya ha gwîhal in dàn agan treys. Traweythyow cales o convedhës prag na'gan clôwas ow tos nes. Saw an den yw nebes bodhar, hag yth esa ev owth attendya y ober gans oll y vrës. Pàn wrussyn ny drehedhes an daras wàr an dyweth ha gîky dredho, ny a'n cafas ow plattya orth an fenester, an gantol in y dhorn, y fâss gwydn herdhys yn tywysyk warbydn an gweder, poran kepar dell wrug vy y weles nans o dyw nos.

Nyns o towl vëth a wrians arayes genen, saw an barnet yw nebonen mayth usy an fordh moyha strait an fordh an moyha natùral dhodho. Ev a gerdhas aberth i'n chambour, ha pàn wrug ev indella, Barrymore a labmas wàr y dreys dhyworth an fenester, ha tedna anal in udn dythya yn sherp. Ev a remainyas ena, loos hag ow trembla. Yth esa ev orth agan lagata gans y lagasow du in y fâss gwydn. Leun o va a euth hag a sowthan, hag ev a veras dhyworth Syr Henry orthyf vy.

"Pëth esta ow qwil obma, a Barrymore?"

"Tra vëth, a syra." Ev o mar grev amovys, scant ny ylly ev côwsel, hag yth esa skeusow ow lebmel in bàn ha wàr nans dhyworth y gantol. "An fenester o va, a syra. Yth esoma ow mos adro pùb nos dhe surhe y dhe vos fastys."

"Wàr an secùnd leur?"

"Ea, a syra. Oll an fenestry."

"Goslow orthyf, a Barrymore," yn medh Syr Henry yn sevur, "ervirys yw genen ny clôwes an gwiryoneth dhyworthys. Rag hedna te a wra sparya anken dhyso dha honen, mar teuta ha'y avowa lebmyn heb gortos na fella. Deus, lebmyn! Na lavar gow! Pëth esta ow qwil orth an fenester-na?"

An den a veras orthyn pòr dhyweres, hag ev a wrydnyas y dhewla kepar ha nebonen in ancombrynsy hag anken brâs.

"Nyns esen ow qwil dregyn vëth oll, a syra. Yth esen ow sensy cantol dhe'n fenester."

"Ha prag yth eses ow sensy cantol dhe'n fenester?"

"Na wrewgh govyn hedna orthyf, a Syr Henry—na wrewgh y wovyn! Me a'n te dhywgh, a syra, nag ywa ow sêcret vy, ha na allama y dherivas. Na ve an mater dhe longya dhe re erel, me a vynsa y dherivas dhywgh."

Tybyans a dheuth dhybm yn sodyn, ha me a gemeras an gantol in mes a dhorn an botler, esa whath ow crena.

"Res o ev dhe sensy an gantol avell tôkyn," me a leverys. "Gesowgh ny gweles mar pëdh gorthyp vëth. Me a's sensys kepar dell wrug Barrymore, ha meras in mes in tewolgow an nos. Me a ylly decernya yn tyscler banken dhu an gwëdh hag efander moy galow an hal, rag yth esa an loor adrëv an cloudys. Hag ena me a ros cry bian a joy, rag poynt munys a wolow a wanas an veyl tewl, ha spladna yn stedfast in cres an pedrak du gwrës gans an fenester.

"Otta va!" me a elwys.

"Nâ, nâ, a syra, nyns ywa tra vëth—tra vëth in oll an bës," yn medh an botler ow terry aberth i'm geryow. "Me a'n te dhywgh, a syra."

"Gwra gwaya dha wolow dres an fenester, a Watson!" yn medh an barnet. "A welta, yma an golow aral ow qwaya kefrës! Now, te javal, esta ow naha hebma dhe vos tôkyn? Deus, côws! Pyw yw dha goweth ena wàr ves, ha pëth yw an bras-ma?"

Yth esa defians dhe redya wàr fàss Barrymore.

"Ow negys vy ywa, adar agas negys why. Ny vanaf vy leverel."

"Ena res yw dhis gasa agas ober obma heb strechya."

"Dâ lowr, a syra. Mars yw res dhybm, res yw dhybm."

"Ha te a wra dyberth in sham. Re Jovyn, te a yll perthy meth ahanas dha honen. Yma dha deylu tregys gans ow theylu vy nans yw moy es cans bledhen in dàn an to-ma, hag otta jy ow qwil neb bras tewl wàr ow fydn."

"Nâ, nâ, a syra, nyns ywa wàr agas pydn why!" Lev benyn a gôwsas, hag yth esa Mêstres Barrymore, gwydnha ha moy diegrys ès hy gour, ow sevel i'n daras. Hy fygur brâs in whytel ha losten a via wharthus, na ve an emôcyon brâs ha glew dhe redya wàr hy fâss.

"Res yw dhyn dyberth, Elîza. Hèm yw an dyweth anodho. Te a yll packya agan taclow," yn medh an botler.

"Ogh, a Jowan, a Jowan, a wrug avy dha dhry jy bys i'n pryck-ma? Me yw oll dhe vlâmya, Syr Henry—me yw oll dhe vlâmya. Ny wrug ev tra vëth marnas rag ow herensa vy ha dre rêson me dh'y besy."

"Leverowgh ytho! Pëth usy hebma oll ow styrya?"

"Yma ow broder anfusyk ow storvya wàr an hal. Ny yllyn y asa dhe verwel orth agan yet agan honen. An golow yw tôkyn dhodho bos boos parys ragtho, ha'y wolow in mes ena a vydn dysqwedhes dhyn ple whren ny y dhry dhodho."

"Ena dha vroder yw—"

"An prysner dienkys, a syra—Selden, an felon."

"Hèn yw an gwiryoneth, a syra," yn medh Barrymore. "Me a leverys nag o ow sêcret vy, ha na yllyn y dherivas dhywgh. Saw lebmyn why re'n clôwas, ha why a wel, mars o bras, nag o va wàr agas pydn why."

Hebma ytho o an styr a oll an kerdhes ader dro i'n nos kepar ha lader, hag a'n golow orth an fenester. Syr Henry ha me, ny a veras orth an venyn ha ny sowthenys brâs. A ylly bos an venyn dew ha wordhy-ma dhe vos goos nessa dhe'n drog-oberor moyha uthyk ha drog-gerys in oll an pow?

"Ea, syra, Selden o ow hanow vy. Ev yw ow broder yonca. Ny a wre y jersya re pàn o va maw, ha grauntya y sians dhodho in pùptra, ernag esa ev ow cresy y feu an norvës formys rag y blesour, ha fatell ylly ev gwil pynag oll dra a garsa. Ena kepar dell esa ev ow tevy in bàn, ev a vetyas gans tebel-gowetha, ha'n jowl a entras ino, erna dorras ev colon ow mabm ha draylya hanow agan teylu i'n

116

mostethes. Dhia dhrog-ober dhe dhrog-ober ev a skydnyas dhe voy ha dhe voy isel, erna veu tregereth Duw yn udnyk a'n gwethas dhyworth an crog. Saw dhybmo vy, a syra, ev o pùpprës an maw, crùllys y vlew, a vedhen ow chersya hag ow qwary ganso, kepar dell wrussa whor gotha y wil. Hedna a veu a rêson ev dhe scappya in mes a'n pryson, a syra. Ev a wodhya fatell esen vy obma, ha na yllyn ny sconya dh'y weres. Pàn dheuth ev obma udn nos in udn drebuchya, sqwith, ogas dhe'n mernans gans nown, ha'n wardens wàr y lergh, pandr'yllyn ny gwil? Ny a'n recêvas, y sostena ha kemeres with anodho. Ena why a dhewhelys, a syra, ha'm broder a gresy y fedha moy saw wàr an hal ès in ken tyller vëth, erna ve passys an arm ha'n hùbbadullya. Rag hedna ev a remainyas in dan gel ena. Saw pùb secùnd nos ny a wre dyscudha esa ev whath ena dre settya cantol i'n fenester, ha mar pedha gorthyp, ow gour a dhre in mes dhodho nebes bara ha kig bys dhodho. Yth esen ny ow qwetyas kenyver jorna y fedha ev gyllys, saw hadre ve va wàr an hal, ny yllyn ny y forsâkya. Hèn yw oll an gwiryoneth, a syra, kepar dell oma Cristyones onest. Why a wel, mars eus pegh obma, me yw dhe vlâmya, adar ow gour. Ev re wrug oll hebma rag ow herensa vy."

An venyn a leverys an geryow mar dhywysyk, res o dhyn cresy dhedhy.

"Yw hebma gwir, a Barrymore?"

"Yw, a Syr Henry. Kenyver ger anodho."

"Wèl, ny allama dha vlâmya rag scodhya dha wreg dha honen. Gwra ankevy pùptra a leverys dhis. Kewgh why agas dew dh'agas chambour, ha ny a vydn côwsel adro dhe'n negys-ma myttyn avorow."

Pàn êns y gyllys, ny a aspias in mes a'n fenester arta. Egerys o gans Syr Henry, hag yth esa gwyns yeyn an nos ow whetha warbydn agan fâss. Pell dhyworthyn i'n pellder du yth esa an poynt munys-na a wolow whath ow spladna.

"Marth yw dhybm ev dhe lavasos shînya y wolow," yn medh Syr Henry.

"Parhap yma an golow settys in tyller na ylla bos gwelys marnas alebma yn udnyk."

"Hèn yw pòr lyckly. Pana bellder ywa dhyworthyn?"

"Yma va ow tos dhyworth an Bryn Fâlsys, me a grës."

"Nyns yw hedna marnas udn vildir pò dyw vildir."

"Scant nyns usy hedna mar bell."

"Wèl, ny ylla bos re bell, mars o res dhe Barrymore don an boos in mes bys dy. Hag yma va ow cortos, an bylen-na ryb an gantol-na. Re Jovyn, a Watson, yth esoma ow mos in mes dhe gemeres an den-na!"

An keth tybyans o devedhys dhybm inwedh. Wosa pùptra ny wrug Barrymore ha'y wreg fydhya an whedhel dhyn. Res veu tedna aga sêcret in mes anodhans. An den o peryl dhe'n bobel, bylen pur, na ylly pyteth bos dysqwedhys dhodho, na ny ylly ascûsya y dhrog-ober. Nyns esen ny marnas ow qwil agan devar dre gemeres an chauns-ma a'y worra arta i'n tyller na ylly ev gwil namoy dregyn.

Ev o garow dydrueth, ha martesen y fia res dhe bobel erel tylly an scot, mar teffen ny ha lettya agan dewla. Agan kentrevogyon rag ensampyl, Stapleton ha'y whor, a alsa bos assaultys ganso, ha martesen yth o an tybyans-na a wrug Syr Charles mar whensys dhe sewya an felon.

"Me a vydn dos genes," me a leverys.

"Kebmer dha bystol dhana ha gorr dha votas adro dhe'th treys. Dhe voy avarr a wrellen ny dallath, dhe well, rag an den a alsa dyfudhy y gantol ha dyberth."

Kyns pedn pymp mynysen yth esen ny wàr ves ow tallath wàr agan viaj. Ny a fystenas der an brysklowek, in mesk uja cosel gwyns an kydnyaf ha'n delyow ow rùstla hag ow codha. Poos o air an nos gans an sawour a lebor hag a bodrethes. Traweythyow an loor a wre gîky in mes rag tecken, saw yth esa cloudys ow fysky dres fâss an ebron, ha pàn dheuthyn ny in mes wàr an hal, glaw tanow a dhalathas codha. Yth esa an golow dhyragon whath ow lesky yn crev.

"Osta ervys?" me a wovydnas.

"Yma gwelen helghya genef."

"Res yw dhyn dos nes dhodho yn uskys, rag ymowns y ow leverel ev dhe vos gwas dygabester. Ny a vydn y sowthanas, ha'y gachya kyns ès ev dhe allos gwil resystens."

"Goslow, a Watson," yn medh an barnet, "pandra vynsa Holmes leverel adro dhe hebma? Pëth a lavarsa ev adro dhe'n ourys a dewolgow, pàn vo exaltys an power a dhrog?"

Kepar ha pàn ve gorthyp dh'y eryow, y feu clôwys in mes a dhuder efan an hal an cry stranj-na, o clôwys genef solabrës wàr emlow Lis Grympen brâs. An cry an dheuth gans an gwyns dre gosoleth an nos, hanajen hir dhown, ha wosa hedna uj ow terevel, hag ena an gynvan drist may whrug an cry merwel gensy. Arta hag arta y fedha clôwys, hag y whre oll an air lebmel ganso, ronk, gwyls ha leun godros dell o. An barnet a gachyas ow brehel ha'y fâss a apperyas gwydn der an tewolgow.

"Re Dhuw a'm ros, pëth yw hedna, a Watson?"

"Ny worama. Sownd ywa a vëdh clôwys wàr an hal. Me a'n clôwas unweyth kyns."

An cry a verwys ha taw perfeth a dhegeas adro dhyn. Ny a savas owth istyna agan scovornow, saw ny dheuth sownd vëth.

"A Watson," yn medh an barnet, "y feu hedna an cry a gy."

Ow goos a resas yeyn i'm gwythy, rag y feu torrva in y lev pàn gôwsas ev, ha hedna a dheclaryas dhybm a'n euth a'n sêsyas.

"Pëth usons y ow kelwel an sownd-na?"

"Pyw?"

"Pobel an pow."

"Ô, y yw pobel heb descans. Prag y fia bern dhis pana hanow a's teves y ragtho?"

"Lavar dhybm, a Watson. Pëth usons y ow leverel adro dhodho?"

Me a hockyas, saw ny yllyn goheles an qwestyon.

"Y a lever bos hedna cry Ky Teylu Baskerville."

Ev a hanajas ha tewel tecken.

"Ky o hedna," yn medh ev wàr an dyweth, "saw yth hevelly dhybm yth esa ow tos dhyworth tyller abell, dres ena, me a grës."

"Cales o leverel pana gwartron a dheuth an cry dhyworto."

"An cry a dherevys hag a godhas gans an gwyns. A nyns yw hedna qwarton Lis Grympen brâs?"

"Yw. Yw in gwir."

"Wèl, ena yth esa. Deus lebmyn, a Watson. A nyns esta ow cresy dha honen fatell o cry a neb ky? Nyns oma flogh. Nyns eus otham dhis bos ownek a leverel an gwiryoneth."

"Yth esa Stapleton genef vy pàn wrug vy y glôwes an prës dewetha. Ev a leverys y hylly bos an cry a edhen coynt."

"Nâ, nâ, ky o va. Re Dhuw a'm ros, a yll bos gwiryoneth in oll an whedhlow-na? Ywa possybyl me dhe vos in peryl dhyworth nep tra mar uthyk? Nyns esta ow cresy indella, esta, a Watson?"

"Nag esof, nag esof."

"Saw tra o in Loundres a yllyn ny wherthyn adro dhodho, mès obma, tra aral yw yn tien dhe vos ow sevel obma in tewolgow an hal ha dhe glôwes cry kepar ha hedna. Ha'm êwnter! Yth esa ol ky ryptho pàn esa ow crowedha marow. Yma pùptra ow fyttya warbarth. Ny gresaf ow bosama coward, a Watson, saw an sownd-na a hevel dhybm dhe wil dhe'm goos rewy i'm corf. Gwra tava ow dorn!"

Mar yeyn o y dhorn avell darn a varbel.

"Te a vëdh dâ lowr arta avorow."

"Ny gresaf y hallaf gorra an cry-na in mes a'm pedn. Pëth yw an gùssul wella ragon i'n tor'-ma?"

"A wren ny dewheles?"

"Na wren, re Jovyn. Ny re dheuth in mes rag cachya agan den ha hedna ny a wra. Yth eson ny ow whelas an prysner, ha mar lyckly dell yw an contrary, yma ky in mes a iffarn orth agan sewya ny. Deus in rag! Ny a vydn collenwel an dra, kyn fe oll dewolow an pyt lowsys wàr an hal."

Ny a drebuchyas in rag yn lent i'n tewolgow, gans shâpys an brynyow meynek adro dhyn, ha'n spot melen a wolow ow lesky yn fast dhyragon. Nyns yw tra vëth mar gales dhe vrusy avell an pellder a wolow in nos mar dhu avel peg. Traweythyow an golow a hevelly bos pell dhyworthyn wàr an gorwel, ha traweythyow yth esa owth apperya ogas dhyn. Saw wàr an dyweth ny a welas an tyller mayth esa an golow ow tos dhyworto ha ny a wodhya nag esa pell dhyworthyn. Yth o cantol settys in fâls in carrygy, esa a bùp tu anedhy. Indella y fedha an gwyns gwethys dhyworth hy golow prest ow lebmel, ha ny ylly hy bos gwelys marnas dhyworth qwartron Hel Baskerville. Yth esa men brâs growyn intredhon ny ha'n gantol, ha ny a blattyas wàr y lergh ha meras dresto orth an golow. Coynt o gweles an udn gantol-na ow lesky in cres an hal, heb tôkyn vëth a dra vëth bew in y ogas—nyns o marnas udn golow melen strait ow shînya wàr an garrek adhyhow hag aglêdh.

"Pandra a wren ny lebmyn?" Syr Henry a wovydnas in udn whystra.

"Ny a wra gortos obma. Res yw ev dhe vos ogas dh'y wolow. Gesowgh ny gweles mar kyllyn ny y aspia in neb le."

Scant ny dheuth an geryow in mes a'm ganow, pàn wrussyn ny agan dew y weles. Dres an carrygy, esa an gantol ow lesky in hy fâls, y feu herdhys fâss melen a debel-was, fâss uthyk kepar hag a vest, oll merkys gans emôcyons vil. Plos gans lis, reunek y varv, ha blew caglys adro dhodho, an fâss a ylly bos an fâss a onen a'n dus wyls-na esa tregys i'n tell wàr an ledrow i'n dedhyow coth. An golow in dadno o dastewynys in y lagasow bian fel, esa ow meras yn fers adhyhow hag aglêdh der an tewolgow—kepar ha best codnek gwyls, ha treys an helhoryon clôwys ganso.

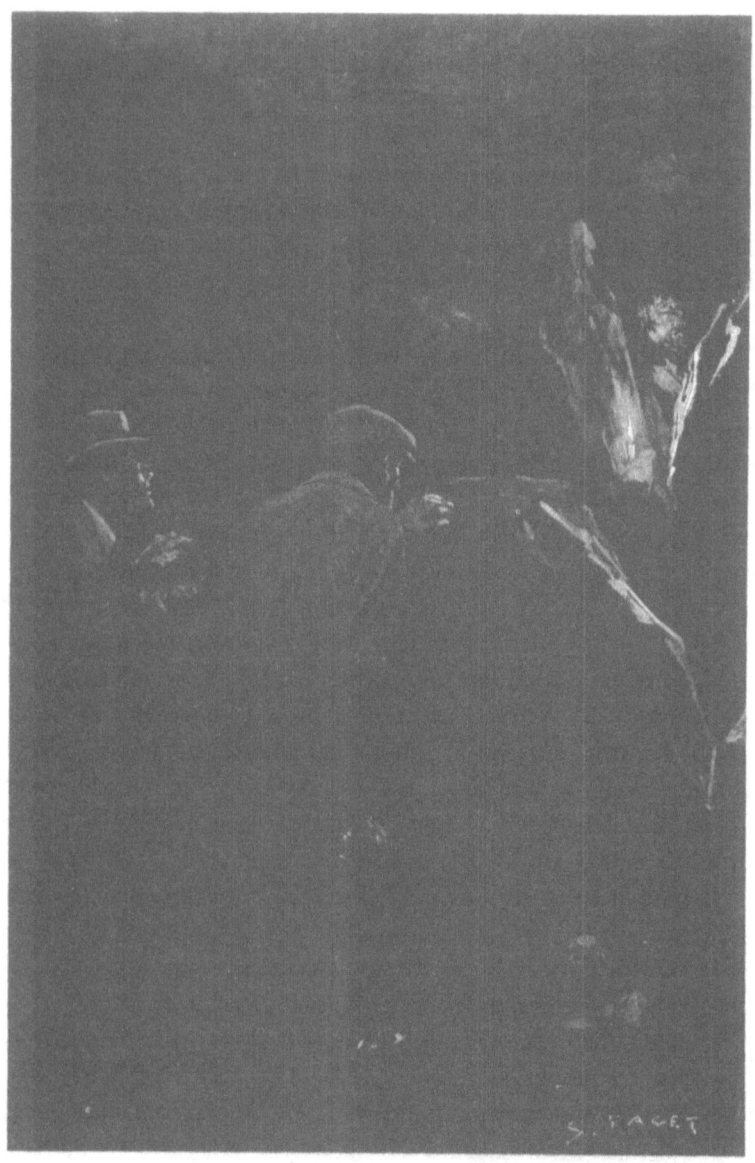

Apert o fatell sordyas neppyth an gorgis ino. Martesen y fedha dhe Barrymore neb tôkyn pryveth na wodhyen ny ha na wrussyn ny ry ytho, poken parhap an pollat a'n jeva neb rêson aral rag predery nag o pùptra yn tâ, saw me a ylly redya y own wàr y vejeth bylen. Ev a alsa dyfudhy an golow termyn vëth ha mos mes a wel i'n tewolgow. Rag hedna me a labmas in rag, ha Syr Henry a wrug an keth tra. I'n very prës-na an prysner a scrijas mollath uthyk ha tôwlel men orthyn, neb a dorras dhe dybmyn wàr an garrek, esen ny ow keles agan honen adrëv dhedhy. Me a gafas udn wolok a'y fygur isel, cot, crev hag ev ow lebmel wàr y dreys hag ow tallath ponya. I'n kettermyn-na yn fortydnys an loor a dorras der an cloudys. Ny a fystenas dres an vùjoven, hag otta agan den ow ponya toth men an leder aral wàr nans, ow spryngya dres an veyn in y fordh mar scav avell gavar meneth. Mar teffen ha setha ow fystol orto, kynth esa ev pell dhyworthyf, parhap me a alsa y evredhy, saw me a dhros ow godn genef rag dyffres ow honen yn udnyk, adar rag y dedna orth den heb arv esa ow fia dhe'n fo.

Resoryon dhâ en ny agan dew, hag in stuth dâ lowr, saw yn scon ny a dhyscudhas na'gan beu chauns vëth a'y gachya. Ny a'n gwelas termyn hir in golow an loor, ernag o va dyjyn yn udnyk ow qwaya yn uskys inter an veyn vrâs wàr leder bryn abell. Ny a bonyas hag a bonyas, erna veun ny gesys heb anal vëth, saw yth esa an spâss intredhon prest owth encressya. Wàr an dyweth ny a stoppyas hag esedha in udn dhiena wàr dhyw garrek, ha ny ow meras orto ow mos mes a wel i'n pellder.

Hag i'n prës-na y wharva dra goynt nag esen vy ow qwetyas. Ny o sevys in bàn dhywar agan carrygy, hag yth esen ny ow trailya rag dewheles tre, wosa forsâkya agan helgh uver. Yth esa an loor isel i'n ebron adhyhow, hag yth esa bleyn densak a vryn growynek ow sevel wàrbydn amal awoles hy helgh a arhans. Ena lînednys mar dhu avel imach eben wàr an gilva spladn-na, me a welas an fygur a dhen wàr an bryn. Na lavar ev dhe vos tarosvan, a Holmes. Wàr ow fay, me a lever dhis na welys vy bythqweth tra vëth mar gler. Mar bell dell yllyn jùjya, an fygur o den uhel, tanow. Yth esa ev ow sevel gans y arrow nebes dyberthys, y dhywvregh plegys, y bedn posys arag, kepar ha pàn ve va owth ombredery a-ugh an dysert hûjes-na a dowargh ha a ven growyn dhyragtho. Ev a ylly bos an very spyrys a'n tyller uthyk-na. Nyns o va an prysner. Yth esa an den-ma pell dhyworth an tyller mayth êth an felon mes a wel. Ha pella ev o brâssa in uhelder. Gans cry sowthenys me a dhysqwedhas an den dhe'n barnet, saw kettel wrug vy trailya dhe gachya bregh Syr Henry, an den uhel o gyllys. Yth esa top densak an bryn whath

ow
trehy amal
awoles an loor,
saw nyns esa ol vëth
warnodho a'n fygur
tawesyk-na heb gwaya.
Me a garsa mos tro ha'n
qwartron-na ha sarchya an bryn,
saw yth esa hedna neb pellder
dhyworthyn. Yth o nervow an barnet
whath ow trembla dre rêson a'n cry-na, neb a
wrug dhodho remembra whedhel grysyl y deylu, ha
nyns o va whensys dhe dhallath aventurs nowyth. Ny welas ev
an den dygoweth-na wàr an bryn, ha ny ylly ev percêvya an
sowthan a ros dhybm y bresens stranj ha mêstry y sav. "Warden o
va, heb dowt," yn medh Syr Henry. "Lies onen anodhans re beu
wàr an hal abàn scappyas an gwas-na." Wèl, martesen yth yw an

tybyans-na an styryans ewn, saw dâ via genef cafos moy a brov. Hedhyw ny yw ervirys dhe dherivas dhe bobel Princetown ple fëdh res dhedhans whelas aga den kellys. Saw trueth yw na wrussyn ny cafos an chauns a'y dhry yn vyctoryùs wàrlergh dhedhans. An re-na yw wharvosow an nos newher, ha res yw dhis avowa, a Holmes, fatell wrug avy spêdya ow tùchya ow derivas dhis. Heb dowt, yma meur i'm lavarow nag usy a brow dhyn i'n negys, saw yth hevel dhybm bos gwell ry dhis oll an gwiryoneth ha'th asa jy dhe dhêwys an taclow-na a vo a'n les brâssa dhis rag determya an câss. Yth eson ny ow procêdya heb dowt vëth oll. Ow tùchya Mêster Barrymore ha'y wreg, ny re gafas an rêson rag aga gwrians, ha hedna re glerhas taclow yn frâs. Saw yma mysterys an hal ha kevrînow y dregoryon goynt whath heb bos assoylys. Martesen i'm nessa derivas me a yllvyth tôwlel neb golow wàr an re-na kefrës. An dra wella oll a via, mar teffes ha skydnya bys dhyn obma. Wàr neb cor te a glôwvyth dhyworthyf kyns pedn nebes dedhyow.

CHAPTRA X

Darn in mes a Dhedhlyver
an Doctour Watson

Me a ylly bys lebmyn ry darnow in mes a'n derivasow a dhanvenys in rag dhe Sherlock Holmes i'n dëdhyow avarr. Lebmyn bytegyns me re dhrehedhas tyller i'm narracyon mayth oma constrînys dhe forsâkya an gîs-ma ha dhe drestya unweyth arta dhe'm covyon, gweresys gans an dëdhlyver sensys genef i'n termynna. Nebes darnow in mes a'm dëdhlyver a wra ow dry in rag dhe'n wharvosow-na usy ow clena orth ow remembrans vy gans oll an manylyon hegof. Yth esoma ow procêdya obma ytho, dhyworth an myttyn wosa ny dhe jâcya an prysner heb y gachya ha wosa agan prevyansow coynt erel wàr an hal.

16 Hedra.—Dëdh nywlek heb howl hag yma ow qwil glaw munys. Yma cloudys isel ow rollya oll adro dhe'n chy, hag y ow terevel traweythyow rag dysqwedhes ledrow morethek an hal, gwythy arhansek wàr an brynyow ha'n carrygy abell ow spladna le may ma an golow ow qweskel aga fâss glëb. Trist yw an bës wàr ves ha wàr jy. Yma an barnet in reacsyon du warlergh frobmans an nos newher. Yth esoma ow sensy poster wàr ow holon, ha dowt a'm beus peryl dhe vos ow tegensewa—an peryl dhe vos genen pùpprës, ha hèn yw dhe voy uthyk, rag ny allama leverel in geryow pana beryl ywa.

Hag a nyns eus caus lowr dhybm dhe omglôwes indella? Gwra consydra an sewyans hir a wharvosow, usy ow comendya neb tebelpower dhe vos owth obery adro dhyn. Yma mernans tregor dewetha an Hel, mernans a worthebys mar gewar dhe vanylyon whedhel coth an teylu, hag ena ny a glôwas lies derivas dhyworth pobel an pow ow tùchya best coynt hag a veu gwelys wàr an hal.

Dywweyth me a glôwas gans ow scovornow ow honen sownd abell o haval dhe hartha ky. Ny yll neb tra a'n par-na dhe vos avês dhe lahys kebmyn an bës natùral. Ny yllyr bos desmygys spyrys a gy neb a wrella gasa olow materyal wàr y lergh hag a wrella lenwel an air a'y ujow. Yma Stapleton ow cresy fâlscrejyans a'n par-na, ha Mortymer inwedh, saw mara'm beus qwalyta vëth i'n norvës, hèn yw sens kebmyn, ha ny wra tra vëth gwil dhybm cresy tra kepar. Mar teffen ha'y gresy, me a vynsa skydnya dhe level an diogow druan, na vo contentys gans ky dyowlak, saw res yw dhedhans y dhesmygy gans tan iffarn ow setha in mes a'y anow hag a'y lagasow. Ny vynsa Holmes goslowes orth flows a'n par-na, ha me yw y gadnas ev. Saw an gwiryoneth yw an gwiryoneth, ha dywweyth me re glôwas an olva-na wàr an hal. Gesowgh ny dhe soposya yth yw neb ky hûjes ow mos adro warnodho; hedna a vynsa styrya pùptra. Saw ple halsa bos kelys ky a'n par-na, ple ma va ow cafos y sosten? Ple teuth ev dhyworto ha prag na wrug den vëth y weles in golow an jëdh? Res yw avowa fatell usy an styryans natùral ow provia kebmys caletter avell an styryans gornatùral. Ha pùpprës, heb consydra an ky, res yw dhyn perthy cov a wrians mab den in Loundres, an den i'n càb ha'n lyther rag gwarnya Syr Henry warbydn an hal. Hèn o a'n bës-ma dhe'n lyha, saw cothman whensys dhe weres a alsa y dhanvon mar dhâ avell escar. Ple ma an cothman-na pò an escar-na lebmyn? A wrug ev remainya in Loundres, pò a wrug ev agan sewya obma. A alsa ev bos an stranjer, a welys vy wàr an bryn?

Gwir yw na wrug vy y weles saw unsel unweyth, hag yma taclow bytegyns a alsen tia adro dhedhans. Nyns ywa den vëth a'n bobel gwelys genef in nans obma, ha me re vetyas gans oll agan kentrevogyon. Uhella yn frâs o an fygur-na ès Stapleton, ha moy tanow in gwir ès Frankland. An den a alsa bos Barrymore, saw ev o gesys genen wàr agan lergh, ha sur oma na alsa ev dos wàr agan lergh. Yma stranjer whath orth agan sewya ny, poran kepar dell wrug stranjer agan sewya in Loundres. Ny wrussyn ny bythqweth y shakya dhywarnan. A callen vy unweyth settya ow dewla wàr an den-na, wàr an dyweth dhana ny a vynsa martesen assoylya oll agan caleterow. Res yw dhybm ytho ûsya oll ow nerth rag y drouvya ev.

An kensa tybyans neb a'm beu o dhe radna
oll ow thowlow gans Syr Henry. Saw pàn wrug
vy consydra an dra, me a erviras bos furra ha
gwary ow honen oll, hag indella sconya dhe leverel
meur dhe dhen vëth. Yma Syr Henry ancombrys brâs ha ny lever
ev nameur. Y nervow re beu shakys coynt gans an sownd-na wàr
an hal. Ny vanaf vy leverel tra vëth a alsa moghhe y fienasow, saw
me a vydn gwil a vo res dhe gowlwil an dra ervirys genef.

Y wharva kedrydn vian myttyn hedhyw wosa haunsel. Barrymore
a besys cubmyas dhe gôwsel orth Syr Henry, hag y aga dew a
gestalkyas termyn hir lowr in y weythva. Yth esen esedhys in rom
an bylyardys ha moy ès unweyth me a glôwas levow derevys, hag a

wodhya dâ lowr pandr'esens y ow tebâtya. Wosa termyn an barnet a egoras y dharas hag a'm gelwys dhe entra.

"Yma Barrymore ow predery bos chêson rag croffolas dhodho," yn medh ev. "Yma va ow cresy nag o va teg dhyn ny dhe jâcya broder y wreg, pàn wrug ev declarya dhyn an sêcret adro dhodho, a'y vodh y honen."

Yth esa an botler ow sevel dhyragon, pòr gosel saw gwydn y fâss.

"Martesen me a gôwsas re dobm, a syra," yn medh ev, "ha mar qwrug vy indella, me a'gas pës dhe'm pardona. Bytegyns sowthenys fêst veuma, pàn wrug vy agas clôwes why ow tewheles myttyn hedhyw, ha desky why dhe jâcya Selden. Yma lowr a omlath dhe'n pollat truan heb me dhe settya ken begh warnodho."

"Mar teffes ha'y dherivas dhyn a'th vodh dha honen, hedna a via ken mater," yn medh an barnet. "Ny wrusta y dherivas, po gwell, dha wre'ty a'n derivas, dre rêson ny dh'y dedna in mes ahanas, pàn na yllys omwetha dha honen."

"Ny wrug vy bythqweth predery, a Syr Henry, why dhe gemeres prow anodho—ha hèn yw an gwiryoneth."

"Peryl poblek yw an den. Yma treven dygoweth scùllys dres an hal, hag ev yw pollat na vynsa tra vëth y lettya. Ny res dhe nebonen marnas gweles y fâss rag convedhes hedna. Kebmer chy Mêster Stapleton rag ensampyl, heb den vëth ino rag y dhyffres marnas ev y honen. Nyns eus sawder rag den vëth erna vo Selden in dàn naw alwheth."

"Ny wra va terry aberth in chy vëth, a syra. Me a re dhywgh ow ger solem rag hedna. Ny wra va trobla den vëth i'n pow-ma nefra arta. Me a vydn omgemeres ragtho, a Syr Henry, wosa nebes dedhyow y fëdh pùptra arayes, hag ev a vëdh wàr y fordh bys in Ameryca Soth. Rag kerensa Duw, a syra, me a'gas pës, na wrellowgh derivas dhe'n creslu ev dhe vos wàr an hal whath. Y re forsâkyas an helgh ena, hag ev a yll bos cosel erna vo an gorhel parys ragtho. Ny yllowgh why y dhyskevra, heb dry ponvotter wàr ow gwreg ha warnaf vy. Me a'gas pës, a syra, na wrellowgh why leverel tra vëth dhe'n creslu."

"Pëth esta jy ow leverel, a Watson?"

Me a dherevys ow dywscoth. "A pe va yn saw avês dhe'n pow, hedna a vynsa lyftya begh dhyworth an dolldaloryon."

129

"Saw gwra soposya ev dhe robbya nebonen kyns ès dyberth?"

"Ny vynsa ev gwil tra mar vuscok, a syra. Ny re brovias rag pùb otham. Gwil drog-ober a via dhe dhysqwedhes ple ma va kelys."

"Hèn yw gwir," yn medh Syr Henry. "Wèl, a Barrymore—"

"Duw re'gas bendycco, a syra, ha gromercy dhywgh gans oll ow holon. A pe va kechys arta, hedna a wrussa ladha ow gwreg druan."

"Me a sopos ny dhe weres ow scodhya felony, a Watson. Saw wosa pùptra a glôwsyn, ny gresaf y hyllyn gwil delvyra an den. Hèn yw dyweth an mater ytho. Dâ lowr, a Barrymore, te a yll dyberth."

An den a roncas yn tyscler rag dysqwedhes y rassys hag ena trailya, saw ev a hockyas ha dewheles.

"Why re beu mar garadow dhyn, a syra, me a garsa gwil oll ow ehen ragowgh avell grassow. Me a wor neppyth, a Syr Henry, ha martesen y codhvia y leverel kyns, saw pell wosa cort an cùrunor me a'n dyscudhas. Ny leverys tra vëth bythqweth dhe dhen vëth. Yma an dra adro dhe vernans Syr Charles truan."

An barnet ha me, ny a savas agan dew wàr agan treys. "A wodhesta fatell veu marow?"

"Na woraf, a syra. Ny worama hedna."

"Pandra ytho?"

"Me a wor prag y feu va orth an yet i'n termyn-na. Ev êth dy rag metya gans benyn."

"Dhe vetya gans benyn! Syr Charles?"

"Ea, syra."

"Ha pëth o hanow an venyn?"

"Nyns yw hy hanow aswonys dhybm, a syra, saw me a yll ry an lytherednow dallath dhywgh. Y o L.L?"

"Fatla wodhesta hebma, a Barrymore?"

"Wèl, a Syr Henry, agas êwnter a recêvas lyther an myttyn-na. Ev a gefy lowr a lytherow pùb jorna, rag den poblek o va, hag aswonys dre rêson a'y golon dhâ. Rag hedna pynag oll a vedha in trobel o lowen dhe drailya dhodho. Saw an myttyn-na, dell wrug chauncya, ny dheuth marnas udn lyther yn udnyk, rag hedna me a'n merkyas dhe voy. Dhyworth Coombe Tracey y teuth an lyther, ha'n drigva o screfys in dornscrefa benyn."

"Wèl?"

"Wèl, a syra, ny brederys vy na fella adro dhe'n dra. Ny vynsen nefra predery adro dhodho, na ve ow gwreg vy. Yth esa hy ow clanhe gweythva Syr Charles in mes—ny veu dorn settys warnedhy, dhia bàn veu marow—ha hy a drouvyas lusow a lyther leskys in keyn an danvaglen. Yth o an radn vrâssa anodho goleskys dhe dybmyn, saw udn darn yn udnyk a remainyas warbarth, ha'n screfa a ylly bos redys whath, kynth o va loos wàr gilva dhu. Yth hevelly dhyn bos ger warlergh orth dyweth an lyther ha'n geryow o indelma: 'Me a'gas pës a leun-golon dell owgh why den jentyl, gwrewgh lesky an lyther-ma ha bedhowgh ryb an yet warbydn deg eur.' In dàn hedna y feu screfys an lytherednow dallath L.L."

"Usy an darn-na genowgh whath?"

"Nag usy, a syra. An darn a wrug browsy dhe dybmyn wosa ny dh'y waya."

"A wrug Syr Charles recêva lyther aral vëth i'n keth screfa?"

"Wèl, a syra, ny wren merkya y lytherow yn arbednek. Ny wrussen merkya an lyther-ma, marnas ev a dheuth y honen oll."

"Ha nyns eus tybyans vëth dhis pyw yw L.L.?"

"Nag eus, a syra. Ny worama ma's kebmys avelowgh agas honen. Saw mar teffen ny ha trouvya an arlodhes-na, ny a wodhvia dhe voy ow tùchya mernans Syr Charles."

"Ny worama convedhes, a Barrymore, fatla wrussowgh why keles an mater-ma a brow mar vrâs."

"Wèl, a syra, ny a gafas an lyther wosa agan trobel agan honen dhe dhallath. Hag arta, a syra, Syr Charles o meurgerys dhyn agan dew, dell alsowgh why demsygy, wosa kenyver tra a wrug ev ragon. Ny vynsa dasserhy an lyther-na gweres agan mêster truan. Ha pella fur yw kemeres rach pàn vo arlodhes kemyskys i'n câss. Kyn fe nebonen an den gwella—"

"Yth esewgh why o predery y halsa an lyther shyndya y hanow dâ?"

"Wèl, a syra, me a gresy na ylly benefyt vëth tos dhyworto. Saw lebmyn, why re beu caradow dhyn, hag yth hevel dhybm na via teg keles dhyworthowgh kenyver tra a wodhyn ny adro dhe'n mater."

"Dâ lowr, a Barrymore. Te a yll dyberth." Pan o an botler dyberthys, Syr Henry a drailyas dhybmo vy. "Wèl, a Watson, pëth esta ow predery adro dhe'n golow nowyth-ma?"

"Yth hevel dhybm yma ow qwil an tewolgow moy du whath."

"Hèn yw ow opynyon vy inwedh. Saw mar kyllyn ny unweyth trouvya L.L. hedna a vynsa styrya oll an negys. Ny re wainyas kebmys. Ny a wor fatell eus nebonen a wor an gwiryoneth, mar teun ny hy hafos. Pëth yw an gùssul wella ragon?"

"Derivowgh an mater dhe Holmes dystowgh. Hedna a vydn ry dhodho an hynt esa va ow whelas. Me yw camgemerys yn tien, mar ny wra hebma y dhry wàr nans dhyn."

Me êth straft dhe'm chambour ha screfa derivas rag Holmes adro dhe gescows an myttyn. Apert o dhybm fatell o Holmes pòr vysy agensow, rag tanow ha traweythys vedha an nôtednow a gefys dhyworth Strêt Baker, ha ny screfas ev tra vëth ow tùchya an taclow a screfys vy ragtho, ha scant ny gampollas ev ow negys. Heb dowt yma câss an godrosladrans ow lenwel oll y vrës. Saw an mater nowyth-ma a dâl sordya y attendyans ha nowythhe y les i'n mater. Ellas nag usy ev obma.

17 Hedra—Yth esa an glaw ow tewraga oll an jëdh hedhyw, ow rùstla wàr an idhyow hag ow tevera dhywar vin an to. Me a brederys adro dhe'n felon wàr an hal lobm, yeyn, dywoskes. An gwas truan! Pynag oll trespas a wrug ev, ev re sùffras rag gwil amendys ragtho. Hag ena me a brederys a'n den aral—an fâss i'n càb, an fygur warbydn an loor. Esa ev in mes inwedh in dàn an livyow-na—an aspias dywel, an den a dewolgow? Gordhuwher me a worras ow mantel staunch adro dhybm ha kerdhes yn pell wàr an hal gleb, leun dell en a dhesmygow tewl, an glaw ow qweskel ow fâss ha'n gwyns ow whybana adro dhe'm scovornow. Duw re weresso pynag oll a wrella gwandra lebmyn aberth i'n lis brâs, rag yth yw towarhek gwrës a'n tir uhel, kynth o va fast. Me a gafas an bryn du, may whelys vy an spior udnyk, ha dhyworth y vùjoven veynek me a veras in mes ow honen orth an gonyow trist. Glaw in cowosow sodyn a vedha whethys dres aga fâss rudhyk, hag yth o an cloudys poos, a lyw an legh, cregys yn isel a-ugh tremyn an pow, hag ow slynkya in garlons loos ledrow tarosvanus an brynyow wàr nans. I'n cow pell aglêdh, hanter-gudhys gans an nywl, yth esa dew dour Hel Baskerville ow terevel a-ugh an gwedh. Y o an udn sin a vêwnans mab den a welys, marnas heb mar an crowyow ragistorek esa scùllys yn tew wàr leder an brynyow. Nyns esa tôkyn vëth a'n den dygoweth, a welys vy i'n tyller-na dyw nos alebma.

Pàn esen ow kerdhes tre, me a veu kechys gans an Doctour Mortymer hag ev ow trîvya y garyach bian dres trûlergh garow wàr an hal esa ow lêdya dhyworth an chy tiak pella in Foulmire. Ev re beu worth agan attendya yn tâ, ha scant ny wrug jorna vëth passya kyns ès ev dh'agan vysytya i'n Hel dhe weles fatl'eson ny ow fara. Ny wrussa tra vëth y gontentya, marnas me a wrug crambla in bàn wàr y garyach, may halla ev ow dry vy tre. Me a'n cafas pòr droblys adro dh'y spanyol bian, neb yw kellys. An ky a wandras in mes wàr an hal heb dewheles bythqweth. Me a ros kebmys confort dell yllyn, saw me a brederys a'n merhyk wàr Lis Grympen, hag yth esof ow cresy na wra va gweles y gy bian nefra arta.

"Wàr neb cor, a Mortymer," me a leverys pàn esen ny ow trîvya gans jaggys brâs an fordh arow ahës, "me a sopos nag eus lowr a bobel tregys in agan ogas obma nag yw aswonys dhywgh."

"Scant nyns eus den vëth, me a grës."

"A yllowgh why leverel dhybm, dhana, an hanow a venyn vëth usy an lytherednow dallath L.L. dh'y hanow hy?"

Ev a brederys tecken.

"Na allaf," yn medh ev. "Yma nebes jypsons ha gonesyjy na allama côwsel anodhans, saw in mesk an diogow ha'n bobel jentyl nyns eus den vëth a'n jeves an lytherednow dallath-na. Saw gortowgh tecken," yn medh ev, wosa tewel nebes, "Yma Laura Lyons— L.L. yw lytherednow dallath hy hanow hy— saw tregys yw hy in Coombe Tracey."

"Pyw yw hy?" me a wovydnas.

"Hy yw myrgh Frankland."

"Pywa? Frankland coth, an coyntwas?"

"Poran. Hy a dhemedhas gans artyst henwys Lyons, neb a dheuth ow telînya wàr an hal. Ev a wrug ombrevy podrek ha'y forsâkya hy. Nyns esa an fowt, warlergh an whedhlow a glôwys vy, wàr y denewen ev yn tien. Hy thas a sconyas cowethya gensy, dre rêson hy dhe dhemedhy heb y gubmyas, ha martesen rag udn rêson aral pò dew rêson erel. Indella, inter an pehador coth ha'n pehador yonk, an vowes a sùffras yn frâs."

"Fatl'usy hy ow pêwa?"

"Yth esoma ow soposya hy thas dhe ry dhedhy alowans munys. Saw ny alsa ev ry dhedhy nameur, rag yma y negyssyow y honen ow costya showr a vona. Pynag oll a veu hy thebel-wrians, ny ylly an bobel gasa dhedhy skydnya yn tien bys in bêwnans methek. Hy whedhel êth adro ha nebes a'n bobel adro dhe'n pow-ma a wrug neppyth dhe alowa dhedhy dendyl hy bêwnans yn onest. Stapleton a ros kevro, ha Syr Charles kefrës. Me ow honen a ros trufyl. An mona a veu rag hy settya in bàn in negys jynscrefa."

An Doctour Mortymer a garsa godhvos prag yth esen vy ow covyn, saw me a spedyas dhe gontentya y whans dhe wodhvos heb leverel nameur dhodho. Nyns eus rêson vëth ragon ny dhe fydhya in den vëth oll. Myttyn avorow me a vydn viajya dhe Coombe Tracey. Mar callaf vysytya an Vêstres Laura Lyons-ma, nebes diantel hy hanow dâ, stâp brâs a vëdh kemerys tro ha styrya udn wharvos i'n chain-ma a vysterys. Sur yw an furneth a serpons dhe dhysplegya inof: pàn wovydnas Mortymer dour orthyf adro dhe'n mater-ma dhe'm anês vy, me a wovydnas orto ev pana ehen a grogen pedn a'n jeva Frankland, ha rag hedna ny glôwys vy marnas cranyologieth remnant an viaj. Ny wrug vy bewa gans Sherlock Holmes dres bledhydnyow heb desky tra vëth.

Nyns eus marnas udn dra aral dhe recordya an jorna gwynsek trist-ma. Hèn yw ow hescows gans Barrymore namnygen, usy ow ry dhybm carten grev moy, ha me a yllvyth hy gwary pàn dheffa an prës ewn.

An Doctour Mortymer a remainyas obma dhe gynyewel, ha wosa kydnyow ev ha'n barnet a wrug gwary *écarté* warbarth. An botler a dhros ow hanaf a goffy dhybm i'n lyverva, ha me a sêsyas an chauns a wovyn nebes qwestyons orto.

"Wèl," me a leverys, "yw goos nessa dha wre'ty gyllys in kerdh, pò usy ev whath ow lùrkya in mes ena?"

"Ny woraf vy, a syra. Yma govenek dhybm y vos dyberthys, rag ny dhros ev dhyn ny obma ma's ponvotter hag anken! Ny glôwys vy ger dhyworto dhia bàn wrug vy gasa sosten in mes ragtho, nans yw try dëdh."

"A wrusta y weles an prës-na?"

"Na welys, a syra, saw gyllys o an sosten pàn dheuth vy dy nessa."

"Yth esa va surly wàr an hal ytho?"

"Me a vynsa cresy indella, marnas an den aral dh'y gemeres."

Me a esedhas ha'm hanaf hanter-fordh dhe'm gwessyow ha me a veras orth Barrymore.

"Te a wor dhana bos nebonen aral in mes ena."

"Goraf, a syra. Yma den aral wàr an hal."

"A wrusta y weles?"

"Na wrug, a syra."

"Fatla wodhesta ytho y vos i'n tyller?"

"Selden a dherivas dhybm adro dhodho, a syra, seythen pò moy alebma. Yma va ow keles y honen inwedh, saw mar bell dell woraf vy, nyns ywa felon. Nyns usy an mater orth ow flêsya, a Dhoctour Watson—res yw dhybm côwsel dhe blebmyk, a syra. Nyns usy an dra worth ow flêsya." Ev a gôwsas hag yth esa dywysycter sodyn in y lev.

"Goslow, a Barrymore! Nyns yw an negys-ma a les dhybm marnas ow tùchya les dha vêster. Me re dheuth obma heb towl vêth oll marnas y weres ev. Lavar dhybm yn opyn, pëth yw an dra nag usy worth dha blêsya?"

136

Barrymore a hockyas tecken, kepar ha pàn ve va edrygys a'y eryow freth, poken pàn ve cales dhodho ry acownt in geryow a'y emôcyons.

"Ny bleg dhybm oll an wharvosow-ma, a syra," ev a grias wàr an dyweth, in udn swaysya y dhorn tro ha'n fenester, glebys gans an glaw, esa ow meras in mes orth an hal. "Yma gwary plos in neb tyller, hag yma bylyny du ow pryjyon, me a'n te! Me a via pòr lowen, a syra, mar teffen ha gweles Syr Henry wàr y fordh bys in Loundres arta."

"Saw pandr'usy ow corra own inos?"

"Merowgh orth mernans Syr Charles! Hèn o hager lowr, awos pùptra a leverys an cùrunor. Merowgh orth an sonyow wàr an hal i'n nos. Nyns eus den vëth bew a via parys dhe bassya dresto wosa howlsedhas, kyn fe va tyllys yn larych. Consydrowgh an stranjer-na in dàn gel in mes ena, ev ow meras hag ow cortos! Pandr'usy ev ow cortos? Pëth usy an dra ow styrya? Yma va ow styrya dregyn dhe'n hanow Baskerville, ha me a vëdh pòr lowen bos ryddys anodho, an jëdh may fo servysy nowyth Syr Henry parys dhe omgemeres rag an Hel."

"Saw ow tùchya an stranjer," me a leverys. "A ylta jy leverel tra vëth dhybm adro dhodho? Pandra leverys Selden? A wrug ev dyscudha pleth esa ev ow keles y honen, pò pandr'esa ev ow qwil?"

"Ev a'n gwelas unweyth pò dywweyth, saw Selden yw down, ha nyns usy ev ow côwsel nameur. Kyns oll ev a gresy an den dhe vos creswas, saw ev a dhyscudhas ena an den dhe vos tregys in y fow y honen. Den jentyl o va, mar veur dell wodhya ev, saw ny ylly ev convedhes pandr'esa ev ow qwil."

"A leverys Selden pleth esa an stranjer tregys?"

"In mesk an treven coth wàr leder an bryn—i'n crowyow a ven, le may fedha an bobel tregys i'n dedhyow coth."

"Saw pana sosten a'n jeva?"

"Selden a dhyscudhas bos maw dhodho, usy ow lavurya ragtho. Ev a dhora dhodho pùptra a vo otham dhodho anodho. Dre lycklod yma an maw ow mos dhe Coombe Tracey rag pùptra."

"Dâ lowr, a Barrymore. Ny a vydn côwsel a'n mater-ma neb termyn aral." Pàn o gyllys an botler, me a gerdhas bys i'n fenester dhu, ha meras der an qwarel dyscler orth an cloudys ow fysky dres an ebron, hag orth an gwëdh ow tossya i'n gwyns. Gwyls yw an nos wàr jy, pana sort nos a dal bos in crow a ven wàr an hal? Pana sorr envies a alsa constrîna nebonen dhe lùrkya in tyller a'n par-na in termyn kepar ha'n present? Ha pana borpos a alsa rewlya den dhe wil dhodho godhaf torment a'n par-na? Ena, i'n crow-na wàr an hal, yth hevelly dhybm bos ow crowedha an very cres a'gan problem, neb a'm vexyas mar dydn. Me a'n te, ny vëdh dëdh moy passys, erna vo oll ow ehen gwrës genef dhe determya colon an mystery.

CHAPTRA XI

An Den wàr an Bryn

Yma an darn in mes a'm dëdhlyver pryveth, may feu an dewetha chaptra gwrës anodho, yma va ow try ow narracyon bys i'n êtegves dëdh a vis Hedra. Hèn o termyn may talathas an wharvosow coynt-ma gwaya yn uskys in rag bys in aga finweth uthyk. Yma happyansow an nessa dedhyow gravys yn fast wàr ow hov, ha me a yll ry acownt anodhans heb referrya dhe'n nôtednow gwrës genef orth an prës. Me a vydn aga dallath dhia an jorna wosa an jëdh may whrug vy conclûdya deu dra a bris brâs: onen o fatell screfas Mêstres Laura Lyons a Coombe Tracey dhe Syr Charles Baskerville, ha gwil appoyntyans ganso i'n tyller ha i'n termyn may feu va marow; ha'n secùnd o bos an den esa ow lùrkya wàr an hal dhe gafos in mesk an crowyow a ven wàr leder an bryn. Gans an dhew dra-na i'm possessyon, me a gresy ow skians pò ow holon dhe vos ow lackya, mar ny alsen dyscudha moy adro dhe'n maters tewl-na.

Ny gefys vy chauns vëth dhe dherivas dhe'n barnet myns a wrug vy desky adro dhe Vêstres Lyons an gordhuwher newher, rag an Doctour Mortymer a remainyas ganso ow qwary cartednow erna veu pòr holergh an eur. Prës haunsel, bytegyns, me a leverys dhodho adro dhe'n dra dyscudhys genef, ha me a wovydnas orto a garsa ev dos genef dhe Coombe Tracey. I'n dallath ev ow whensys dhe dhos, saw wosa ombredery ny agan dew a gresy y fedha an sowena dhe vrâssa mar teffen ha mos ow honen oll. Dhe voy formal a ve agan whythrans, ny a vynsa cafos dhe le avîsyans dhyworth Mêstres Lyons. Rag hedna me a asas Syr Henry wàr ow lergh, kynth esa ow honscians orth ow dynsel nebes, ha me a dhrîvyas in kerdh wàr ow helgh nowyth.

Pàn wrug vy drehedhes Coombe Tracey, me a erhys dhe Perkyns may whrella ev dynasca an vergh, ha me a wovydnas ple hyllyn cafos an venyn en vy porposys dhe examnya. Ny'm beu caletter vëth ow trouvya hy rômys, rag yth esens in cres an dre ha pòr attês. Mowes a'm lêdyas ajy heb hockya, ha pàn entrys vy i'n rôm esedha, venyn a'y eseth dhyrag jyn screfa *Remington* a labmas wàr hy threys in udn vinwherthyn yn caradow rag ow wolcùbma. Hy fâss a godhas bytegyns, pàn welas hy ow bos stranjer, ha hy a esedhas arta ha govyn orthyf prag y whrug vy hy vysytya.

Pàn welys vy Mêstres Lyons rag an kensa prës, me a gafas argraf a venyn deg dres ehen. Hy lagasow ha'y blew o a'n keth lyw a gollgnow rych, ha'y dywvogh, kynth esa brythednow warnodhans, o rudhys gans bleujen afinys an venyn tewl hy blew, an gwynrudh dainty usy a'y wroweth in cres an rosen loskvenek. Marth o, me a'n lever arta, an kensa argraf. Wosa hedna bytegyns me a welas nag o hy teg yn tien. Yth esa neb fowt bian in hy fâss, garôwder in hy thremyn, neb serthter i'n lagas, martesen, neb lowsethes in hy gwessyow a gemeras neppyth dhyworth hy thecter. Saw hèn o, heb mar, ow thybyans wosa ombredery. Wostallath me a wodhya ow bos ow sevel dhyrag benyn pòr sêmly, hag yth esa hy ow covyn orthyf prag y teuth vy dh'y vysytya. Ny wrug vy convedhes bys i'n prës-na pana dyckly o ow negys gensy.

"Me a'm beus an plesour," me a leverys, "a aswon agas tas."

Cledhek veu hedna avell lavar dhe dhallath an kescows, ha'n venyn a wrug dhybm y gonvedhes.

"Nyns eus tra vëth intredhon ny, me ha'm tas," yn medh hy. "Nyns esoma in kendon dhodho, ha'y gothmans ev, nyns yns y ow hothmans vy. Na ve Syr Charles Baskerville, eus tremenys, ha nebes colonow larych erel, me a alsa merwel a nown, ha ny via hedna bern dhe'm tas."

"Me re dheuth obma dhe gôwsel orthowgh adro dhe Syr Charles Baskerville tremenys."

An brythednow a savas in mes wàr fâss an venyn.

"Pandra allama leverel dhywgh adro dhodho?" hy a wovydnas hag yth esa hy besias ow qwary yn frobmys gans alwhedhow hy jyn screfa.

"Aswonys o va dhywgh, a nyns o?"

"Me re leverys solabrës fatell esen vy in kendon vrâs dh'y garadôwder. Mar callama scodhya ow honen, dre vrâs hèn yw dre rêson ev dhe'm gweres i'm stât trist."

"A wrussowgh why kescrefa ganso?"

An venyn a veras in bàn yn uskys hag yth esa sorr dhe redya in hy lagasow gell.

"Pëth yw porpos an qwestyons-ma?" hy a wovydnas yn tydn.

"An porpos yw goheles bysmêr poblek. Gwell yw me dh'aga govyn orthowgh why obma, ès an negys dhe scappya in mes a'gan controllyans."

Hy a dewys ha'y fâss o whath pòr wydn. Wàr an dyweth hy a veras in bàn hag yth esa defians freth in hy geryow.

"Wèl, me a vydn agas gortheby," yn medh hy. "Pandr'yw agas qwestyons?"

"A wrussowgh why kescrefa gans Syr Charles?"

"Me a screfas dhodho unweyth pò dywweyth in gwir rag aswon meur râss dhodho a'y ùnderstondyng ha'y larjes."

"A yllowgh why leverel pana dermyn a wrussowgh why danvon an lytherow-na?"

"Na allaf."

"A wrussowgh why bythqweth metya ganso?"

"Gwrug. Unweyth pò dywweyth, pàn dheuth ev dhe Coombe Tracey. Den methek cosel o va, ha gwell o ganso gwil an dâ in dàn gel."

"Saw mar ny wrewgh why y weles ma's bohes venowgh, fatla wodhya ev lowr a'gas negyssyow dhe vos abyl dh'agas gweres, kepar dell leverowgh?"

Hy a worthebys an qwestyon tyckly-na heb caletter vëth.

"Yth esa nebes tus jentyl a wodhya ow istory morethek, hag unver vowns rag ow gweres. Onen anodhans o Mêster Stapleton, kentrevak ha cothman dâ dhe Syr Charles. Ev a vedha pòr guv, ha dredho ev Syr Charles a dheskys adro dhe'm negyssyow vy."

Me a wodhya solabrës fatell wrug Stapleton moy ès unweyth gwythresa avell alusenor Syr Charles Baskerville. Rag hedna lavar an venyn a hevelly dhybm bos gwir.

"A wrussowgh why bythqweth screfa dhe Syr Charles in udn wovyn orto metya genowgh," me a leverys ow pêsya ow qwestyons.

Mêstres Lyons a rudhyas arta rag ewn sorr.

"Ria, a syra, hèn yw qwestyon pòr goynt."

"Drog yw genef, a venyn vas, saw res yw dhybm y wovyn arta."

"Ena me a vydn agas gortheby. Na wrug nes!"

"A ny wrussowgh why indella an jëdh may feu Syr Charles marow?"

An lyw rudh a forsâkyas hy fâss, hag y feu dhyragof bejeth gwydn an mernans. Ny ylly hy gwessyow sëgh leverel an geryow "Na wrug", ha me a's gwelas, saw ny's clôwys màn.

"Yth hevel in gwir agas cov dh'agas tùlla," me a leverys. "Me a alsa ry dhywgh nebes geryow in mes a'gas lyther. Why a screfas: 'Me a'gas pës a leun-golon dell owgh why den jentyl, gwrewgh lesky an lyther-ma ha bedhowgh ryb an yet warbydn deg eur.'"

Yth hevelly dhybm hy dhe glamdera, saw hy a gontrollyas hy honen dre strîvyans brâs.

"A nyns yw den jentyl vëth gesys?" a wovydnas hy in udn hanaja.

"Yth esowgh why ow qwil cabm dhe Syr Charles. Ev a loscas an lyther in gwiryoneth. Saw traweythyow y hyllyr redya lyther, kyn fe va leskys. Esowgh why owth avowa fatell wrussowgh why screfa an lyther?"

"Esof. Me a'n screfas," hy a grias, in udn dhevera hy enef in mes in fros geryow. "Me a'n screfas. Prag y whrussen y naha? Nyns eus skyla vëth genef dhe gemeres meth anodho. Me a garsa ev dhe'm gweres. Me a gresy y halsen cafos y weres, mar callen kestalkya ganso, rag hedna me a wovydnas orto metya genef."

"Saw prag y whrussowgh why araya termyn mar holergh?"

"Dre rêson me dhe dhesky namnygen fatell o va porposys dhe dhyberth ha dhe viajya dhe Loundres an myttyn awosa, hag y hylly ev bos gyllys nebes mîsyow. Me a'm beu ken rêsons na yllyn bos ena kyns hedna."

"Saw prag y whrussowgh govyn dhe vetya ganso i'n lowarth, adar in y jy?"

"Esowgh why ow soposya y halsa benyn mos hy honen oll dhe jy den dydhemeth orth an eur holergh-na?"

"Wèl, pandra wharva pàn wrussowgh why drehedhes an tyller?"

"Nyns êth vy bythqweth dy."

"A Vêstres Lyons!"

"Nâ, me a'n te dhywgh re bùptra sans dhybm. Ny wrug vy bythqweth mos. Neppyth a wharva ha hedna a'm lettyas a vos."

"Pandra veu hedna?"

"Mater pryveth ywa. Ny allama y dherivas."

"Yth esowgh why owth avowa why dhe wil appoyntyans gans Syr Charles orth an eur may feu va marow hag i'n very tyller kefrës, saw yth esowgh why ow tenaha why dhe wetha an appoyntyans."

"Hèn yw an gwiryoneth."

Arta hag arta me a's examnyas, saw ny yllyn bythqweth mos pella ès an poynt-na.

"A Vêstres Lyons," me a leverys ha me ow sevel wàr ow threys wàrlergh an kescows hir ha heb sowena, "yth esowgh why ow kemeres warnowgh charj pòr vrâs, hag indella yth esowgh why ow chauncya agas plît, heb côwsel yn opyn adro dhe bùptra godhvedhys dhywgh. Mar pëdh res dhybm kelwel wàr an creslu rag ow gweres, why a wra convedhes pana dhrog-beryllys yw agas hanow dâ. Mars owgh why inocent, prag y whrussowgh why denaha why dhe screfa dhe Syr Charles an jëdh-na?"

"Dre rêson me dhe berthy own y fedha tednys dhyworto fâls-conclûsyon, hag indella me dhe vos budhys in bysmêr."

"Ha prag yth o mater mar vysy dhywgh Syr Charles dhe dhystrêwy an lyther?"

"Mars yw an lyther redys genowgh, why a wor hedna."

"Ny leverys bythqweth me dhe redya oll an lyther."

"Why a ros dhybm nebes geryow in mes anodho."

"An re-na a dheuth in mes a'n ger warlergh. Dell leverys vy, an lyther o leskys ha ny ylly bos redys yn tien. Me a wovyn orthowgh why unweyth arta, prag yth o mater mar vysy dhywgh Syr Charles dhe dhystrêwy an lyther-ma, lyther a recêvas ev jorna y vernans?"

"Pòr bryveth yw an negys."

"Rag hedna why a'gas beus dhe voy rêson dhe avoydya whythrans poblek."

"Me a vydn derivas dhywgh dhana. Mar qwrussowgh why clôwes tra vëth a'm istory trist, why a wodhvyth me dhe dhemedhy yn uskys ha heb sowena."

"Me re glôwas kebmys."

"Ow bêwnans vy re beu udn torment wosa y gela dhyworth gour neb yw casadow dhybm. Yma an laha abarth dhodho, ha kenyver jorna yma an peryl orth ow codros ev dhe'm constrîna dhe gesvewa ganso. Pàn screfys vy an lyther-na dhe Syr Charles, me a dheskys y hyllyn martesen dascafos ow franchys, mar callen unweyth tylly nebes costow. Yth o hedna pùptra dhybm—cosoleth brës, lowena, revrons ragof ow honen—pùptra. Me a wodhya Syr Charles dhe vos larych, ha me a gresy mar teffa ev ha clôwes an whedhel dhyworth ow ganow ow honen, ev dhe vos parys dhe'm gweres."

"Fatla wharva dhana na wrussowgh why mos?"

"Dre rêson me dhe gafos gweres dhyworth nebonen aral.

"Prag na wrussowgh why screfa ytho dhe Syr Charles rag styrya hedna dhodho?"

"Me a vynsa gwil indella, na ve me dhe redya a'y vernans i'n paper nowodhow an nessa myttyn."

Yth esa whedhel an venyn ow cregy warbarth yn ewn, ha ny yllyn vy awos oll ow govynadow hy shakya. Nyns o ma's udn fordh rag checkya hy whedhel, hèn o dre dhyscudha, a wrug hy in gwir dallath proces a dhydhemedhyans warbydn hy gour in termyn an trajedy pò adro dhodho.

Nyns o lyckly hy dhe lavasos declarya nag êth hy dhe Hel Baskerville, mar qwrug hy mos dy in gwiryoneth, rag otham via a garyach rag hy dry ena, ha ny alsa hy dewheles dhe Coombe Tracey marnas bys in euryow avarr an myttyn. Ny ylly viaj a'n parna bos kelys. Dre lycklod, ytho, yth esa hy ow leverel an gwiryoneth, pò, dhe'n lyha, radn a'n gwiryoneth. Me a dhepartyas dhyworty ancombrys ha dyglon. Unweyth arta me o devedhys bys in fordh dhegës, a apperyas bos derevys dres kenyver hens esa ow lêdya dhe finweth ow negys. Saw dhe voy y whren predery a fâss an venyn, hag a'y fara, dhe voy yth hevelly dhybm hy dhe wetha neppyth dhyworthyf. Prag y whrussa hy trailya mar wydn? Prag y whrug hy omlath warbydn kenyver confessyon, erna veu hy constrînys dh'y wil? Prag yth o hy mar dawesyk in termyn an droglabm? In gwir a pe hedna styrys yn tien, ny ylly hy bos mar inocent dell garsa hy ow ferswâdya. Rag an present termyn bytegyns ny yllyn mos pella in rag bys i'n qwartron-na, saw res o dhybm trailya wàr dhelergh dhe'n hynt aral-na esa dhe gafos in mesk crowyow men an hal.

Saw hedna o qwartron tewl dyscler. Me a'n convedhas pàn esen ow trîvya tre, ha me a verkyas fatell esa bryn wosa bryn ow tysqwedhes olow a'n bobel auncyent. Ny leverys Barrymore mès an stranjer dhe vos tregys in onen a'n crowyow forsâkys-na, hag yma lies cans anodhans scùllys dres an hal ahës. Saw ow experyens ow honen a ylly ow gêdya, rag me a welas an den y honen ow sevel wàr vùjoven an Bryn Du. An tyller-na ytho a godhvia bos an cres a'm helgh. Alena me a godhvia whythra kenyver crow wàr an hal erna

wrellen dos wàr an crow ewn. Mar pëdh an den-ma wàr jy, me a
vydn dyscudha dhyworth y anow y honen, orth min ow fystol mar
pëdh otham, pyw ywa ha prag yma va worth agan sewya mar bell.
Ev a ylly scappya dhyworthyn in rûth Strêt Rêjent, saw ny alsa ev
gwil indella wàr an hal dygoweth. Wàr an tenewen aral, mar teuma
ha cafos an crow heb y dregor dhe vos ino, me a dal remainya, na

fors pana hir, erna wrello dewheles. Holmes a'n collas in Loundres. Vyctory via ragof vy in gwir mar callen y gachya, le may whrug fyllel ow mêster.

Ny a'gan beu cales lùck arta hag arta in whythrans-ma, saw lebmyn an fortyn dâ a dheuth dhe'm gweres. Ha pyw o messejer an fortyn dâ marnas Mêster Frankland y honen? Yth esa ev ow sevel, rudh y fâss ha loos y voghvelw avês dhe yet y lowarth, esa owth egery dydro wàr an fordh veur esen ow viajya warnedhy.

"Dùrda dhywgh why, a Dhoctour Watson," ev a grias gans moy a jolyfta ès dell o ûsys. "Why a res ry powes dh'agas mergh ha dos ajy rag eva gwedren a win ha gwil keslowena genef."

Nyns esen owth omglôwes re garadow tro hag ev i'n tor'-n dre rêson a'n fordh may whrug ev, dell glôwys vy, dyghtya y vyrgh y honen, saw me o whensys dhe dhanvon Perkyns tre gans an caryach. An occasyon a hevelly dâ dhybm ytho. Me a skydnyas hag a dhanvonas messach dhe Syr Henry me dhe gerdhes tre in près rag kydnyow. Ena me a sewyas Frankland aberth in y rom debry.

"Dëdh brâs yw an jëdh hedhyw dhybm, a syra—onen a'n gwella dedhyow a'm bêwnans," ev a grias, ow wherthyn yn freth in y vriansen. "Me re spêdyas dywweyth. Ervirys yw genef desky an bobel i'n tireth-ma an laha dhe vos an laha, ha me dhe vos den nag yw ownek a'y elwel dhodho. Me re establyshyas gwir a bassya dre gres park Middleton coth, der an very cres, le ès cans lath dhyworth y dharas arag. Pëth esowgh why ow predery adro dhe hedna? Ny a vydn desky dhe'n vryntynyon-ma na yllons y kerdhes in botas garow orth gwiryow an dus kebmyn, dh'aga cregy! Ha me re dhegeas an coos, le may fedha pobel Fernworthy ow tebry aga croust i'n air egerys. Yma an bobel velcgys-na ow crcsy nag eus gwiryow perhenogeth vëth i'n bës, hag y dhe allos hêsya le mayth yw dâ gansans, gans aga faperyow ha'ga botellow. An dhew gâss ervirys, a Dhoctour Watson, hag y aga dew ragof vy. Ny'm beu dëdh kepar ha'n jëdh hedhyw dhia bàn wrug vy cachya Syr Jowan Morland rag trespas, dre rêson ev dhe tedna wàr gonynas in y gonery y honen."

"Fatla wrussowgh spêdya dhe wil hedna in oll an bës?"

"Gwrewgh y whelas in lyvrow an laha, a syra. Mater ywa a dal y redya— Frankland warbydn Morland, Cort Benk an Vyternes. An ken a gostyas 200 puns, saw me a gafas ow jùjment."

"A wrug hedna dâ vëth dhywgh?"

"Na wrug, a syra, na wrug. Saw prowt oma dhe leverel na'm be les arhansek i'n mater. Yth esoma owth actya dhyworth sens a dhevar dhe'n bobel. Nyns eus dowt vëth, pobel Fernworthy a wra lesky ow imach haneth. Me a leverys dhe'n creslu an dewetha treveth, y resa dhedhans stoppya dysqwedhyansow dyvlas a'n parna. Yma Creslu an Conteth in stât uthyk, a syra, ha ny wrussons ry dhybm an gwith usy dendylys genef. Me a leverys dhedhans y fedha termyn may fowns y edrygys a'ga dyghtyans ahanaf, hag yma ow geryow devedhys gwir solabrës."

"Fatla?" me a wovydnas.

An den coth a worras tremyn sevur fur warnodho y honen.

"Rag me a alsa derivas dhedhans an pëth a garsens godhvos, saw ny vynsa tra vëth ow inia dhe weres an sherewys in fordh vëth oll."

Yth esen ow whelas i'm pedn neb fordh may hallen scappya dhyworth y gows uver, saw i'n tor'-na me a dhalathas bos whensys a glôwes moy anodho. Me a welas lowr a natur contrary an pehador coth-na dhe gonvedhes nag o fordh moy certan dhe stoppya y gows ès dysqwedhes les brâs ino.

"Neb negys ow tùchya ladra helgig, yth esof ow soposya," ow qwil wis nag o an mater a les dhybm.

"Ha, ha, a vab, mater liesgweyth moy poos ès hedna! Yth esoma ow côwsel adro dhe'n felon wàr an hal."

Me a labmas. "Nag esowgh why ow leverel y whodhowgh why ple ma va?" me a leverys.

"Martesen na worama poran ple ma va, saw certan oma y halsen gweres an creslu dhe settya aga dewla warnodho. A ny wrussowgh why predery bythqweth an fordh wella dhe gachya nebonen, yw dhe dhyscudha ple ma va ow cafos y sosten?"

Apert o Frankland dhe vos re ogas dhe'n gwiryoneth. "Heb dowt vëth," me a leverys, "saw fatla wodhowgh why ev dhe vos in tyller vëth wàr an hal?"

"Me a wor, drefen me dhe weles gans ow lagasow ow honen an messejer a vëdh ow try dhodho y sosten."

Me a veu dyglon rag Barrymore truan. Mater uthyk o bos in dewla an mellyor coth envies-ma. Saw y nessa lavar a'm sewajyas yn frâs.

"Sowthenys vedhowgh dhe dhesky fatell vëdh flogh ow try y sosten bys dhodho. Me a'n gwel kenyver jorna der ow gweder aspia wàr an to. Yma va ow passya wàr an keth trûlergh orth an keth eur, ha pyw a alsa ev bos ow kerdhes dhe vetya ganso marnas gans an felon?"

Hèn o fortyn dâ heb dowt vëth oll! Saw me a vâkyas nag o an mater a les vëth dhybm. Flogh! Barrymore a leverys fatell esa maw ow try y sosten dh'agan den ùncoth. Frankland o devedhys wàr ol an den-na, adar wàr ol an felon. Mar callen unweyth cafos y skians dhyworto, hedna a vynsa sparya helgh hir ha sqwithus. Saw apert o fowt les ha fowt crejyans dhe vos ow arvow creffa.

"Me a vynsa leverel kyns an maw dhe vos mab onen a vugeleth an hal ow try y ly in mes dh'y das."

An lyha tôkyn a strîvyans wàr y bydn a dednas tan in mes a'n turont coth. Y lagasow a veras orthyf yn envies, ha'y voghvlew loos a savas kepar ha minvlew cath serrys.

"In gwir, a syra!" yn medh ev, ow tysqwedhes dhybm an hal ledan. "Esowgh why ow qweles an Bryn Du dres ena? Esowgh why ow qweles an vre isel dresto usy an dhreysen warnedhy? Hòn yw an radn moyha meynek a'n hal yn tien. Yw hodna an tyller may whrussa bugel kemeres y stons? An pëth esowgh why ow comendya yw wharthus dres ehen."

Me a worthebys yn uvel me dhe gôwsel heb godhvos pùptra. Ow geryow gostyth a'n plêsyas hag a'n lêdyas dhe fydhya dhybm gans moy lavarow.

"Why a yll bos certan, a syra, fatell res dhybm cafos dùstuny pòr dhâ, kyns ès me dhe dhetermya neb tra. Me re welas an maw arta hag arta ha'y sawgh ganso. Kenyver jorna, ha traweythyow dywweyth i'n jëdh, me re allas—saw gortowgh pols, a Dhoctour Watson. Usy ow lagasow ow honen orth ow thùlla, pò usy neppyth ow qwaya i'n very tor'-ma wàr leder an bryn-na?"

Yth esa an dra nebes mildiryow dhyworthyn, saw me a welas dyjyn du wàrbydn an gwer dyslyw ha'n loos.

"Dewgh, a syra, dewgh!" Frankland a grias hag ev a fystenas an stairys in bàn. "Why a welvyth gans agas lagasow agas honen hag ervira ragowgh agas honen."

Yth esa an telescôp, daffar hûjes settys wàr drebeth, ow sevel wàr radn leven a'n to. Frankland a veras dredho ha cria in mes yn contentys.

"Yn uskys, a Dhoctour Watson, yn uskys, kyns ès ev dhe vos mes a wel dres an bryn!"

150

Otta va, in gwir, maw bian ha sawgh wàr y scoodh, ow kerdhes yn lent an vre in bàn. Pàn wrug ev drehedhes an top me a welas an fygur ùncoth ha pylednek lînys rag tecken warbydn an ebron yeyn ha blou. Ev a veras adro dhodho kepar ha lader, kepar hag onen na garsa bos sewys. Ena ev êth mes a wel dres an vùjoven.

"Wèl! Esa an gwir genef?"

"Sur, yma maw neb a hevel bos neb negys sêcret dhodho."

"Ha pëth yw an negys-na creswas pow a alsa desmygy. Saw ny wrowns y cafos ger vëth oll dhyworthyf vy. Ha me a'gas kelm dhe sensy an kevrin, a Dhoctour Watson. Taw tavas. Esowgh why owth ùnderstondya?"

"Poran kepar dell esowgh why o whansa."

"Y a'm dyghtyas yn tyvlas—yn tyvlas. Pàn dheffa an gwiryoneth in mes in *Frankland warbydn Regina* me a vynsa predery fatell wra labm a sorr resek der oll an pow. Ny vynsa tra vëth ow honstrîna dhe wil gweres dhe'n creslu in fordh vëth oll. Ny via bern dhedhans, mar teffa an debel-wesyon ow lesky vy in person, adar ow imach. Nyns esowgh why ow tyberth, esowgh? Why a vydn ow gweres ow qwakhe an costrel-ma a win in onour an occasyon brâs!"

Saw me a savas orth oll y iniadow hag a spêdyas dh'y worra dhyworth y borbos declarys a sensy cowethas genef oll an fordh tre. Me a wethas dhe'n fordh, pàn esa y lagas warnaf, hag ena me a drailyas adenewen dres an hal, ha me ow mos tro ha'n bryn, may whrug an maw mos a wel wàr y lergh. Yth esa kenyver tra ow kesobery ragof, ha me a dos dhybm ow honen, na wrellen kelly an chauns presentys dhybm dre dhestnans dre fowt nerth pò dre fowt hirberthyans.

Yth esa an howl ow sedhy solabrës, pàn wrug vy drehedhes top an bryn, hag yth o an ledrow hir in dàdnof gwer owrek wàr an eyl tu loos gans skeus wàr y gela. Yth esa nywl ow crowedha wàr an gorwel i'n pellder, hag y hylly shâpys tarosvanus Bellyver ha Bryn an Lowernes bos percêvys ow herdhya aga honen in mes anodho. Nyns o sownd dhe glôwes na môcyon dhe weles. Yth esa edhen brâs loos, gùlla pò gelvinak, ow neyja i'n ebron a-uhof. Ev ha me, ny a apperyas bos an udn creaturs bew i'n nev avàn hag i'n dysert awoles. An wolok sëgh, an fowt cowethas, ha mystery hag iniadow an devar dhyragof, y oll a worras own yeyn i'm colon. Ny yllyn gweles an maw in tyller vëth. Saw in nans in dadnof in fâls i'n brynyow yth esa nebes crowyow auncyent in kelgh, hag in aga cres yth esa crow esa lowr a do warnodho dhe vos scoos warbydn an awel. Ow holon a labmas inof, pàn welys hedna. Hèn a dalvia bos an govva mayth esa an stranjer ùncoth ow lùrkya. Wàr an dyweth yth esa ow throos war druthow y gel—me a ylly dalhedna y gevrîn ev. Saw yth esa sînys lowr na wrug vy dos wàr fâls-canaseth. Hebma in gwir o an tyller mayth esa tregys an stranjer. Me a welas nebes lednow gwely rollys in bàn wàr lehen, a wre an den neolythek cùsca warnedhy. Yth o lusow tan grahellys warbarth wàr olas garow. Yth esa padellow ryptho ha bùcket hanter-leun a dhowr. Cafasow sten wàr an dor a dhysqwedhas nebonen dhe vos tregys ena nans o nebes dedhyow, ha me a welas i'n gornel, kepar dell veu ow lagasow dhe voy ûsys dhe'n golow gwadn, hanaf bian a olcan ha botel hanter-leun a dhowr tobm. In cres an crow yth esa men plat, esa ow servya avell bord, ha warnodho yth esa sawgh bian padn— an keth sawgh, heb dowt vëth, a welys vy der an gweder aspia wàr scoodh an maw. I'n fardel yth esa torth a vara, tavas cafasys, ha dew gafas a avallow gwlanek. Me a's examnyas ha'ga settya wàr nans arta, hag ena ow holon a labmas, rag in dadn an fardel yth esa folen a baper, ha geryow screfys warnedhy. Me a lyftyas an paper hag a redyas an geryow-ma screfys garow in pluven plobm: "An Doctour Watson yw gyllys dhe Coombe Tracey."

Me a savas ena tecken, an paper i'm dewla, ha me owth ombredery adro dhe styr an messach cot-na. Me, adar Syr Henry, a vedha sewys gans an den kevrînek-ma. Ny wrug ev ow folya y honen, saw ev a dhanvonas y gadnas—an maw martesen— wàr ow lergh, ha hèm o y dherivas ev. Dre lycklod ny wrug avy kemeres stap vëth wàr an hal na veu gwelys ha reportys. Kepar ha pùpprës me a glôwas inof an sens-na a fors dywel, roos fin tednys yn skentyl hag yn codnek adro dhyn, orth agan dalhedna mar glor, na wrussyn ny merkya marnas unwyeth i'n prës uhella agan bos kelmys in hy maglednow.

Mars esa udn derivas i'n crow, martesen yth esa re erel. Me a veras adro ytho rag aga whelas. Nyns esa ol vëth, bytegyns, a dra vëth a'n sort-na, ha ny yllyn cafos tôkyn vëth dhe dhysqwedhes natur pò towlow an den esa tregys i'n tyller coynt-ma, marnas ev dhe vos a ûsadow sempel ha nag o bern dhodho solas an bêwnans medhel. Pàn wrug vy consydra an glaw poos ha meras orth an to tellek, me a gonvedhes pana fast ha pana fyrm o an porpos, neb a'n sensys i'n drigva-na heb confort. O va agan escar envies, pò a ylly

ev bos parhap agan el gwith? Me a dos dhybm ow honen na wren gasa an crow erna wrellen dyscudha.

Yth esa an howl ow sedhy wàr ves ha'n west o gans tan cogh hag owrek. Yth o golow an howl dastywynys in plattys rudh der an pollow pell in cres Lis Grympen brâs. Otta dew dour Hel Baskerville, hag ena mog dyscler ow terevel dhywar dreveglos Grympen. Intredhans aga dew, adrëv an bryn yth esa chy Stapleton ha'y whor. Yth o pùptra wheg, clor ha cosel in howl owrek an gordhuwher; saw pàn verys vy ortans, ny ylly ow enef radna gansans an cres a Natur. Yth esen kyns ow trembla hag ow crena gans own dyscler hag uthyk ow tùchya an kescows a'm bia kyns napell. Kynth esa ow nervow ow cosa, ow forpos o fast. Me a esedhas i'n gornel dhu a'n crow ha gortos gans hirberthyans morethek, erna dheffa hedna neb o tregys ino.

Hag ena wàr an dyweth me a'n clôwas. Me a glôwas abell an sownd a votasen ow clattra warbydn men. Ena sownd aral meur anodhans ow tos nessa dhybm. Me a blynchyas wàr dhelergh i'n gornel tewla a'n crow hag antelly an pystol i'm pocket, rag ervirys en na wrussen dyskevra ow honen erna ve neppyth a'n stranjer gwelys genef. Y feu powes hir, hag apert o an stranjer dhe stoppya. Ena unweyth arta an stappys a dheuth nes, ha skeus a godhas dres igor an crow.

"Teg yw an gordhuwher, a Watson wheg," yn medh lev aswonys dâ. "Me a grës y fedhys moy attês wàr ves ès wàr jy."

CHAPTRA XII

Mernans wàr an Hal

Rag tecken me a sedhas heb anal. Scant ny yllyn cresy dhe'm scovornow. Ena ow skians ha'm lev a dhewhelys dhybm, hag y feu lyftys dystowgh dhywar ow enef charj poos ha brâs dres ehen. Ny ylly an lev yeyn, glew ha gesedhus-na longya marnas dhe udn den in oll an norvës.

"Holmes!" me a grias— "Holmes!"

"Deus in mes," yn medh ev, "ha dell y'm kyrry, kebmer with gans an pystol."

Me a bosas in dàn bedn an daras garow rag mos in mes, ha otta va esedhys wàr ven wàr ves, y lagasow loos ow tauncya rag ewn sport pàn welsons ow bejeth sowthenys. Tanow o va ha sqwithys, saw ev a omdhysqwedhas bew ha dyfunys, y fâss lybm leskys gans an howl ha garow der an gwyns. In y sewt a vrethyn ev o kepar ha havyas vëth aral, hag ev re spêdyas, gans kerensa an gath a lanyther personek, onen a'y deythy specyal, dhe sensy y elgeth mar smoth ha'y cris mar berfeth dell via, a pe va in Strêt Baker.

"Bythqweth ny veuma moy lowen dhe weles den vëth in oll ow dedhyow," me a leverys ha me a shakyas y dhorn yn freth.

"Ny veusta moy sowthenys naneyl."

"Wèl, res yw dhybm avowa hedna."

"Ny veu oll an sowthan wàr dha denewen jy, me a'n lever dhis. Ny wodhyen màn te dhe dhyscudha ow scovva rag tro, ha ny wodhyen naneyl fatell esta aberth inhy, erna veuma adro dhe ugans lath dhyworth an daras."

"Ol ow throos, me a sopos."

"Nâ, a Watson. Me a'm beus own na alsen aswon olow dha droos in mesk olow troos pùbonen i'n bës. Mars osta whensys dhe'm tùlla in gwir, res yw dhis chaunjya dha wycor tobackô. Pàn wryllyf pedn

cygaryk ha *Bradley*, Strêt Resohen
merkys warnodho, me a wor ow hothman
Watson dhe vos i'm ogas. Te a'n gwelvyth ena ryb an
trûlergh. Te a'n tôwlas dhyworthys, heb dowt, pàn wrusta fysky i'n
prës uthyk-na aberth i'n crow gwag."

"Poran."

"Me a gresy hedna—ha dre rêson me dhe aswon dha berthyans
fast, me a gresy yth esta parys dhe gontraweytya, arv ogas dhe'th
torn, ha te ow cortos dewheles an den tregys obma. Te a brederys
ytho me dhe vos an felon?"

"Ny wodhyen pyw esta, saw determys en dhe dhyscudha."

"Pòr dhâ, a Watson! Ha fatla wrusta ow throuvya? Te a'm gwelas martesen an nos may feu helhys an prysner, pàn veuma mar wocky dhe asa an loor dhe dherevel wàr ow heyn?"

"Ea, me a'th welys i'n tor'-na."

"Ha heb dowt te re sarchyas oll an crowyow, erna dheuthys wàr an crow-ma?"

"Na wrug. Dha vaw re bia gwelys, ha hedna a ros dhybm hynt ple codhvia dhybm whelas."

"An cothwas ha'y weder aspia, heb dowt vëth. Ny yllyn y gonvedhes pàn welys kensa an golow ow tastewynya wàr an gweder." Ev a savas wàr y dreys ha meras aberth i'n crow. "Hâ, me a wel fatell wrug Cartwright gasa sosten ragof. Pëth yw an paper-ma? Te a veu in Coombe Tracey, a veusta?"

"Beuma."

"Rag vysytya Mêstres Laura Lyons?"

"Poran."

"Gwrës dâ! Apert yw agan whythransow dhe vos ow resek in fordhow keslînek, ha pàn wrellyn ny gorra pùptra a woryn ny warbarth, ny a'gan byth skians dâ lowr a'n negys."

"Wèl, yth esof ow lowenhe gans oll ow holon te dhe vos obma. Yth esa an omgemeryans ha'n mystery ow shyndya ow nervow. Saw in pana vaner in oll an bës a wrusta dos obma, ha peth eses ow qwil? Me a gresy te dhe vos in Strêt Baker ow lavurya adro dhe'n godrosladrans-na."

"Hèn o an pëth a garsen vy te dhe gresy."

"Yth esta ow qwil devnyth ahanaf dhana, saw nyns esta worth ow threstya!" me a grias nebes wherow. "Yth hevel dhybm me dhe dhendyl dyghtyans gwell dhyworthys, a Holmes."

"A gothman wheg, te re beu a valew anreknadow dhybm i'n câss-ma, kepar hag in lies câss erel. Me a'th pës a'm pardona, mars usy owth apperya me dhe'th tùlla. In gwiryoneth me a'n gwrug in part rag dha gerensa dha honen. Ha drefen me dhe wodhvos dha vos in peryl, me a skydnyas obma rag whythra an negys ragof ow honen. A pen vy tregys gans Syr Henry ha genes jy, certan yw me dhe bredery an keth taclow dell esta dha honen ow predery, ha'gan bos ny warbarth a vynsa gwarnya agan eskerens dhe vos war. Kepar dell usy an taclow, me a ylly mos adro, tra na yllyn gwil a pen vy tregys i'n Hel, hag yth oma whath mater ùncoth in oll an negys-ma, ha parys oma dhe dôwlel ow foster ajy pàn dheffo an prës ewn."

"Saw prag y whrusta ow gwetha vy heb godhvos?"

"A cothfes me dhe vos obma, ny alsa hedna agan gweres. Dre lycklod hedna a wrussa ow dyskevra. Te a via whensys dhe dherivas pùptra dhybm, poken, er dha garadôwder, te a vynsa dry in mes dhybm neb udn solas pò y gela, hag indella ny a vynsa peryllya agan negys heb otham. Me a dhros Cartwright wàr nans genama— yth esta ow remembra an gwas bian in sodhva an pellscrivednow— hag ev re servyas ow othobmow sempel, torth vara poken band glân. Pëth moy a alsa nebonen whansa? Ev re ros dhybm dewlagas moy ha treys pòr strîk, ha'n dhew dra re beu a valew brâs dres ehen."

"Pùb derivas dhana neb a screfys yw gesys dhe goll!"—Ow lev a dremblas pàn wrug vy remembra an painys ha'n gooth a spênys vy worth aga screfa.

Holmes a dednas fardel a baperyow in mes a'y bocket.

"Otta pùb derivas screfys genes, a gothman wheg, hag yma merk ow bës brâs pùb le wàr genyver onen, me a'n lever dhis. Me a arayas taclow pòr dhâ, ha ny vowns y dylâtyas ow tos dhybm marnas udn jëdh. Res yw dhybm dha wormel yn frâs rag an dywysycter ha'n skentoleth a wrusta dysqwedhes in negys a galetter brâs dres ehen."

Me o whath nebes offendys der an tùll o gwrës dhybm, saw tomder gormola Holmes a herdhyas an sorr in mes a'm brës. Me a bercêvyas i'm colon inwedh, fatell o gwir an taclow a leverys ev, ha fatell o rag agan les na wodhyen ev dhe vos wàr an hal.

"Hèn yw gwell," yn medh ev, pàn welas ev an skeus ow lyftya dhywar ow fâss. "Ha lebmyn derif dhybm ow tùchya dha vysyt dhe Vêstres Laura Lyons— ny veu cales dhybm desmygy te dhe vos dh'y gweles hy, rag me a wor solabrës hy dhe vos an udn person in Coombe Tracey a alsa agan servya i'n mater-ma. In gwir, na ve te dh'y vysytya hedhyw, dre lycklod me a vynsa mos dy avorow."

Sedhys o an howl hag yth esa an tewlwolow ow codha wàr an hal. An air o gyllys yeyn ha ny a omdednas aberth i'n crow rag bos tobma. Ena esedhys ganso in hanter-golow me a dherivas dhe Holmes adro dhe'm kescows gans an venyn-na. Ow geryow o

kebmys a les dhodho, may whrug ev dhybm dasleverel radn ano-
dhans erna veu contentys.

"Hèm yw a bris brâs," yn medh ev, pàn o gorfednys genef. "Yma
va ow lenwel an aswy na yllyn mos dresty i'n negys completh-ma.
Te a wor martesen bos colm clos inter an venyn-ma ha'n den-na
Stapleton?"

"Ny wodhyen tra vëth adro dhe golm a'n par-na."

"Nyns eus dowt vëth i'n mater. Ymowns y ow metya, ow kescrefa,
hag yma leun-ùnderstondyng intredhans. Lebmyn, yma hebma ow
ry dhyn arv pòr alosek. Mar teffen ny unweyth hy ûsya rag dystaga
y wreg dhyworto—"

"Y wreg?"

"Yth esof vy ow ry avîsyans dhis lebmyn rag attylly pùptra a
wrusta ry dhybmo vy. An venyn usy owth omwil hy honen dhe vos
Mêstresyk Stapleton in gwiryoneth yw y wreg ev."

"Ria, ria, a Holmes! Osta certan adro dhe'th eryow? Fatl'ylly ev
alowa Syr Henry dhe omgara gensy?"

"Ny alsa kerensa Syr Henry myshevya den vëth marnas Syr
Henry y honen. Ev a gemeras with na wrella Syr Henry hy thanta,
kepar dell welsys dha honen. Me a'n lever arta an venyn dhe vos y
wreg, adar y whor."

"Saw prag y whrug ev tùlla pùbonen in maner mar goynt?"

"Dre rêson ev dhe ragweles y fedha hy moy a les dhodho, mar
teffa an bobel hy honsydra benyn frank."

Ow anyen nywlek, ow skeusow dyscler, y oll a gemeras shâp
dystowgh ha gorwedha wàr an naturegor. I'n den dyslyw-na heb
emôcyon, gans y hot a gala ha'y roos rag tycky Duwas, me a gresy
y hyllyn gweles neppyth scruthus—creatur a hirberthyans wyly
dydhyweth, minwharth wàr y fâss ha mùrder in y golon.

"Yw ev ytho agan escar ny—a wrug ev agan sewya in Loundres?"

"Gwrug, dell esoma ow convedhes taclow."

"Ha'n gwarnyans, res yw hy dh'y dhanvon?"

"Poran."

Yth esa an shâp a neb bylyny uthyk, hanter-gwelys ha hanter-
desmygys owth apperya dhybm der an tewolgow esa mar bell adro
dhybm.

"Saw osta sur a hedna, a Holmes? Fatla wodhesta an venyn-na dhe vos y wreg?"

"Drefen ev dhe ankevy y honen mar bell may terivas ev dhis udn gwiryoneth ow tùchya y vêwnans, pàn wrusta metya ganso kyns oll. Me a vynsa leverel ev dhe vos edrygys adro dhodho wosa hedna. Yth o va scolvêster unweyth in north a Bow an Sowson. Lebmyn nyns eus den vëth mar êsy dhe helerhy avell scolvêster. Yma i'n pow-ma mainoriethow scolastek ha nebonen a yll aswon dredhans den vëth a veu scolvêster bythqweth. Whythrans cot a dhysqwedhas dhybm fatell veu scol degës in dàn cyrcùmstancys uthyk, ha fatell o an den esa an scôl in y bosessyon—ken o an hanow—gyllys mes a wel gans y wreg. Yth esa an descrypcyon ow sowndya kepar ha Stapleton. Pàn dheskys vy an den gyllys dhe vos kemerys gans entomologieth, certan veuma ev dhe vos agan den ny."

Yth esa an tewolgow ow terevel, saw yth esa lowr in dàn skeusow whath.

"Mars yw hodna y wreg in gwir, fatl'usy Mêstres Laura Lyons ow longya dhe' n negys?" me a wovydnas.

"Hèm yw onen a'n maters styrys dre'th whythrans jy. Dha vysyt dhe'n venyn re egoras lies tra dhybm. Ny wodhyen adro dhe'n dydhemedhyans tôwlys gensy dhyworth hy gour. Hy a gonsydra Stapleton dhe vos den heb gwreg, hag ytho hy a gresy y fedha hy y wreg."

"Ha pàn vo an gwiryoneth derivys dhedhy?"

"Ena, me a grës, an venyn a vëdh a servys dhyn. Agan kensa devar yw dh'y gweles avorow—ny agan dew. A nyns esta ow predery te dhe vos re hir dhyworth dha jarj? Yma dha dyller jy in Hel Baskerville."

An golowydnow rudh dewetha o gyllys mes a wel i'n west, hag yth esa an nos ow crowedha wàr an hal. Y hylly nebes sterednow gwadn bos gwelys i'n ebron a lyw pùrpur.

"Udn qwestyon dewetha, a Holmes," me a leverys in udn sevel in bàn. "In gwir nyns eus otham a sensy kevrînow intredhon ny, te ha me. Pëth yw styr oll an mater? Pandr'yw y dowl ev?"

Lev Holmes a godhas pàn worthebys:

"Mùrder ywa, Watson—mùrder afinys, dybyta ha porposys. Na wovyn an manylyon orthyf. Yma ow rosow vy ow tegea adro dhodho, kepar dell usy y rosow ev ow tegea adro dhe Syr Henry. Gans dha weres jy, ev yw delyvrys i'm dewla solabrës ogasty. Nyns eus marnas udn peryl orth agan godros. Hèn yw ev dhe weskel kyns ès dhe vos parys dhe wil indella. Udn jëdh moy—dew dhëdh dhe'n moyha—hag y fëdh an câss collenwys, saw bys i'n prës-na gwra gwetha dha jarj mar glos avell mabm gerenjedhek ow meras orth hy flogh clâv. Dha negys hedhyw a veu a valew brâs. Me a garsa bytegyns na wrusses gasa Syr Henry. Goslow!"

Cry uthyk—uj hir a scruth hag a anken—a dardhas in mes warbydn cosoleth an hal. An cry uthyk-na a rewys ow goos i'm gwythy.

"Ogh, a Dhuw!" me a elwys in udn hanaja. "Pëth yw hedna? Pandr'usy va ow mênya?"

Holmes a labmas wàr y dreys, ha me a welas y fygur tewl, heblyth y esyly, in daras an crow, y dhywscoth crobmys, y bedn herdhys in rag, hag ev ow meras aberth i'n tewolgow.

"Sh!" ev a whystras, "Sh!"

Uhel veu an cry, rag hedna a'n gwrug diegrys. An galow a dheuth dhia neb le abell wàr an plain skeusek. Lebmyn ny a'n clôwas arta, nessa dhyn ha creffa, hag yth esa moy iniadow ino ès kyns.

"Ple ma va?" Holmes a whystras dhybm. Ha me a wodhya dhyworth an crenans in y lev, fatell veu an den a horn shakys dh'y gres. "Ple ma va, a Watson?"

"Dres ena yma va, me a grës." Me a boyntyas aberth i'n duder. "Nâ, ena!"

Arta an cry ankensy a scubyas der an nos cosel. Creffa ha moy ogas o va ès bythqweth. Hag y hylly son nowyth bos clôwys warbarth ganso, tarednans down, wheg saw leun godros, ow terevel hag ow codha, kepar ha taredna cosel ha perpetùal an mor.

"An ky!" Holmes a grias. "Deus, a Watson, deus! Re Dhuw, mar pedhyn ny re holergh!"

Ev a dhalathas ponya yn uskys dres an hal, ha me a'n sewyas. Saw i'n tor'-na dhyworth neb udn tyller in dor trogh dhyragon ny a glôwas an uj dewetha a dhyspêr, hag ena bobm sogh ha poos. Ny a

stoppyas rag goslowes. Ny veu clôwys ken son vëth rag terry calmynsy an nos heb gwyns.

Me a welas Holmes ow lyftya y dhorn dh'y dâl kepar ha den muskegys. Ev a drettyas y dreys wàr an dor.

"Ev re'n fethas, a Watson. Ny yw re holergh."

162

"Nâ, nâ, na wrug. Me yw certan!"

"Assa veuma gocky dhe omwetha ow honen dhyworth gwil tra vëth. Ha te, a Watson, esta ow qweles pandra wher pàn wrylly forsâkya dha dhevar? Saw, re Dhuw a'm ros, mars yw wharvedhys an pëth lacka oll, venjans a vydn dos warnodho!"

Kepar ha tus dhall ny a bonyas der an tewlder, ow knoukya wàrbydn garrygy, owth herdhya agan honen der eythyn, ow tiena brynyow in bàn, ow fysky ledrow wàr nans. Holmes a veras adro dhodhow wàr bùb godolgh, saw tew o an skeusow wàr an hal, ha nyns esa tra vëth ow qwaya wàr y vejeth trist."

"A welta tra vëth?"

"Tra vëth i'n bës."

"Saw, goslow, pëth yw hedna?"

Kynvan isel a godhas wàr agan scovornow. Otta hy arta aglêdh! A'n tu-na yth esa mûjoven veynek ow tewedha avell âls, ow meras orth leder a ven. Yth o neb fygur tewl avrewlys dysplewys wàr an men densak. Kepar dell esen ny ow ponya tro ha'n shâp dyscler, hedna a veu moy dyblans. Den o, a'y wroweth y fâss awoles wàr an dor, an pedn doblys in dadno orth elyn uthyk, an dywscoth crobmys, ha'n corf gyllys in gron kepar ha pàn ve va ow terlebmel. Mar scruthus o y stons na yllyn rag tecken ùnderstondya fatell veu an gynvan-na an son a enef nebonen ow tyberth dhyworth y gorf. Ny dheuth naneyl whystrans na rùstlans dhyworth an fygur tewl, esen ny ow sevel a-ughto. Holmes a settyas y dhorn warnodho ha'y dherevel arta, ha ry cry a euth. Anowys o ganso tanbren, ha'y wolow a spladnas wàr y vesias gosek ha wàr an poll ankensy, esa ow lêsa yn lent dhyworth crogen pedn brêwys an vyctym. Ha'n golow a spladnas inwedh wàr neppyth moy, neb a wrug agan colonow clâv ha gwadn inon—an corf o Syr Henry Baskerville.

Ny'gan beu chauns vëth a ankevy an sewt coynt rudhyk-na—an very sewt o va gwyskys ino an kensa myttyn, pàn wrussyn metya ganso kyns oll in Strêt Baker. Ny a gavas udn wolok gler anodho hag ena a tanbredn a flyckras ha dyfudhy, kepar dell o gyllys an govenek in mes a'gan colonow. Holmes a ujas, ha'y fâss a apperyas gwydn der an tewlder.

"An bylen! An bylen!" me a grias, degës ow dornow. "Ogh, a Holmes, nefra ny allama gava dhybm ow honen me dh'y forsâkya dh'y dhestnans trist."

"Me yw moy dhe vlâmya agesos, a Watson. Rag may fe ow hâss collenwys ha rôndys yn tâ, me re asas dhe goll an bêwnans a'm client. Hèn yw an strocas brâssa a wrug bythqweth codha warnaf in oll ow negyssyow. Saw fatl'yllyn vy godhvos—fatl'yllyn vy godhvos ev dhe beryllya y vêwnans wàr an hal, awos oll ow gwarnyans?"

"Ha ny a glôwas y ujow—a Dhuw, an ujow-na!—saw heb gallos y selwel! Ple ma an tebel-ky-ma neb a'n herdhyas dh'y vernans? Parhap yma va ow lùrkya in mesk an carrygy-ma i'n very prës-ma. Ha Stapleton, ple ma va? Ev a dal gortheby rag y wrians."

"Ea, in gwir. Me a vydn diogely. Ledhys yw an êwnter ha'n noy—an eyl anodhans ownekhës dh'y vernans dre vest a gresy ev dhe vos gornatùral, ha'y gela herdhys dh'y vernans dre fia dhe'n fo dhyworto. Saw lebmyn res yw dhyn prevy an colm inter den ha best. Marnas an taclow a glôwsyn, ny yllyn ny tia bos an ky i'n bës, dre rêson Syr Henry dhe verwel pàn godhas ev. Kyn fe va pòr wyly, re Dhuw a'm ros, an pollat a vëdh i'm power vy kyns jorna aral dhe bassya!"

Ny a savas, wherow agan colon, a bùp tu a'n corf hackys, ha ny trist'hës yn frâs der an drog-labm sodyn ha dyweres-ma, drog-labm neb a dhros oll agan lavur hir ha sqwith dhe dhyweth mar bytethus. Ena, pàn dherevys an loor, ny a gramblas bys in top an carrygy, a wrug agan cothman truan codha drestans, ha dhyworth an poynt uhella ny a veras in mes wàr an hal leun a skeusow, hanter-arhans ha hanter-tewlder. Mildiryow alena i'n pellder, tro ha Grympen, yth esa golow fast melen ow spladna. Ny ylly hedna bos tra vëth ken es chy dygoweth Stapleton ha'y wreg. Gans mollath wherow me a shakyas ow dorn warnodho ha me ow meras orth an golow.

"Prag na wrussen ny y sêsya dystowgh?"

"Nyns yw cowlwrës agan câss whath. An pollat yw pòr sley ha codnek. Nyns ywa qwestyon a'n taclow a woryn ny, saw a'n taclow a yllyn ny prevy. Mar teun ny ha kemeres udn stap cabm, an javal a alsa scappya dhyworthyn."

"Pandra yllyn ny gwil?"

"Y fëdh lowr dhyn dhe wil avorow. Haneth ny yllyn ny saw performya an offys dewetha rag agan cothman truan."

Warbarth ny a skydnyas an leder serth ha dos nes dhe'n corf, du ha cler warbydn an veyn arhansek. Torment an esely cabmys-na a'm gweskys gans pain sherp ha dallhe ow lagasow gans dagrow.

"Res yw dhyn kerhes gweres, a Holmes! Ny yllyn ny y dhon oll an fordh bys i'n Hel. Re Dhuw, osta muscok?"

Holmes a dhyllas cry ha posa a-ugh an corf. Ena ev a dhalathas dauncya ha wherthyn ha shakya ow dorn. A alsa hedna bos ow hothman serth hag omgontrollys? An re-na o tanow cudh ino heb dowt vëth!

"Barv! Barv! Yma barv wàr fâss an den-ma!"

"Barv?"

"Nyns ywa an barnet—dar, ow hentrevak ywa, an felon!"

Gans fysky fevrus ny a drailyas an corf wàr y geyn, hag yth esa an varv lëb-na ow poyntya in bàn dhe'n loor yeyn ha cler. Nyns esa dowt vëth ow tùchya an tâl isel, ha'n lagasow sedhys, kepar ha lagasow best. Hèn o an keth fâss a wrug meras orthyf in golow an gantol dres an garrek—fâss Selden, an drog-oberor.

Ena dystowgh pùptra a veu apert dhybm. Me a remembras fatell dherivas an barnet dhybm ev dhe ry oll y dhyllas coth dhe Barrymore. Barrymore a's ros in rag may halla va gweres Selden ow tiank. Botas, cris, cappa—oll y wysk o dyllas coth Syr Henry. An drog-labm o du lowr, saw mernans o dendylys gans an den-ma warlergh lahys y bow. Me a dherivas dhe Holmes fatl'o a mater, ha'm colon ow tardha rag ewn lowender ha grassys.

"Ena an dyllas o an skyla rag y vernans dhe'n pollat anfusyk," yn medh ev. "Apert lowr yw fatell veu neppyth ow longya dhe Syr Henry rës dhe'n ky rag y gentryna—an votasen neb a veu ledrys i'n ostel, dre lycklod—hag indella an ky a'n châcyas. Saw yma tra goynt na worama convedhes. In pana vaner a wodhya Selden i'n tewolgow yth esa ky ow tos wàr y lergh?"

"Ev a'n clôwas."

"Mar teffa den cales kepar ha Selden clôwes ky wàr an hal, ny wrussa hedna y dhrîvya dhe shôra uthyk a euth, may whrella peryllya y vos kechys arta der y griow gwyls rag gweres. Ow jùjya

165

der y griow, ny a wor ev dhe bonya abell wosa ev dhe gonvedhes fatell esa an best orth y sewya. Fatla wodhya ev?"

"Brâssa mystery dhybmo vy, mar teun ha ha presûmya agan desmygow dhe vos ewn, yw prag y whrug an ky-ma—"

"Nyns esoma ow presûmya tra vëth."

"Dâ lowr. Prag yth o an ky-na lowsys haneth. Me a sopos na vëdh ev ow ponya lows wàr an hal kenyver godhuwher. Ny vynsa Stapleton relêssya an ky, na ve ev dhe gresy y fedha Syr Henry ena."

166

"Ow froblem vy yw an brâssa anodhans, rag yth hevel dhybm ny dhe gafos gorthyp dhe'th qwestyon jy, saw ow govyn vy a alsa remainya mystery bys venary. An qwestyon in tor'-ma yw hebma: pandra dal dhyn gwil gans corf an pollat anfusyk-ma? Ny yllyn y asa obma dhe'n bryny ha dhe'n lewern."

"Me a gomend y settya in onen a' n crowyow erna hyllyn ny côwsel orth an creslu."

"Tybyans pòr dhâ. Heb dowt vëth ny agan dew a alsa y dhon mar bell. Hô, pëth yw hebma? An den y honen yw, re bùptra varthys! Na lavar ger vëth rag dysqwedhes dha skeus—ger vëth, poken ny wra spêdya ow thowlow."

Yth esa fygur ow tos nes dhyn dres an hal, ha me a welas golow rudh a cygar. Yth esa an loor ow spladna warnodho, ha me a aswonas an shâp kempen ha kerdh bew an naturegor. Ev a stoppyas pàn wrug ev agan gweles, hag ena ev a dhalathas kerdhes arta.

Dar, a Dhoctour Watson, nyns yw hebma whywhy, ywa? Why yw an dewetha den a vynsen gwetyas y weles wàr an hal an termyn-ma i'n nos. Saw, ria, ria, pëth yw hebma? Yw nebonen shyndys? Nag yw—na leverowgh dhybm hedna dhe vos agan cothman, Syr Henry!" Ev a fystenas dresof ha posa a-ugh an den marow. Me a'n clôwas ow lenky y anal yn sherp, ha'n cygar a godhas dhywar y vesias.

"Pyw yw hebma?" ev a wovydnas in udn stlevy.

"Selden ywa, an den neb a dhienkys in mes a bryson Prince-town."

Stapleton a drailyas fâss gwydn uthyk warnan, saw dre strîvyans brâs ev a overcùmyas y sowthan ha'y dùll. Ev a veras yn sherp dhyworthyf vy orth Holmes.

"Ria, ria! Ass yw uthyk hebma. In pana vaner a veu va marow?"

"Yth hevel ev dhe derry y godna pàn godhas ev dhywar an carrygy-na. Ow hothman ha me, yth esen ny ow rôsya wàr an hal, pàn glôwsyn ny cry."

"Me a glôwas cry inwedh. Hedna a veu an dra neb a'm dros in mes. Nyns en vy attês ow tùchya Syr Henry."

"Prag yth owgh why troblys adro dhe Syr Henry yn arbednek?" Ny yllyn sevel orth govyn hedna.

"Drefen me dhe gomendya dhodho dos dres an hal dhyn. Pàn na wrug ev omdhysqwedhes, me a veu sowthenys, ha heb mar me a gemeras own rag y sawder pàn glôwys vy criow wàr an hal. Ha pella—" y lagasow a labmas arta dhywar ow fàss vy dhe fàs Holmes— "a wrussowgh why clôwes tra vëth moy ès nebonen ow kelwel?"

"Na wrussyn," yn medh Holmes. "A glôwsowgh why tra vëth moy?"

"Na glôwys."

"Pëth esowgh why ow mênya dhana?"

"Ô, why a wor adro dhe'n whedhlow usy an diogow ow terivas ow tùchya tarosvan a gy, ha taclow kepar. Y leveryr bos an ky dhe glôwes wàr an hal i'n nos. Yth esen ow covyn orthyf ow honen a veu clôwys dùstuny vëth adro dhe hedna haneth."

"Ny wrussyn ny clôwes tra vëth kepar," me a leverys.

"Ha pëth yw agas damcanieth why ow tùchya mernans an denma?"

"Nyns eus dowt vëth i'm brës adro dhodho. Fienasow ha'n bêwnans cales yeyn wàr an hal a'n drîvyas in mes a'y rewl. Yth esa ev ow fysky adro dhe'n hal in maner varys, ha wàr an dyweth ev a godhas obma ha terry y godna."

"Yth hevel hedna dhe vos damcanieth herwyth rêson," yn medh Stapleton, hag ev a ros hanajen, a apperyas dhybm dhe leverel y vos sewajys. "Pëth esowgh whywhy ow tyby adro dhodho, a Vêster Sherlock Holmes?"

Ow hothman a blêgyas avell tôkyn a revrons.

"Why yw uskys orth ow aswon," yn medh ev.

"Yth eson ny worth agas gwetyas i'n côstys-ma, dhia bàn skydnyas an Doctour Watson. Y fewgh why abrës rag gweles trajedy."

"Beuv in gwir. Ny'm beus dowt vëth na wra derivas ow hothman pùptra i'n negys. Me a dhora covyon casadow tre genef bys in Loundres avorow."

"Ô, y fedhowgh why ow tewheles avorow?"

"Hèn yw ervirys genef."

"Yma govenek dhybm agas vysyt dhe dôwlel golow wàr an wharvosow obma, re beu ancombrynsy dhyn."

Holmes a dherevys y dhywscoth.

"Ny yll nebonen spêdya pùpprës in oll an maters whensys ganso. Yma otham dhe'n helerghyas a factys adar drollys coth pò whedhlow. Ny veuma contentys der an câss-ma."

Ow hothman a gôwsas yn egerys ha heb bern vëth. Stapleton a veras stark orto. Ena ev a drailyas dhybmo vy.

"Me a vynsa comendya dhywgh dhe dhon an pollat truan-ma dhe'm chy vy, saw hedna a wrussa kebmys ownekhe ow whor, na gresaf bos an gwir dhybm dh'y alowa. Mar teun ny ha settya neppyth wàr y fàss, ev a vëdh saw bys myttyn avorow."

Hag indella y feu gwrës. Kyn whrug Stapleton offra dewas dhyn in y jy, ny a'n sconyas, ha Holmes ha me a dhalathas wàr agan kerdh tro ha Hel Baskerville, in udn asa an naturegor dhe dhewheles tre y honen oll. Pàn wrussyn meras wàr dhelergh ny a welas an fygur ow kerdhes yn lent dres an hal ledan, ha wàr y lergh an udn dyjyn du-na wàr an leder arhansek, le mayth esa ow crowedha an den, neb a gafas mernans mar uthyk.

"Wàr an dyweth yth eson ny owth omlath dorn dhe dhorn," yn medh Holmes, ha ny ow kerdhes tre tro ha'n hal. "Ass yw taunt an pollat-na! Ev a gontrollyas y honen wosa jag an pla, rag ev a dhyscudhas an den cabm dhe vos vyctym a'y dowl. Me a leverys dhis in Loundres, a Watson, ha me a'n lever arta, bythqweth na veu escar dhyn a veu moy wordhy ahanan."

"Drog yw genef fatell wrug ev dha weles jy."

"Ha drog o genef vy i'n dallath. Saw ny yllyn ny goheles hedna."

"Pana dhyffrans, esta ow tyby, a wra hedna dh'y dhowlow, pàn wor ev te dhe vos obma?"

"Ev a vydn warya moy, martesen, poken ev a vëdh hùmbrynkys heb let dhe wil neppyth dygabester. Kepar ha kenyver felon codnek, ev a wra fydhya re martesen dh'y goyntury y honen, hag indella ev a wra desmygy fatell wrug ev agan tùlla yn tien."

"Prag na wren ny y sêsya dystowgh?"

"A Watson wheg, genys veusta dhe vos den a wrians. Dha anyen pùpprës yw dhe wil neppyth meur y fors. Saw gwra soposya, rag kerensa an argûment yn udnyk, ny dhe wil dhodho bos gwethys gans an creslu, pana brow a via hedna dhyn? Ny yllyn prevy tra vëth wàr y bydn. Hèn yw y felder dyowlak! Mar qwrussa ev gwil taclow der an main a vab den, ny a alsa cafos dùstuny martesen, saw mar teffen ha dhysqwedhes an ky brâs-ma dhe bobel an bës, ny wrussa hedna agan gweres ow corra lovan adro dhe godna y vêster."

"Saw ny a'gan beus câss dâ."

"Ny'gan beus câss vëdh—ny'gan beus ma's desmyk ha tybyans. Mar teffen dhyrag an gort gans dùstuny a'n par-na, y a vynsa wherthyn adro dhyn ha'gan gorra in mes."

170

"Dùstuny yw mernans Syr Charles."

"Ev a veu kefys marow heb merk vëth wàr y gorf. Te ha me, ny a wor fatell verwys ev rag ewn euth, ha ny inwedh a wor pandra wrug y ownekhe. Saw in pana vaner a alsen ny gwil dhe dhewdhek den yeyn y gresy? Pana sînys a'gan beus a gy brâs? Ple ma an merkys a'y dhens? Heb mar ny a wor na wra ky dynsel corf marow, ha fatell veu marow Syr Charles kyns ès an best dh'y gachya. Saw res vëdh dhyn prevy oll hedna, ha ny yllyn ny gwil indella i'n tor'-ma."

"Wèl, haneth dhana?"

"Ny vedhyn ny meur dhe well haneth. Arta, ny veu colm dydro vëth inter an ky ha mernans an den. Bythqweth ny welsyn ny an ky. Ny a'n clôwas, saw ny alsen ny prevy fatell esa ow ponya warlergh an den-na. Ha pella nyns eus dùstuny vëth borpos. Nâ, a gothman wheg, res yw dhyn avowa nag eus câss vëth dhyn i'n tor'-ma. Hag ytho res yw dhyn gwil pynag oll dra i'n bës, kyn fe va bëth mar beryllys, rag fastya agan câss."

"Hag in pana vaner osta porposys dhe wil hedna?"

"Me a'm beus govenek brâs ow tùchya Mêstres Laura Lyons ha'n gweres a vydn hy ry dhyn, pàn wrella hy convedhes taclow. Ha me a'm beus ow thowl ow honen inwedh. Lowr dhe'n jëdh avorow yw y dhrog y honen. Saw yth esof ow qwetyas an vyctory dhe vos genef wàr an dyweth, kyns ès an jëdh dhe bassya."

Ny yllyn tedna tra vëth moy in mes anodho, hag ev a gerdhas, kellys in y brederow, bys in yettys Hel Baskerville."

"Esta ow tos in bàn genef?"

"Esof. Nyns yw res keles ow honen na fella. Saw udn ger dewetha, a Watson. Na lavar tra vëth adro dhe'n ky dhe Syr Henry. Gwrêns ev predery y feu mernans Selden poran kepar dell garsa Stapleton ny dh'y gresy. Syr Henry a vëdh dhe voy colodnek rag an prevyans a vëdh res dhodho godhaf avorow. Rag mars esoma ow perthy cov yn ewn, yma appoyntyans ganso dhe gynyewel gans Stapleton ha'y whor avorow."

"Me a dal kynyewel gansans avorow inwedh."

"Te a dal omdhyharas dhana, ha res vëdh dhodho mos y honen oll. Ny vëdh hedna cales dhe araya. Ha lebmyn, mars on ny re holergh rag kydnyow, me a grës agan bos ny parys rag soper."

CHAPTRA XIII

Ow Settya an Rosow

Plêsys veu Syr Henry moy ès sowthenys, pàn welas ev Sherlock
Holmes, rag yth esa ev ow qwetyas y whre an wharvosow
dewetha y dhry dhyworth Loundres wàr nans dhe Bow Densher.
Ev a gemeras marth bytegyns, pàn dhyscudhas ev nag esa fardellow
vëth gans ow hothman, ha na'n jeva Holmes skyla vëth rag styrya
hedna. Intredhon ny agan dew ny a brovias yn scon rag othobmow
Holmes, ha dres soper holergh ny a leverys dhe'n barnet kebmys
a'gan prevyansow dell apperyas fur. Saw kyns oll me a'm beu an
devar dyvlas a dherivas dhe Barrymore ha dh'y wreg Selden dhe
vos marow. Barrymore a veu sewajys der an nowodhow, saw y
wreg a olas yn wherow in hy apern. Dhe oll an bës Selden o an den
garow, hanter-best ha hanter-dyowl, saw dhedhy hy ev a remainyas
pùpprës an maw bian cales y bedn a'y dedhyow yonk, an flogh a
vedha ow clena orth hy dorn. Drog in gwir yw an den na'n jeves
dhe'n lyha udn venyn rag y vùrnya.

"Yth esoma ow mûtya oll an jëdh i'n chy dhia bàn dhepartyas
Waston myttyn hedhyw," yn medh an barnet. "Me a grës bos
gormola dendylys genef, rag me a wethas ow fromys. Na ve me dhe
dia na vynsen mos in mes ow honen oll, me a alsa spêna
gordhuwher moy bew, rag me a gafas messach dhia Stapleton orth
ow fesy dh'y vysytya."

"Nyns eus dowt vëth," yn medh Holmes yn sëgh, "y fedha
gordhuwher moy bew genes. Pella, me a sopos na wodhesta ny
dhe'th vùrnya, rag te re dorras dha godna."

Syr Henry a egoras y lagasow yn ledan. "Fatla veu hedna?"

"An pollat anfusyk a veu gwyskys i'th tyllas jy. Dha servont a's ros
dhodho. Martesen ev a vëdh in trobel gans an creslu."

"Dre lycklod ny whervyth hedna. Nyns esa merk wàr onen vëth a'n qwethow, mar bell dell worama."

"Hèn yw mater fortydnys ragtho—in gwir, fortydnys ywa dhywgh why oll, rag yth esowgh why wàr an tenewen cabm a'n laha i'n negys-ma. Ny worama nag yw ow kensa devar, avell helerghyas dywysyk, settya dalhen in pùbonen a'n mêny. Derivasow Watson yw dogvednow usy ow prevy cabel."

"Saw fatl'yw an câss?" an barnet a wovydnas. "A wrussowgh why tra vëth in mes a'n kebmysk? Ny hevel dhym Watson ha me dhe vos furra vëth abàn wrussyn skydnya obma."

"Me a grës fatell allama clerhe an negys dhywgh kyns napell. An mater re beu pòr gales ha pòr gompleth. Yma nebes poyntys ino nag yw dyblans whath—saw yma pùptra ow tos warbarth bytegyns."

"Ny a gafas udn prevyans coynt, dell dherivas Watson dhywgh, me yw certan. Ny a glôwas an ky wàr an hal. Rag hedna me a yll tia nag ywa fâls-crejyans coth. Me a vedha ow têlya gans keun, pàn esen in west a'n Stâtys, ha me a aswon ky, pan wryllyf y glôwes."

"Mar kyllowgh why gorra pednfron ha chain wàr an ky-na, me a vydn tia why dhe vos an helerghyas gwella bythqweth a veu."

"Me a grës y hallaf gorra pednfron warnodho ha chain adro dhodho, mar tewgh why ha'm gweres."

"Pynag oll dra a wrellowgh why erhy dhybm."

"Dâ lowr. Ha me a vydn agas pesy dh'y wil heb govyn qwestyons ha heb godhvos an rêson."

"Kepar dell vydnowgh why."

"Mar tewgh why ha gwil indella, me a grës fatell vëdh assoylys agan problem bian yn scon. Ny'm beus dowt vëth—"

Ev a stoppyas yn sodyn ha meras fast dres ow fedn orth an air. Yth esa golow an lantern ow qweskel y fâss, ha yth esa y dremyn mar dhywysyk ha mar gosel, nebonen a vynsa cresy ev dhe vos imach Grêk, an very carnacyon a wetyans hag a stât dyfun.

"Pandr'yw an mater?" ny agan dew a grias.

Me a welas pàn veras Holmes wàr nans, ev dhe vos ow taga neb emôcyon ino y honen. Y dremyn o controllys whath, saw yth esa y lagasow ow spladna gans jolyfta bew.

"Gwrewgh
ascûsya prais an
arbenegor," yn
medh ev hag ev
ow tysqwedhes gans y
dhorn rew a bortreyansow
ow cudha an fos adâl dhodho.
"Ny vydn Watson acordya me dhe
wodhvos tra vëth ow tùchya lymnansow,
saw nyns yw hedna ma's envy pur, dre rêson
nag on ny unver ow tùchya an mater. Lebmyn, bryntyn in gwir yw
an cùntellyans-na a byctours."

"Wèl, dâ yw genef clôwes hedna dhyworthowgh why," yn medh
Syr Henry, hag ev a veras yn sowthenys orth ow hothman. "Ny
allama omwil arbenegor ow tùchya an negyssyow-ma, ha me a alsa

gwell arvrusy tarow ès paintyans. Ny wodhyen vy why dhe gafos termyn lowr rag meras orth pyctours."

"Me a aswon pyctour dâ pàn wryllyf y weles, ha me a'n gwel lebmyn. Hèn yw pyctour gans Kneller. Me a'n te, an arlodhes-na i'n owrlyn blou ena ha'n den jentyl tew-na in dàn an fâls-blew dhe vos pyctour gans Reynolds. Y oll yw pyctours a'n teylu, me a sopos?"

"Kenyver onen anodhans."

"A wodhesta aga henwyn?"

"Barrymore re beu worth aga desky dhybm, ha me a grës fatell allama leverel ow lessons dâ lowr."

"Pyw yw an den jentyl eus gweder aspia ganso?"

"Kil-amyral Baskerville yw hedna, neb a servyas in dàn Rodney in Lollas. An den usy an côta blou adro dhodho ha'n rol a baper in y dhorn yw Syr Wella Baskerville. Ev o Caderyor Kessedhegow Chy an Gemynyon in dàn Pitt."

"Ha pyw yw an Marhak adâl dhybm—hedna usy an velvet du ha'n lâss gwydn adro dhodho?"

"A, why a dal godhvos adro dhe hedna. Ev yw caus oll an myshyf, an tebel-was Hûgo. Ev a dhalathas negys Ky Teylu Baskerville. Nyns yw lyckly ny dh'y ankevy ev."

Me a veras gans meur a les ha gans lowr a sowthan wàr an portreyans.

"Ria, ria!" yn medh Holmes, "yth hevel bos den cosel, uvel lowr, saw dre lycklod yth esa neb dyowl ow lùrkya in y lagasow. Me a wrug y dhesmygy avell den moy crev ha moy garow y semlant."

"Nyns eus dowt vëth ow tùchya an warrantuster, rag yma an hanow ha'n vledhen—1647—screfys wàr geyn an canfas.

Ny leverys Holmes ma's bohes moy, saw yth hevelly portreyans an gyglot coth dh'y dhynya yn frâs, hag yth esa y lagasow ow meras orto dres termyn soper. Ny veu ma's moy holergh, pàn o Syr Henry gyllys dh'y jambour, may hyllyn vy convedhes pandr'esa Holmes ow predery. Ev a'm lêdyas wàr dhelergh i'n hel bankettya, y gantol chambour in y dhorn, hag ev a's sensys in bàn warbydn an portreyans, mostys gans termyn, wàr an fos.

"A welta jy tra vëth ena?"

Me a veras orth an hot ledan gans y bluven, an blew crùllys, an lâss orth an codna, ha'n fâss strait ha sevur framys intredhans. Nyns o bylen an fâss, saw serth, cales ha sevur o va, hag yth o gwessyow tanow, fyrm ha fast, ha'n lagas o yeyn dybyta."

"Ywa haval dhe dhen vëth aswonys dhis?"

"Nebes haval ywa dhe Syr Henry adro dhe'n challa."

"Hynt yn udnyk parhap. Saw gorta pols!" Ev a savas orth chair, hag in udn sensy an gantol in bàn in y dhorn cledh, ev a worras y vregh dhyhow a-ugh an hot ledan ha'n blew hir crùllys.

"Re Dhuw a'm ros!" me a grias, sowthenys brâs.

Fâss Stapleton a labmas in mes dhywar an canfas.

"Ha, te a'n gwel lebmyn. Ow lagasow re beu deskys dhe examnya fâssow, adar an taclow adro dhedhans. Hèn yw an kensa qwalyta a helerghyas felony, may halla va gweles dre dùllwysk."

"Saw hèm yw marthys. An pyctour a alsa bos portreyans anodho."

"Ea, ensampyl a les yw a dhewhel, tra usy owth apperya dhe wharvos i'n corf hag i'n brës. Mar teu den ha studhya portreyansow teylu, ev a vëdh perswadys dhe gresy in dascarnacyon. An pollat yw esel a deylu Baskerville—apert yw hedna."

"Hag yma va ow porposya cafos an erytans."

"Poran. An pyctour-ma dre jauns re brovias dhyn yn apert onen a'n darnow esa ow lackya dhyn. Ny re'n cachyas, a Watson, ny re'n cachyas, he me a grës kyns gordhuwher avorow, y fëdh ev ow terneyja i'gan roos ny, mar dhyweres avell onen a'y dycky Duwas. Pyn, cork ha carten ha ny a yll y addya dhe gùntellyans Strêt Baker!" Ev a dhalathas wherthyn, tra pòr draweythys ganso, hag a drailyas dhyworth an pyctour. Ny'n clôwys vy ow wherthyn yn fenowgh, ha'y wharth bythqweth re beu an tôkyn a dhrog rag nebonen.

Me a savas in bàn abrës an nessa myttyn, saw Holmes o sevys solabrës, rag pàn esen owth omwysca, me a'n gwelas ow kerdhes an rosva in bàn.

"Ea, ny a gav dëdh leun hedhyw," ev a leverys, in udn rùttya y dhewla gans an joy a wythres. "Yma oll an rosow settys, hag yma an helgh ow tallath. Ny a wodhvyth kyns nos a wrussyn ny cachya agan pysk brâs, poken a wrug ev scappya der an maglednow ."

"A veusta wàr an hal solabrës?"

"Me re dhanvonas derivas dhia Grympen dhe bryson Princetown ow tùchya mernans Selden. Me a grës na vëdh den vëth ahanowgh troblys i'n mater. Ha me re gôwsas inwedh orth Cartwright, ow servont lel, rag ev a vynsa gortos yn trist orth daras ow crow, poran kepar ha ky ryb bedh y vêster, na ve me dhe goselhe y vrës ow tùchya ow sawment."

"Pandr'yw an nessa tra ragon dhe wil?"

"Ny a res gweles Syr Henry. Ô, otta va obma!"

"Myttyn dâ dhywgh, a Holmes," yn medh an barnet. "Yth owgh why haval dhe jeneral usy ow tôwlel batel gans y jîff-offycer."

"Hèn ywa poran. Yth esa Watson ow pesy y arhadow."

"Ha me a garsa cafos ow arhadow kefrës."

"Dâ lowr. Yma appoyntyans genowgh dhe gynyewel gans agan cothman, Mêster Stapleton ha'y whor, haneth."

"Yth esoma ow qwetyas y whrewgh why dos genef inwedh. Y yw pòr larych, ha me yw sur y fedhens y lowen dh'agas gweles why."

"Drog yw genef, saw res yw dhe Watson ha dhybmo vy mos dhe Loundres."

"Dhe Loundres?"

"Ea, yth esoma ow cresy ny dhe vos moy a brow ena ès obma i'n present termyn-ma."

Apert o fâss an barnet dhe godha.

"Yth esen ow qwetyas y whrewgh why ow hùmbrank der an negys-ma. Nyns yw an Hel ha'n hal re blesont pàn yw nebonen heb coweth."

"A goweth wheg, res yw dhywgh trestya dhybm heb hockya, ha gwil poran kepar dell wrellen leverel dhywgh. Why a yll derivas dh'agas cothmans fatell vien ny pòr lowen dos genowgh, saw res porrês o attendya negys aral ha rag hedna ny a dhewhelys dhe Loundres. Yma govenek dhyn dos arta dhe Bow Densher yn scon. A wrewgh why perthy cov a ry an messach-na dhedhans?"

"Mars owgh why worth ow homondya."

"Ny yll taclow bos nahen, cresowgh dhybm."

Me a welas dhyworth tâl plegys an barnet, fatell o va offendys yn town ny dh'y forsakya, dell gresy ev."

"Pana dermyn a vedhowgh why ow tyberth?" yn medh ev yn yeyn.

"Dystowgh wosa haunsel. Ny a vydn drîvya aberth in Coombe Tracey, saw Watson a wra gasa y daclow obma avell gaja ev dhe dhewheles dhywgh. Watson, why a wra danvon nôten dhe

Stapleton, rag leverel dhodho bos drog genes, saw ny ylta jy dos dhe gynyewel."

"Hanter-ervirys oma dhe dhos genowgh why dhe Loundres," yn medh an barnet. "Prag y whrussen remainya obma ow honen oll?"

"Drefen hebma dhe vos dha dyller a dhûta. Drefen why dhe bromyssya dhybm why dhe wil poran kepar dell wrussen erhy dhywgh, hag me a lever dhywgh gortos."

"Dâ lowr dhana. Gortos a wrama."

"Udn ordyr moy! Me a garsa why dhe dhrîvya dhe Jy Merypyt. Saw danvenowgh agas caryach wàr dhelergh, ha gwrêns y godhvos why dhe borposya kerdhes tre."

"Kerdhes dres an hal?"

"Ea."

"Saw hèn yw an dra poran a wrussowgh why yn fenowgh ow gwarnya wàr y bydn."

"An prës-ma why a yll y wil heb peryl vëth. Na ve me dhe drestya yn tien dhe'th colon ha dhe'th nervow, ny vynsen y gomendya, saw res porrês yw dhywgh y wil."

"Ena me a'n gwra."

"Dell yw agas bêwnans a valew dhywgh, na wrewgh mos dres an hal tro ha qwartron vëth marnas wàr an trûlergh strait usy ow lêdya dhia Jy Merypyt bys in Fordh Grympen. Hòn yw agas fordh natùral tre."

"Me a vydn pynag oll dra a wrellowgh why erhy."

"Pòr dhâ. Me a garsa dyberth mar scon wosa haunsel dell yll bos, may hallen ny drehedhes Loundres i'n dohajëdh."

Me a veu sowthenys fest der an dowlen-ma, kyn whrug vy remembra fatell leverys Holmes dhe Stapleton y fedha y vysyt ow corfedna an nessa dëdh. Ny brederys bytegyns y carsa ev may tetfen ganso, ha ny yllyn convedhes naneyl, fatell yllyn ny agan dew bos gyllys an termyn an moyha tyckly herwyth y lavarow y honen. Nyns esa remedy dhyn, bytegyns, saw obeya yn tien. Ny a gemeras cubmyas teg a'n cothman hirethek, ha wosa nebes ourys yth esen ny in gorsaf trainys Coombe Tracey. Ny a dhanvonas an caryach tre. Yth esa maw bian orth agan gortos orth an cay?"

"Eus ordyr vëth genowgh dhybm, a syra?"

"Te a vydn kemeres an train-ma dhe Loundres, a Cartwright. Kettel wrelles drehedhes, te a wra danvon pellscriven dhe Syr Henry Baskerville i'm hanow vy, ha leverel inhy, mar teu va ha trouvya an dygen a wrug vy droppya, ev a dal hy danvon dre bost covscrefys dhe Strêt Baker."

"Ea, syra."

"Ha govyn lebmyn in sodhva an gorsaf, mara peu messach vëth danvenys dhybm."

An maw a dhewhelys gans pellscriven in y dhorn. Holmes a's istynas dhybmo vy. An re-na o an geryow inhy:—

PELLSCRIVEN RECÊVYS. OW SKYDNYA GANS WARRANT HEB SÎNA. DREHEDHES DEWGANS WOSA PYMP.—LESTRADE.

"Yma hodna gorthyp an bellscriven danvenys genef myttyn hedhyw. Ev yw an den gwella a'n re galwansek, me a grës, ha martesen y fëdh otham dhyn a'y weres. Lebmyn, a Watson, me a breder na alsen spêna agan termyn gwell ès vysytya an venyn-na aswonys dhis, Mêstres Laura Lyons."

Yth esa y dowlen a vatel ow tallath bos clerra dhybm. Ev a vynsa gwil devnyth a'n barnet rag gwil dhe Stapleton ha dh'y whor cresy fatell o va dyberthys in gwir. Saw ny a vynsa dewheles pàn ve lyckly bos otham ahanan. An bellscriven-na dhyworth Loundres, mar teffa Syr Henry ha gwil mencyon anedhy dhe Stapleton ha dhe'n arlodhes, a resa kemeres an skeus dewetha dhyworth aga brës. Solabrës me a brederys y hyllyn gweles agan rosow ow tedna dhe dhe voy ogas adro dhe jalla ascornek agan pysk, agan densak.

Yth esa Mêstres Lyons in hy sodhva, ha Sherlock Holmes a dhalathas y gescows gensy ow côwsel dhe blebmyk, tra neb a's sowthanas.

"Yth esoma ow whythra an cyrcùmstancys a vernans Syr Charles Baskerville, eus tremenys," yn medh ev. "Ow hothman obma, an Doctour Watson, re dherivas dhybm meur a'n taclow a leversowgh why dhodho, hag inwedh a'n taclow na vewgh why parys dhe dherivas adro dhe'n negys."

"Pandr'yw an taclow na wrug vy avowa?" hy a wovydnas, meur hy defians.

"Why re venegas fatell wrussowgh why pesy dhe vos ryb an yet orth deg eur. Ny a wor fatell verwys ev i'n tyller-na hag i'n prës-na. Ny wrussowgh why declarya an colm inter an dhew wharvos."

"Nyns eus colm vëth intredhans."

"Marthys dhana yw an keswharvedhyans. Saw me a breder y whren ny spêdya dhe fastya colm intredhans, wosa pùptra. Me a garsa bos opyn genowgh why yn tien, a Vêstres Lyons. Yth eson ny ow consydra an câss-ma dhe vos câss a vùrder, ha'n dùstuny a vydn cably agas cothman why, Mêster Stapleton, ha'y wreg kefrës."

An venyn a labmas wàr hy threys.

"Y wreg!" hy a grias.

"Nyns yw an mater kevrîn na fella. An person usy ow leverel hy bos y whor, yw y wreg in gwiryoneth."

Mêstres Lyons a esedhas arta. Yth esa hy dewla ow talhedna brehow hy chair, ha me a welas hy ewynas gwydnrudh ow trailya gwydn gans gwask hy dalhen.

"Y wreg!" hy a leverys arta. "Y wreg. Nyns ywa demedhys."

Sherlock Holmes a dherevys y dhywscoth.

"Gwrewgh y brevy dhybm! Gwrewgh y brevy dhybm! Mar kyll-owgh why—!" Luhesen fers hy lagasow a leverys moy ès ger vëth.

"Me re dheuth obma parys dhe wil indella," yn medh Holmes, hag ev a gemeras nebes paperyow in mes a'y bocket. "Ot obma skeusen a'n copyl kemerys in Evrok nans yw peder bledhen. Yma an geryow 'Mêster ha Mêstres Vandeleur,' screfys wàr an keyn, saw ny'gas byth caletter vëth orth y aswon ev, hag orth hy aswon hy kefrës, rag aswonys dhywgh yw an syght anedhy. Ot obma try derivas screfys gans dùstuniow wordhy adro dhe Vêster ha Mêstres Vandeleur, esa i'n tor'-na ow sensy Scol bryveth Sen Olyver. Gwrewgh aga redya, ha why a welvyth mar kyllowgh why dowtya pyw yw an copyl-na."

Hy a veras ortans tecken, hag ena hy a veras in bàn orthyn ny. Hy fàss o sevur ha fast, an bejeth a venyn in dyspêr.

"A Vêster Holmes," yn medh hy, "an den-ma a offras dhybm maryach, mar teffen ha cafos dydhemedhyans dhyworth ow gour. Ev re gôwsas gow wosa gow dhybm in pùb fordh, an podrek. Ny wrug ev bythqweth leverel tra vëth gwir dhybm. Ha praga—praga? Yth esen ow tesmygy fatell o pùptra ragof vy ow honen. Saw lebmyn apert yw na veuma bythqweth marnas toul in y dhewla. Prag y whrussen sensy fëdh ganso ev, na veu bythqweth lel dhybmo vy? Prag y whrussen whelas y scodhya dhyworth an pùnyshment dendylys der y debel-wrians? Govyn tra vëth a vydnowgh why orthyf, ha ny wrama gwetha tra vëth dhyworthowgh. Me a de udn dra dhywgh: pàn screfys vy an lyther, nyns esen ow tesmygy myshyf vëth dhe'n den jentyl coth, rag ev a veu an cothman moyha cuv a gefys vy bythqweth."

"Me a grës dhywgh gans oll ow holon, a venyn vas," yn medh Sherlock Holmes. Res yw bos pòr ankensy dhywgh ry acownt dhybm a'n taclow-ma. Martesen moy êsy via ragowgh, mar teffen ha leverel dhywgh pandra wharva, ha why a yll ow stoppya, mar qwrama errour i'n negys. Stapleton a wrug comendya dhywgh may whrellowgh screfa an lyther, a ny wrug?"

"Ev a'n dyctâtyas dhybm."

"An rêson a ros ev dhywgh, dell esoma ow soposya, o why dhe recêva gweres dhyworth Syr Charles rag an costow ow tùchya mos dhe'n gort rag cafos agas dydhemedhyans."

"Hèn yw gwir yn tien."

"Ha wosa why dhe dhanvon an lyther, ev a'gas perswâdyas na wrellowgh sensy an appoyntyans."

"Ev a leverys dhybm y fedha y revrons dhodho y honen offendys, mar teffa ken den vëth cafos an mona rag towl a'n par-na, ha kyn nag o va rych, ev a vynsa spêna oll y rycheth bys i'n dheneren dhewetha rag removya an taclow esa worth agan gwetha dhyworth y gela."

"Yma va owth apperya dhe vos pòr lel. Hag ena ny wrussowgh why clôwes tra vëth, erna wrussowgh why redya adro dhe vernans Syr Charles i'n paper nowodhow?"

"Na glôwys."

"Hag ev a wrug agas constrîna na wrellowgh why leverel tra vëth adro dhe'th appoyntyans gans Syr Charles."

"Gwrug. Ev a leverys bos an mernans mater a vystery brâs, hag yn certan y fedha skeus dhe'n bobel ahanaf, a pe an gwiryoneth godhvedhys. Ev a wrug ow ownekhe ha me a dewys."

"Indella poran. Saw owgh why agas honen dowtys anodho?"

Hy a hockyas ha meras wàr nans.

"Me a'n aswonas," hy a leverys. "Saw mar teffa ev ha sensy fëdh genef, me a vynsa gwil an keth tra ganso ev."

"Me a grës dre vrâs why dhe scappya yn fortydnys," yn medh Sherlock Holmes. "Yth esa ev in agas gallos, hag ev a'n godhya, saw yth esowgh why whath ow pewa. Yth esowgh why nans yw nebes mîsyow ow kerdhes wàr vin âls. Res yw dhyn kemeres cubmyas teg dhyworthowgh lebmyn, a Vêstres Lyones, ha dre lycklod why a glôwvyth dhyworthyn ny yn scon."

"Yma agan câss ow tysplegya, hag yma caletter wosa caletter ow tanowhe dhyragon," yn medh Holmes pàn esen ny ow sevel wàr an cay ow cortos an train dhia Loundres. "Me a yllvyth yn scon

derivas avell udn narracyon onen a'n drog-oberow moyha coynt ha
moyha marthys a'gan dedhyow ny. Studhoryon a felony a vydn
remembra wharvosow kepar in Grodno in Rùssya Vian, i'n
vledhen 1866, ha heb mar y tal gwil mencyon a vùrders Anderson
in Carolîna North, saw yma dhe'n câss-ma nebes taclow a'y honen
yn tien. I'n tor'-ma nyns eus dùstuny apert vëth warbydn an den
184

porra wyly-ma. Saw me a vëdh sowthenys brâs, mar ny vëdh hedna cler kyns ès ny dhe gùsca haneth."

An train uskys dhia Loundres a dheuth in udn uja aberth i'n gorsaf, ha den bian gwyvrek kepar ha ky tarow a skydnyas dhywar garyach kensa gradh. Ny agan try a shakyas dewla, ha me a welas dhyworth an revrons brâs a dhysqwedhas Lestrade in udn veras orth ow howeth, fatell wrug ev desky lowr, dhia bàn esens ow kesobery i'n dallath. Me a remembras yn tâ an scorn a wre an creswas pragmatek a dhamcaniethow an rêsnor.

"Tra vëth vas?" ev a wovydnas?

"An dra vrâssa rag lies bledhen," yn medh Holmes. "Yma dew our genen kyns ès bos res dhyn predery a dhallath. Me a grës y fedha fur cafos nebes kydnyow, hag ena, a Lestrade, ny a vydn kemeres nywl Loundres in mes a'th vriansen dre ry dhywgh nebes a air pur an nos wàr Dartmoor. Ny veusta bythqweth ena? Wèl, wèl, dre lycklod ny wrêta ankevy dha kensa vysyt."

CHAPTRA XIV

Ky Teylu Baskerville

Onen a fowtys Sherlock Holmes—mars yw ewn y elwel fowt—o hebma: ny garsa ev bythqweth declarya y dowlow yn leun dhe dhen vëth erna vo ow tegensewa an prës dh'aga hollenwel. Hedna a dheu in part heb dowt vëth dhyworth y vêstry genesyk, rag ev a gara rowtya ha sowthanas an bobel adro dhodho. In part mater o a'y waryans galwansek, ha hedna a'n constrîna pùpprës na wrella chauncya tra vëth. An natur-ma a wre vexya yn frâs y gothmans ha'y weresoryon. Me a sùffras yn fenowgh indelma, saw bythqweth ny wrug vy godhevel mar dhrog avell wàr an viaj hir-na i'n tewolgow. Yth esa an prevyans brâs dhyragon. Wàr an dyweth yth en ny ogas dh'agan gwrians dewetha, saw ny leverys Holmes tra vëth. Ny yllyn ma's desmygy pandr'o ervirys ganso. Yth esa ow nervow ow trembla in udn wetyas an finweth, pàn wrug vy convedhes dhyworth an gwyns yeyn wàr agan fâss ha'n spâss du, gwag a bùb tu a'n vownder gul, ny dhe vos arta wàr an hal. Yth esa kenyver stap a'n vergh ha kenyver tro a'n rosow orth agan dry nessa ha nessa dhe'n ughboynt a'gan aventur.

Agan kescows a veu lettys dre bresens drîvyor an caryach gobrenys, mayth o res dhyn côwsel adro dhe daclow trufyl, kynth o agan nervow tydn gans gwetyans ha gans emôcyon. Solas o dhybm, dre rêson an frodn warbydn natur-na, pàn wrussyn ny passya chy Frankland, ha me a wodhya ny dhe vos ow tos nes dhe'n Hel ha dhe'n tyller may fedha an dêda gwrës. Ny wrussyn ny drîvya bys i'n daras, saw ny a skydnyas ryb yet an rosva. Drîvyor an caryach a veu tyllys, hag erhys veu dhodho dewheles dhe Coombe Tracey heb let, ha ny a dhalathas kerdhes bys in Chy Merypyt.

"Owgh why ervys, a Lestrade?"

An helerghyas bian a vin-
wharthas. "Pàn vo ow lavrak
adro dhe'm treys, yma pocket
clun dhybm, ha pàn vo pocket
clun dhybm, y fëdh neppyth
ino."

"Yn tâ! Ow hothman ha me,
ny inwedh yw parys rag pùb
otham."

"Nyns esowgh why ow terivas
tra vëth dhybm ow tùchya an
negys-ma. Pëth yw ervirys
genowgh lebmyn?"

"Gortos."

"Ria, ria, ny hevel bos tyller re
lowen," yn medh an helerghyas
hag ev a grenas, in udn veras adro dhodho orth ledrow tewl an
brynyow hag orth an lydn hûjes a nywl a'y wroweth wàr Lis
Grympen. "Me a wel golow chy dhyragon."

"Hèn yw Chy Merypyt ha finweth agan viaj. Res yw dhybm agas pesy dhe gerdhes wàr vleynow troos ha côwsel in udn whystra yn udnyk."

Ny a gerdhas in rag gans meur rach an trûlergh ahës, kepar ha pàn esen ny ow mos bys i'n chy. Saw pàn en ny adro dhe dhew cans lath dhyworto Holmes a'gan stoppyas.

"Hèm yw dâ lowr," yn medh ev. "Yma an carrygy-ma adhyhow ow qwil scoos bryntyn."

"Yw res dhyn gortos obma."

"Yw, ny a vydn contraweytya obma. Deus aberth i'n cow-ma, Lestrade. Te re beu wàr jy i'n chy, a Watson, a ny veusta? A ylta jy leverel ple ma an dyffrans rômys? Pëth yw an fenestry plobmys wàr an tenewen-ma?"

"Me a grës aga bos fenestry an gegyn."

"Ha'n fenester pella dhyworthyn, usy ow tewyny mar spladn?"

"Hèn yw an rôm kynyewel heb dowt vëth."

"Nyns yw tednys an croglednow. Te a wor an tyller-ma gwell ageson ny. Gwra cramyas in rag ha gweles pëth usons y ow qwil— saw rag kerensa Duw, bydner re wrellons convedhes bos nebonen ow meras ortans!"

Me a gerdhas wàr vleyn troos an trûlergh wàr nans ha posa adrëv an ke isel esa ow mos adro dhe'n avalednek wedhrys. Me a gramyas in dàn skeus an ke ha drehedhes tyller may hyllyn meras strait der an fenester heb croglen.

Nyns esa i'n rôm ma's dew dhen, Syr Henry ha Stapleton. Yth esens esedhys a bùb tu a'n bord rônd hag yth esa tenewen aga fàss trailys dhybm. Yth esens aga dew ow megy cygar gans coffy ha gwin wàr an bord dhyragthans. Yth esa Stapleton ow côwsel yn few saw yth hevelly an barnet gwydn hag ancombrys. Parhap yth esa an preder a gerdhes heb coweth dres an hal anfusyk begh poos wàr y vrës.

Kepar dell esen ow meras ortans Stapleton a savas ha gasa an rom. Syr Henry a lenwys y wedren arta ha posa wàr dhelergh in y jair, ow pyffya wàr y cygar. Me a glôwas an daras ow qwîhal ha'n sownd sherp a votas wàr an growyn. An stappys a bassyas an trûlergh ahës wàr denewen aral an ke, esen vy ow plattya adrëv dhodho. Me a veras dresto ha gweles an naturegor ow powes orth daras crow in cornel a'n avalednek. Alwheth a drailyas i'n floren ha pàn wrug ev entra, y feu clôwys skyrmys coynt wàr jy. Ny veu va ma's mynysen pò dyw wàr jy, hag ena me a glôwas an alwheth ow trailya arta, hag ev a'm passyas hag entra i'n chy. Me a'n gwelas ow jùnya orth y ôstyas arta, ha me a wrug crâmyas yn cosel wàr dhelergh dhe'm cowetha hag a dherivas dhedhans an pëth a welys.

"Esta ow leverel, a Watson, nag o an venyn dhe weles?" Holmes a wovydnas, pàn o ow derivas gorfednys genef.

"Nag o."

"Ple ma hy ytho, rag nyns eus golow vëth in ken tyller vëth, marnas i'n gegyn?"

"Ny allama predery ple ma hy."

Me re leverys fatell esa nywl tew gwydn cregys a-ugh Lis Grympen. Yth esa ev o tryftya yn lent tro ha'n tyller mayth esen, hag ow qwil banken kepar ha fos chy wàr an tu-na, saw tew ha dyblans o va. Yth esa an loor ow spladna warnodho, hag yth hevelly an nywl dhe vos efander brâs a yey ow trembla, ha'n brynyow abell o kepar ha carrygy wàr y vejeth. Holmes a drailyas y fâss dhe'n nywl, hag ev a groffalas yn cosel, cot y berthyans, hag ev ow meras orth kerdh lent an nywl.

"Yma va ow tos bys dhyn, a Watson."

"Yw hedna a bris?"

"Mater a bris brâs ywa in gwir—an udn dra in oll an norvës a alsa shyndya ow thowlow. Ny yll ev bos re hir lebmyn. Deg eur ywa solabrës. Agan spêda ha'y vêwnans ev y honen martesen, y fedhons y peryllys mar ny dheu ev in mes kyns ès an nywl dhe gudha an trûlergh."

Yth o an nos cler ha teg a-uhon. Yth esa an ster ow spladna yeyn ha bryght, hag yth esa hanter-loor ow colhy oll an vu in golow clor dyscler. Yth esa an chy brâs ha du dhyragon, y do densak ha'y jymblas lybm lînys yn cales warbydn an ebron sterednek. Yth esa golowydnow owr dhyworth an fenestry awoles ow lêsa dres an avalednek ha dres an hal. Nyns o gesys marnas an lantern i'n rom kynyewel, le mayth esa an dhew dhen, an ost denledhyas ha'n ôstyas dyswar ow kestalkya whath hag ow megy aga cygarygow.

Pùb mynysen yth esa an plain a wlân, o hanter an hal cudhys in dadno, ow tryftya dhe voy ha dhe voy ogas dhe'n chy. Solabrës yth

esa
an kensa
tosow tanow
anodho ow
troyllya dres
pedrak owr an
fenester golowys. Ny
ylly fos pella an avalednek
bos gwelys na fella, hag yth esa an gwëdh a'ga sav in poll tro a ethen
wydn. Kepar dell esen ny ow meras, garlons an nywl a dheuth in
udn grâmyas adro dhe dhyw gornel an chy ha rollya yn lent
warbarth avell banken dew, esa an leur awartha ha'n to ow neyja

warnedhy, kepar ha gorhel coynt wàr vor skeusek. Holmes a weskys
y dhorn yn crowsek orth an garrek dhyragon ha stankya gans y
dreys, pòr got y berthyans.

"Mar ny dheu va in mes kyns pedn qwarter-our an trûlergh a
vëdh cudhys. Wosa hanter-our ny welvyth den vëth ahanan y
dhorn dhyragtho."

"A wren ny mos pella wàr dhelergh bys i'n dor uhella?"

"Gwren, me a grës y fedha hedna dhe well."

Indella banken an nywl a frosas in rag, ha ny a godhas wàr
dhelergh, ernag en ny hanter-mildir dhyworth an chy, ha whath
yth esa an mor tew gwydn, gans an loor ow spladna wàr y enep, heb
hedhy ow scubya pella ha pella in rag.

"Yth eson ny ow mos re bell," yn medh Holmes. "Ny yllyn ny
chauncya ev dhe vos kechys kyns ès ev dh'agan drehedhes. Wàr
neb cor res yw dhyn sevel obma mayth eson." Ev a dhroppyas wàr
y dhewlin ha gweskel y scovarn dhe'n dor. "Grassow dhe Dhuw,
me a grës me dh'y glôwes ow tos."

Y feu taw an hal terrys der an sownd a stappys. Plattys in mesk an
veyn ny a veras yn tywysyk orth an vanken, arhansek y enep, esa
dhyragon. An stappys a veu dhe voy ha dhe voy uhel, ha der an
nywl, kepar ha dre groglen, y kerdhas hedna esen ny ow cortos. Ev
a veras adro dhodho sowthenys, dell dheuth ev in mes i'n nos
spladn sterednek. Ena ev a dheuth yn uskys an hens ahës, passya in
agan ogas, hag ascendya an leder hir wàr agan keyn. Kepar dell esa
ev ow kerdhes, yth esa ev ow meras dres y dhywscoth a bùb tu,
kepar ha den nag o attês.

"Sh!" Holmes a grias, ha me a glôwas clyck tydn antel y bystol.
"Waryowgh! Yma a'n best ow tos!"

Y feu clôwys frappya pawyow dhia neb tyller in cres an vanken
hevuf-na. Yth esa an cloud le ès hanter-cans lath dhyworthyn, ha
ny agan try a veras stark orto, rag ny wodhyen pana euth a vedha
relêssys in mes anodho. Yth esen orth elyn Holmes, ha me a veras
rag pols orth y fâss. Gwydn o saw vyctoryùs, y lagasow ow spladna
yn cler in golow an loor. Saw yn sodyn y lagasow a veras dhyragtho
ow meras stark, ha'y wessyow a radnas rag ewn sowthan. I'n keth
près Lestrade a ujas rag euth ha tôwlel y honen dhe'n dor wàr y
fâss. Me a labmas dhe'm treys, ow dorn syger ow talhedna ow

fystol, ow brës clamderys der an shâp uthyk, a spryngyas warnan in
mes a skeusow an nywl. Ky o, ky hûjes mar dhu avell an glow, saw
nyns o ehen vëth a gy a welas lagas mortal bythqweth. Yth esa tan
ow tardha in mes a'y anow, y lagasow ow terlentry gans tansys
glew, yth esa y vin, blew y godna ha'y dagell in cres a flàm crenus.
Bythqweth in hunrosow a'n empydnyon clevejys ny alsa neppyth
192

moy gwyls, moy scruthus, moy iffarnak bos desmygys na fâss an best-na, hag a dardhas orthyn in mes a fos an nywl.

Yth esa an best hûjes du ow spryngya an trûlergh wàr nans, in udn sewya stappys agan cothman. Mar baljies veun der an vesyon uthyk, may whrussyn alowa an ky dhe bonya dreson kyns ès ny dhe

allos dascafos agan colon. Ena Holmes ha me, ny a dednas agan
godnys wàr y bydn i'n kettermyn, ha'n best a ùllyas gans hager-uj,
tra a dhysqwedhes onen ahanan dhe'n lyha dh'y weskel. Ny wrug
ev powes bytegyns, saw lebmel in rag. I'n pellder wàr an trûlergh
ny a welas Syr Henry ow meras dres y geyn, y fàss gwydn in golow
an loor, y dhewla derevys in euth, ow lagatta an ankenel scruthus
esa worth y jâcya.

Saw an cry-na a bainys a scùllyas agan own dhe'n gwyns. Mar
peu va golies, mortal o va, ha mar kylsyn y vrêwy, ny a alsa y ladha.
Bythqweth ny welys vy den vëth ow ponya dell wrug Holmes. Me
yw consydrys uskys wàr ow threys, saw Holmes a bonyas mar bell
dhyragof dell wrug vy ow honen gasa an helerghyas bian wàr ow
lergh. Pàn esen ny ow spryngya an hens in bàn, ny a glôwas scrij
wosa scrij dhyworth Syr Henry hag uj down an ky. Me a veu
adermyn rag gweles an best ow lebmel wàr y vyctym, y dôwlel wàr
an dor ha'y assaultya adro dhe'n vriansen. Pols awosa Holmes a
wakhas pymp bùllet a'y bystol tro aberth in tenewen an best. Gans
an uj dewetha a bainys ha snap dybyta i'n air, an ky a rollyas wàr
y geyn, an peswar paw ow palvala yn whyls, hag ena an creatur a
godhas yn lows wàr y denewen. Me a stoppyas, in udn dhiena, hag
a herdhyas ow fystol dhe'n pedn uthyk crenus, saw nyns o res
gweskel an tryger. Marow o an ky brâs.

Yth esa Syr Henry ow crowedha clamderys i'n le may codhas. Ny
a sqwardyas y vand dhywar y godna, ha Holmes a anellas pejadow
grassys, pàn welas nag esa sîn vëth a woly, hag indella an rescous
dhe vos adermyn. Solabrës yth esa crehyn lagasow agan cothman
ow crena, hag ev a assayas in maner wadn dhe waya. Lestrade a
herdhyas y gostrel a vrandy inter dens an barnet, hag yth esa
dewlagas ownek ow meras in bàn orthyn.

"A Dhuw," ev a leverys in udn whystra. "Pandra veu hedna?
Pandr'o va in hanow Duw?"

"Pynag oll a veu, marow ywa," yn medh Holmes. "Ny re fêsyas
bùcka gwydn an teylu unweyth rag nefra."

Ow tùchya y vrâster ha'y nerth an best istynys in mes dhyragon
o uthyk in gwir. Nyns o va gosky pur, na nyns o va gwylter. An ky
o dell hevelly kebmysk a'n dhew—tanow, gwyls ha mar vrâs avell
lewes vian. Kynth esa an ky ow crowedha i'n tor'-na in cosoleth an

194

mernans, y jalla hûjes a apperyas dhe vos ow tevera flàm blou, hag
yth esa tan adro dhe'n lagasow bian, down ha cruel. Me a settyas
ow dorn wàr an min, esa ow terlentry, ha pàn wrug vy aga sensy in
bàn otta ow besias ow lesky hag ow colowy i'n tewolgow.

"Fosforùs," me a leverys.

"Preparacyon sley anodho," yn medh Holmes, ow frony orth an best marow. "Nyns eus odour vëth obma, a ylly lettya y allos dhe sawory. Res yw dhyn omdhyharas, a Syr Henry, ny dhe wil dhywgh godhevel an euth-ma. Parys en rag ky, saw nyns esen vy ow qwetyas best kepar ha hebma. Ha'n nywl a ros dhybm pòr vohes termyn rag metya ganso."

"Why re selwys ow bêwnans."

"Wosa y beryllya kyns. Owgh why crev lowr dhe sevel wàr agas treys?"

"Ro dhybm ganowas moy a dhowr tobm, ha me a vëdh parys rag tra vëth. Indelma. Mar pleg, gwrewgh gweres dhybm ow sevel. Pëth yw agas porpos lebmyn?"

"Ervirys yw genef agas gasa obma. Nyns owgh why yagh lowr rag aventurs moy haneth. Mar tewgh why ha gortos obma, onen ahanan pò y gela a wra dewheles genowgh dhe'n Hel."

Ev a assayas sevel in bàn. Saw ev ow mar wydn avell bùcka, hag yth esa oll y esely ow trembla. Ny a'n gweres owth esedha wàr garrek, hag ev a esedhas ena in udn grena, y fàss in y dhewla.

"Res yw dhyn agas forsâkya lebmyn," yn medh Holmes. "Res yw dhyn collenwel remnant agan ober, hag yma pùb mynysen a bris. Ny a'gan beus agan câss. Nyns eus otham dhyn a dra vëth marnas agan den.

"Mil warbydn onen ywa," Holmes a bêsyas, ha ny ow mos wàr dhelergh wàr an hens. "Res yw agan bùlettys dhe dherivas dhodho fatell o kellys an gwary."

"Yth esen ny nebes pellder dhyworto, ha'n nywl-ma a wrug aga bodharhe nebes martesen."

"Ev a sewyas an ky rag gelwel dhodho dhe stoppya—te a yll bos certan a hedna. Nâ, nâ, gyllys ywa warbydn lebmyn. Saw ny a vydn sarchya an chy rag bos sur."

Egerys o an daras arag. Ny a fystenas ajy ytho ha mos yn uskys dhia rom dhe rom, tra a sowthanas an servont coth diantel, a dheuth orthyn i'n dremenva. Nyns esa golow vëth i'n chy marnas in rom kynyewel, saw Holmes a dhalhednas an lantern ha sarchya pùb cornel yn tâ. Ny welsyn ny tôkyn vëth a'n den esen ny ow helghya. Saw wàr an leur avàn yth o alwhedhys an daras a onen a'n chambours.

196

"Yma nebonen wàr jy obma," Lestrade a grias. "Me a glôw nebonen ow qwaya. Egerowgh an daras-ma!"

Y feu clôwys wàr jy uja gwadn ha rùstla. Holmes a weskys an daras gans goles y droos nebes a-ugh an floren ha'n daras a egoras yn ledan. Ny agan try a bonyas ajy, pystol in dorn pùbonen.

Saw nyns esa sin vëth i'n chambour a'n sherewa dygabester hag avlythys esen ny ow qwetyas. In le a hedna ny a welas neppyth mar goynt, may whrussyn ny sevel tecken ow meras orto rag ewn marth. An rom o gwrës gwithty bian, hag adro dhe'n fosow yth esa nebes câssys, gweder aga thop, leun a dycky Duwas ha gowdhanas, rag an re-na o solas an den completh ha peryllys-ma. In cres an rom-ma yth esa post, predn, settys a'y sav neb termyn i'n dedhyow coth rag scodhya an jist prevesek, esa ow sensy an to. Yth o fygur kelmys dhe'n post, mar dew mailys ha wrappys in lienyow, na yllyn leverel rag tecken o va den pò benyn. Yth o towal passys adro dhe'n codna ha kelmys adrëv an post. Yth esa towal aral ow cudha an hanter isella a'n fâss, hag a-ugh hedna yth esa dewlagas tewl—leun a sham hag a anken—ow meras orthyn. Dystowgh ny a sqwardyas an minwysk yn kerdh, dysmailya an colmow, ha Mêstres Stapleton a skydnyas dhe'n leur dhyragon. Pàn godhas hy fedn sêmly wàr hy dywvron me a welas clêsen whyp yn cler wàr hy hodna.

"An horsen cabm!" Holmes a grias. "Deus, a Lestrade, agas dowr tobm! Settyowgh hy i'n chair. Clamderys yw hy dre dhrog-dhyghtyans ha sqwithter.

Hy a egoras hy lagasow arta.

"Ywa salow?" hy a wovydnas. "A wrug ev diank?"

"Ny yll ev diank dhyworthyn, a venyn vas."

"Nâ, nâ, nyns esof ow mênya ow gour vy. Yw salow Syr Henry?"

"Yw."

"Ha'n ky?"

"Marow yw."

Hy a hanajas down yn contentys.

"Dhe Dhuw re bo grassys! Dhe Dhuw re bo grassys! Ogh, an harlot-na! A welowgh why fatla wrug ev ow dyghtya!" Hy istynas hy dywvregh in mes a'y brehellow, ha ny a'gan beu euth ow qweles aga bos breyth gans brewyon. "Saw nyns yw hebma tra vëth— tra vëth. Ev a dhormentyas ow brës ha'm enef, ha'ga defolya. Me a ylly

197

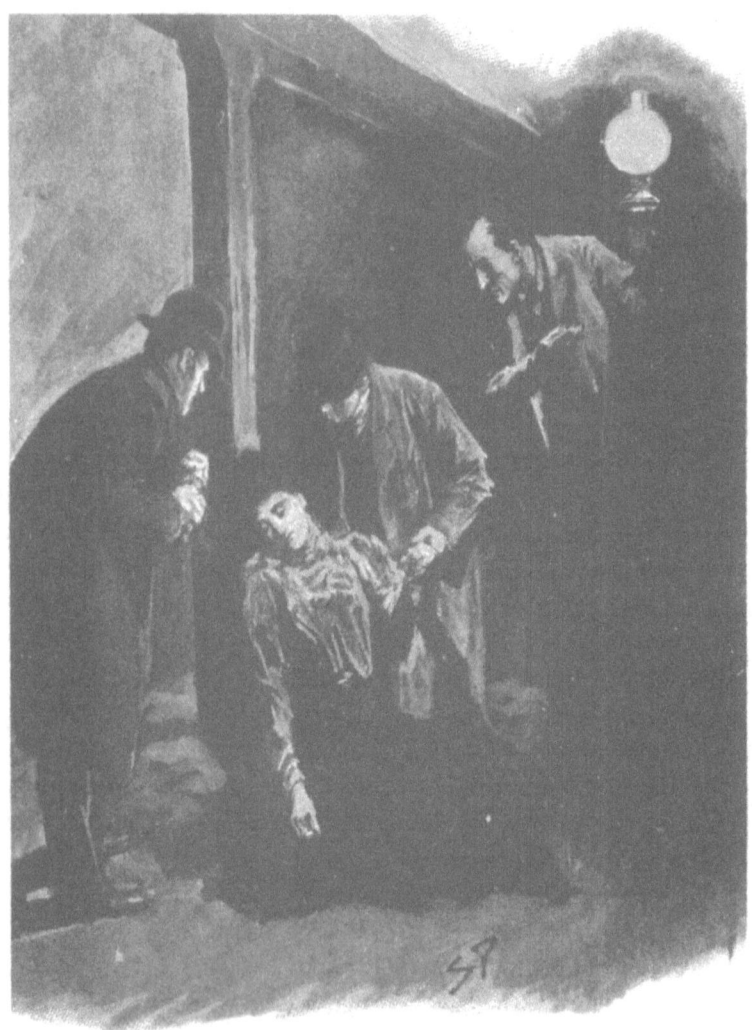

godhaf pùptra, drog-dhyghtyans, hireth, bêwnans gowek, pùptra,
pàn esen ow cresy ev dhe'm cara. Saw lebmyn me a wor i'n mater-
na inwedh me dhe vos tùllys. Ny veuma marnas toul dhodho." Hy
a godhas in dagrow wherow in cres hy geryow.

"Nyns ywa kerys genowgh na fella, a venyn dhâ," yn medh
Holmes. "Leverowgh dhyn ple hyllyn ny y drouvya. Mar
qwrussowgh y weres bythqweth in drog, gwrewgh amendys lebmyn
dre wil dhyn gweres."

"Nyns eus marnas udn tyller a alsa ev fia dhodho," hy a worthebys. "Yma bal coth sten wàr enys in cres an lis. Ena ev a sensy y gy, hag ena inwedh ev a wrug parusy harber dhodho y honen. Hèn yw an tyller a wrug ev fia dhodho."

Yth esa an nywl ow crowedha kepar ha gwlân gwydn warbydn an fenester. Holmes a sensys an lantern dhedhy.

"A welowgh why?" yn medh ev. "Ny ylly den vëth cafos y fordh bys i'n Lis Grympen haneth."

Hy a wharthas ha tackya dewla warbarth. Hy lagasow ha'y dens a spladnas gan lowender fers.

"Ev a yll gwil y fordh ajy, saw nefra ny wra va dos in mes," hy a grias. "Fatl'alsa ev gweles an gwelyny gêdya haneth? Ny a's plansas warbarth, ev ha me, rag dysqwedhes an hens der an lis. Ogh, ellas na wrug aga thedna in bàn hedhyw! Ena in gwir ev a via in agas power why!"

Apert o dhyn y fedha uver y helghya erna ve lyftys an nywl. I'n mên-termyn ny a asas an chy in dàn jarj Lestrade, ha Holmes ha me a dhewhelys gans an barnet dhe Hel Baskerville. Ny ylly an gwiryoneth bos gwethys dhyworto na fella adro dhe Stapleton ha'y whor, saw ev a sùffras an strocas yn colodnek, pàn dheskys ev an gwiryoneth ow tùchya an venyn a gara ev. Saw an scruth a gemeras der aventurs an nos a shyndyas y nervow, ha dhyrag an myttyn yth esa ev ow muskegy in fevyr uhel in dàn with an Doctour Mortymer. Y aga dew o destnys dhe viajya adro dhe'n bës kyns ès Syr Henry dhe vos arta an den salow yagh o va, kyns ès dhe eryta an stât-na, drog y dhargan.

Ha lebmyn res yw dhybm dos yn uskys dhe worfen an narracyon coynt-ma, may whrug vy assaya ino gwil dhe'n redyor bos kevrednek i'n own dyscler hag i'n desmygow down, esa ow tewlhe agan bêwnans dres termyn hir, hag a wrug fynyshya in maner mar drist. An myttyn wosa mernans an ky an nywl o derevys, ha ny a veu lêdys gans Mêstres Stapleton dhe'n tyller may whrussons trouvya fordh der an dowarhak. Ny a veu gweresys yn frâs dhe gonvedhes euth bêwnans an venyn-ma, pàn welsyn ny pana joy a's teves hy worth agan settya warlergh hy gour. Ny a's gasas a'y sav wàr hanter-enys tanow a dowargh fyrm, esa ow culhe aberth i'n gwern ledan. Dhia pedn an hanter-enys-na gwelen vian plynsys obma hag ena a dhysqwedhas an trûlergh ow mos in igam-ogam dhia dos dhe dos a borv inter an pyttys a gen glas ha'n splattys a lis lenky, taclow esa ow lettya an hens dhe'n stranjer. Yth esa hager-sawour a bodrethes hag ethen boos anyagh ow whetha in agan fâss dhyworth an wern vousak ha'n losow dowr lisak tew, ha pàn wren ny kelly agan stap, ny a veu sedhys moy ès unweyth bys i'gan mordhosow in lis du crenus, esa ow trembla dres lies lath adro dhyn. Dalhen crev an lis a sêsyas agan treys ha ny ow kerdhes, ha pàn wren ny sedhy, ny a gresy bos neb dorn envies orth agan tedna dhe'n dor aberth in downder scruthus-na, mar dydn ha mar grev o dalhen grysyl an lis. Ny welsyn ny marnas udn tôkyn fatell wrug nebonen passya an fordh beryllys-na dhyragon. Yth esa neppyth ow herdhya in mes a dos gonbluv, neb a'n sensy a-ugh an slim. Holmes a gemeras stap dhywar an trûlergh rag y sêsya ha dystowgh ev a wrug sedhy bys in cres y gorf. Na ve ny dh'y dedna in mes, ny alsa ev bythqweth settya y dreys wàr dhor fyrm arta. Ev a sensys botasen goth i'n air. Yth o an geryow *Meyers, Toronto* pryntys wàr an lether wàr jy.

"Y tal bos cudhys in lis rag cafos hebma," yn medh ev. "Hòm yw botasen Syr Henry, neb o gyllys in stray."

"Stapleton a's tôwlas ena pàn esa ev ow fia."

"Poran. Ev a's gwethas in y dhorn, wosa gwil devnyth anedhy rag settya an ky warlergh Syr Henry. Ev a fias, pàn gonvedhas an gwary dhe vos kellys, ha'n votasen in y dhorn whath. Hag ev a's tôwlas dhyworto obma. Ny a wor dhana ev dhe dhos yn saw bys i'n tyller-ma."

Saw ny wrussyn ny bythqweth godhvos moy ès hedna, kynth o lies tra a yllyn ny desmygy. Nyns o chauns vëth a gafos olow treys i'n lis, rag an lis a dherevy yn uskys ha'ga heles. Pàn o dor fyrm drehedhys genen wàr an tu aral a'n gwern, ny a wrug aga whelas. Saw ny welsyn ny tôkyn vëth a ol treys in tyller vëth. Mars esa an dor ow terivas an gwiryoneth, ny wrug Stapleton bythqweth dos dhe'n enys-na a harber, a wrug ev strîvya der an nywl rag hy drehedhes an nos dhewetha-na. In neb tyller in cres Lis Grympen, wàr woles in slim hager an wern vrâs, neb a'n sùgnas ajy, yma en-cledhys rag nefra an den yeyn ha dybyta-na.

Ny a gafas lies ol anodho i'n enys in cres an wern le mayth o kelys ganso y gescoweth gwyls. Ros hûjes drîvya ha shafta hanter-lenwys a atal a dhysqwedhas dhyn tyller an whel forâskys. Ryptho yth esa an remnans browsys a dreven an stenoryon, hag y fêsys dre lycklod gans sawour poos an wern oll adro. In onen a'n treven-na ny a drouvyas styken, chain ha lies ascorn knies, taclow a dhysqwedhas ple may fedha kelmys an best. Corf eskern ha blew gell warnodho a veu kefys in mesk an scùllyon.

"Ky!" yn medh Holmes. "Re Jovyn, spanyol blew crùllys. Ny wra Mortymer truan gweles y gy gerys nefra arta. Wèl, ny worama usy kevrîn vëth i'n tyller-ma na wrussyn desmygy solabrës. Ev a ylly keles y gy brâs, saw ny ylly gwil dh'y hartha tewel, hag indella y fedha clôwys an criow-na, nag o plêsont kyn fe in golow an jëdh. Mar pedha res ev a alsa sensy an ky i'n crow ryb Chy Merypyt, saw yth esa peryl gans hedna, ha ny vedhas ev y wil marnas an jëdh dewetha, rag yth esa ev ow predery y fedha an jorna-na finweth oll y ober. An toos i'n cafas sten-ma yw heb dowt an kebmysk golow a wrug ev ura an best ganso. Y feu an stoff-na comendys dhodho heb mar dre whedhel coth an teylu ow tùchya an ky iffarnak, ha der y whans dhe ownekhe Syr Charles coth dh'y vernans. Nyns yw marth an prysner dienkys truan dhe bonya ha dhe scrija, kepar dell wrug agan cothman ny, ha kepar martesen dell alsen ny agan honen, pàn welas ev creatur uthyk a'n par-na ow lebmel dre dewolgow an hal wàr y lergh. Jyn fel o hedna. An ky a dhrîvyas y vyctym dh'y vernans yn udnyk, saw pella ès hedna, pana diak i'n côstys-ma a vynsa govyn qwestyons yn tywysyk adro dhe vest kepar, mar teffa ev unweyth ha'y weles wàr an hal, dell wrug lies huny, dell hevel? Me a'n leverys in Loundres, a Watson, ha me a vydn y leverel lebmyn arta, na wrussyn ny bythqweth gweres ow whelas bylen moy peryllys ès an den usy a'y wroweth dres ena"—ev a scubyas y vregh hir tro ha'n efander a gersek, breyth gans splattys a wer, esa owth istyna abell, erna wre va omjùnya orth ledrow rudhyk an hal.

203

CHAPTRA XV

Ow Meras wàr Dhelergh

Gordhuwher garow nywlek in dyweth mis Du yth esen ny, Holmes ha me, owth esedha a bùb tu a dan whyflyn in agan rom esedha in Strêt Baker. Wosa dewedha agan vysyt trist dhe Bow Densher, ev a whythras dew negys a bris pòr vrâs. I'n kensa anodhans ev a dhros dhe'n golow fara uthyk Coronal Ùpwood ow tùchya sclander aswonys dâ an cartednow gwary in Clùb *Nonpareil*. I'n secùnd ev a frias Mme Montpensier anfusyk dhyworth an cabel a dhenlath, esa worth hy godros i'n mater a vernans hy lesvyrgh, Mlle Carere, an venyn yonk, a veu trouvys whegh mis wosa hedna, dell yw godhvedhys, yn few ha demedhys in Evrok Nowyth. Mar lowen o ow hothman in y spyrys dre rêson a'n sowena a'n jeva in rew a gâssys poos ha cales, may hyllyn vy gwil dhodho derivas dhybm an manylyon i'n mystery a deylu Baskerville. Me a wortas, hir ow ferthyans, rag an chauns-na, rag me a wodhya na wre va bythqweth alowa udn câss dhe resek aberth in câss aral; ha na wre va gasa y vrës cler ha lybm dhe vos tednys dhyworth y lavur present dhe ombredery a govyon a'n termyn o passys. Yth esa Syr Henry ha'n Doctour Mortymer in Loundres, bytegyns, rag dallath an viaj hir-na comendys dhe'n barnet rag sawya y nervow trogh. Y a'gan vysytyas dohajëdh an very dëdh-na, ha natùral veu ytho ny dhe gestalkya adro dhe'n mater.

"Oll an cors a wharvosow," yn medh Holmes, "dhyworth savla an den, a elwy y honen Stapleton, o sempel ha compes. Nyns esa fordh vëth genen ny rag aswon an rêsons rag y wrians, ha ny yllyn ny desky ma's radn a'n gwiryoneth, hag ytho an negys a apperyas liespleg dres ehen. Me a'm beu an prow a gestalkya dywweyth gans Mêstres Stapleton, hag yma an câss egerys yn tien dhybm, ha ny worama adro dhe radn vëth anodho nag yw dyblans dhyn. Te a

204

gav nebes nôtednow adro dhe'n negys in dàn an lytheren B i'n
venegva warlergh abecedary a'm câssys."

"Me a'th pës dhe ry dhybm acownt cot a'n wharvosow in mes
a'th cov dha honen."

"Me a wra hedna yn lowen, saw ny allama mos ragtho bos
kenyver tra i'm brës. Pàn vo nebonen owth ombredery pòr
dhywysyk adro dhe neppyth, yn fenowgh ev a wra ankevy yn tien
taclow a'n termyn eus passys. An dadhelor neb a wor pùptra adro
dh'y gâss hag a yll debâtya gans an arbenegor adro dh'y dhevnyth
specyal y honen, ev a gav fatell wra seythen pò dyw i'n cortys
herdhya pùptra in mes a'y vrës arta. Indelma genef vy, yma an câss

205

nowyth ow trîvya an câss dewetha in mes a'm pedn, ha Mlle Carere re wrug tewlhe ow hovyon a Hel Baskerville. Avorow martesen neb problem bian a vëdh settys dhyragof ha hedna a vydn gorra an arlodhes teg Frynkek hag Ùpwood drog-gerys in mes a'm brës. Ow tùchya câss an ky, bytegyns, me a vydn ry dhis cors an wharvosow mar bell dell allama, ha te a yll derivas dhybm mar qwrug avy ankevy neb tra.

"Yma ow whythransow ow prevy heb qwestyon vëth na wrug portreyans an teylu leverel gow vëth. An pollat in gwir o esel a deylu Baskerville. Ev o mab dhe'n Rojer Baskerville-na, broder yonca Syr Charles, neb a fias, tebel y hanow, bys in Ameryca Soth, le may feu va marow heb demedhy, warlergh an whedhlow. Saw ev a wrug demedhy in gwir, hag y feu udn mab genys dhodho, an pollat-ma, ha hanow y das a veu rës dhodho. Ev a dhemedhas Beryl Garcia, onen a venenes tecka Costa Rîca, ha wosa ladra sùmen vrâs a vona poblek, ev a jaunjyas y hanow dhe Vandeleur ha fia dhe'n fo dhe Bow an Sowson. Ena ev a settyas in bàn scol in est a Gonteth Evrok. An praga ev dhe assaya negys a'n sort-na ev dhe vetya gans descador, clâv gans drog skevens, wàr an trumach tre, hag ev a wrug devnyth a deythy an den-ma rag surhe sowena an scol. Saw Fraser, descador, a verwys ha'n scol, neb a dhalathas yn tâ, a godhas dhe dhrog-hanow ha wosa hedna dhe vysmêr sclandrus. Mêster ha Mêstres Vandeleur a'n trouvyas fur dhe jaunjya aga hanow dhe Stapleton, hag ev a dhros remnans y fortyn, y dowlow rag an termyn esa ow tos ha'y les in entomologieth ganso dhe'n soth a Bow an Sowson. Me a dheskys i'n Gwithjy Bretednek ev dhe vos auctoryta aswonys wàr an desten-na, hag yma hanow Vandeleur kelmys bys vycken dhe neb gowdhan, a veu descrefys rag an kensa prës ganso ev, pàn esa ev in Conteth Evrok.

"Yth eson ny ow tos lebmyn dhe'n radn-na a'y vêwnans a veu a gebmys les dhyn ny. Dell hevel, an pollat a wrug whythra ha dyscudha nag esa marnas dew vêwnans inter ev ha stât a valew brâs. Pàn êth ev dhe Bow Densher i'n dallath nyns o certan y dowlow, me a grës, saw yth o porposys bythweth dhe wil dregyn, ha hedna a yll bos gwelys i'n gwiryoneth-ma: ev dhe leverel y wreg dhe vos y whor. Ervirys o ganso solabrës gwil devnyth anedhy avell edhen dynya, kyn nag o va sur martesen fatla wrussa ev dysplegya y blottyans. Ev o determys cafos an stât, hag ev o parys dhe ûsya main vëth rag drehedhes an towl-na. An kensa tra a wrug ev a veu dhe vos tregys mar ogas dhe jy y hendasow dell ylly, ha'y secùnd o dhe wil cothmans dhodho a Syr Charles hag a'y gentrevogyon erel.

"An barnet y honen a dherivas dhodho adro dhe gy an teylu, hag indella ev a wrug parusy an fordh bys in y vernans y honen. Stapleton—me a vydn pêsya worth y elwel der an hanow-na—a wodhya colon an den coth dhe vos gwadn ha fatell wre scruth y ladha. Ev a dheskys kebmys dhyworth an Doctour Mortymer. Ev a glôwas inwedh Syr Charles dhe vos pòr hegol, hag ev dhe gresy an whedhel coth dhe vos gwir. Dystowgh brës injyn Stapleton a gomendyas fordh dhodho may hylly ladha an barnet, saw fordh a wrella ùnpossybyl ogasty prevy an denledhyas gwir dhe vos gylty.

"Wosa desmygy an towl-ma, ev a brocêdyas dh'y gollenwel gans meur a sleyneth. Plottyor kebmyn a via contentys dhe obery gans ky gwyls. Pàn wrug Stapleton ûsya mainys creftus dhe wil best iffarnak a'n ky, ev a dhysqwedhas y vos den codnek dres ehen. Ev a bernas an ky in Loundres, dhyworth cowethas Ross ha Mangles, an wycoryon in Fordh Fùlham. An best o an ky creffa ha moyha gwyls a's teva. Ev a'n dros wàr nans wàr hens horn Dewnans North ha kerdhes fordh hir ganso dres an hal, may halla va y dry tre heb den vëth dh'y weles. Ev a dheskys solabrës hag ev ow helghya tycky Duwas fatl'ylly ev tremena Lis Grympen. Indella ev a gafas kelva saw rag an best. Ena ev a'n gwethas hag a wortas y jauns.

"Saw res o dhodho gortos pell. Ny ylly ev dynya an den jentyl coth in mes a'y jy in nos. Moy ès unweyth Stapleton a wrug lùrkya adro gans y gy, saw nyns o va dhe well. Pàn esa ev ow qwil indella ev a veu gwelys gans nebes a'n bobel adro, ha whedhel coth an ky iffarnak a veu dasvewys. Govenek a'n jeva Stapleton y whre y wreg dynya Syr Charles dh'y dhystrùcsyon, saw i'n mater-ma hy a wrug ombrevy anserhak warbydn y wetyans. Nyns o hy parys dhe gelmy an den coth jentyl in kerensa gensy hag indella y dhelyvra inter dewla y escar. Ny ylly godros na strocosow—drog yw genef y leverel—hy movya. Ny vydna ny mellya gans an negys, ha dres termyn hir yth esa Stapleton in dàn ardak.

"Ev a gafas fordh in mes a'y ancombrynsy dre hap. Syr Charles, neb o y gothman warbydn an prës-na, a'n gwrug an messejer a'y

jeryta i'n câss an venyn anfusyk, Mêstres Laura Lyons. Stapleton a
bresentyas y honen dhedhy avell den heb gwreg, hag ev a wrug
dhedhy cresy y whre va hy demedhy, pàn wrella hy cafos
dydhemedhyans dhyworth hy gour. An pryck uhella a veu
drehedhys yn sodyn, pàn dheskys Stapleton fatell o Syr Charles
porposys dhe asa an Hel wàr gùssul an Doctour Mortymer, y
vedhek. Stapleton a vâkyas ev dhe vos acordys gans Mortymer. Res
o dhodho gwythresa heb let, poken y vyctym a via in mes a'y allos.
Ev a inias wàr Vêstres Lyons screfa lyther dhe Syr Charles, in udn
besy an den coth dhe vetya gensy an gordhuwher kyns ès ev dhe
dhyberth rag Loundres. Ena dre fêkyl-lavarow ev a's lettyas
dhyworth sensy an appoyntyans, hag indella ev a gafas an chauns a
wil an pëth o whensys ganso.

"Ev a dhrîvyas tre i'n gordhuwher dhia Coombe Tracey hag a'n
jeva termyn lowr dhe gafos y gy, y dhyghtya gans an paint iffarnak
ha dry an best adro dhe'n yet, may whre va cafos an den jentyl coth
ow cortos. An ky, kentrydnys der y vêster, a labmas dres an yet ha
châcya an barnet truan, hag ev a fias in udn uja rosva an gwëdh ew
wàr nans. I'n geyfordh dewl-na res o an ky dhe vos golok uthyk, y
jalla inflabmys ha'y lagasow ow lesky, ow lebmel wàrlergh y
vyctym. An barnet a godhas marow orth pedn an rosva, ledhys dre
gleves colon ha der euth. An ky a sensys dhe'n amal gwelsek, pàn
esa an barnet ow ponya an trûlergh wàr nans. Rag hedna ny ylly
bos gwelys marnas olow an den yn udnyk. Pàn welas an ky an den
a'y wroweth heb gwaya, dre lycklod ev a dheuth nes dhodho rag y
frony. Pàn gafas ev an den dhe vos marow, an ky a drailyas
adenewen arta. I'n prës-na an ky a asas an ol a veu gwelys gans an
Doctour Mortymer. An ky a veu gelwys in kerdh ha drës wàr hast
dh'y govva in Lis Grympen, hag indella y feu gesys mystery, na yll
bos assoylys gans an auctorytas, saw a sordyas own brâs i'n côstys-
na, ha wàr an dyweth a dhros an câss in dàn agan lagasow ny.

"Lowr yw hedna adro dhe vernans Syr Charles Baskerville. Yth
esta ow convedhes fatell o va mar iffarnak in y sleyneth, rag in
gwiryoneth ùnpossybyl via gwil câss vëth warbydn an denledhyas
gwir. Ny'n jeva ev avell gweresor marnas àn ky, na ylly nefra y
draita. Ha ny wrug natur scruthus angresadow an jyn ma's servya
dh'y wil dhe voy galosek. Yth o gorgis crev dhe'n dhyw venyn i'n

208

câss, Mêstres Stapleton ha Mêstres Laura Lyons ow tùchya Stapleton y honen. Mêstres Stapleton a wodhya ev dhe vos whensys ladha an den coth, ha ky brâs dhe vos dhodho. Ny wodhya Mêstres Lyons adro dhe onen vêth anodhans, saw hy a veu gweskys der an keswharvedhyans— an den coth dhe verwel i'n prës an appoyntyans rygthy dhe vetya ganso gwrës ha wosa hedna sconys gensy. Ny wodhya ken den vêth adro dhe'n appoyntyans marnas Stapleton yn udnyk. Bytegyns yth esa an dhyw venyn in dàn y vêstry ev, ha nyns o tra vêth dhe owna dhywortans. An kensa radn a'y ober o gwrës ganso. Nyns o gesys ytho ma's an secùnd part, ha hedna a via dhe galessa ragtho.

"Martesen ny wodhya Stapleton adro dhe'n er in Canada. Wàr neb cor ev a vynsa clôwes adro dhodho dhyworth y gothman, an Doctour Mortymer. Ha Mortymer a dherivas dhodho oll an manylyon ow tùchya y dhrehedhes. In dallath Stapleton a gresy y hylly an stranjer yonk dhyworth Canada bos ledhys in Loundres, heb skydnya dhe Bow Densher. Nyns esa ev ow trestya dh'y wreg, abàn wrug hy sconya y weres ow magledna an den coth, ha ny ylly ev hy gasa mes a'y wolok termyn hir, rag dowt hy dhe gelly y vêstry warnedhy. Rag hedna ev a's dros ganso dhe Loundres. Y a wrug ôstya, me a dhyscudhas, in Ostel Pryveth Mexborough in Strêt Craven. An ostel-na a veu onen a'n re-na vysytys gans ow gweresor rag whelas dùstuny. Stapleton a wethas y venyn prysonys in hy chambour i'n ostel, hag ev in tùllwysk a varv a sewyas an Doctour Mortymer dhe Strêt Baker, ha wosa hedna dhe'n gorsaf ha dhe Ostel Northùmberlond. Y wreg a wodhya neppyth a'y dowlow, saw hy o mar dhowtys a'y gour—own grôndys wàr y debel-dhyghtyans anedhy—na vedhas hy screfa dhe'n den a wodhya hy dhe vos in peryl mortal. Mar teffa an lyther ha codha inter dewla Stapleton, ny via hy bêwnans hy honen saw. Wàr an dyweth, dell woryn ny, hy a ûsyas an prat a drehy in mes an geryow rag an messach ha screfa an hanow ha'n drigva wàr an mailyer in dorn gow. An lyther a dhrehedhas an barnet hag a ros dhodho an kensa gwarnyans a'y beryl.

"Res porrês o dhe Stapleton cafos neb tra a dhyllas Syr Henry, may halla va settya an ky dh'y helghya, mar pedha otham a ûsya an ky. Gans y dromder ha'y volder ûsys ev a wrug hedna dystowgh, ha certan yw ev dhe vrîbya gwas an eskyjyow pò an vowes chambour rag y weres. Dre jauns, bytegyns, an kensa botasen neb a veu provies ragtho o onen nowyth spladn, hag indella heb prow vëth. Ev a wrug dascor an kensa botasen ha cafos ken onen—hag yth esa meur dhe dhesky i'n wharvos-na, rag an mater a wrug prevy dhybm ny dhe vos ow têlya gans ky gwir, rag ny ylly tra vëth aral styrya an whans-na a gafos botasen goth, pàn nag o botasen nowyth dhe ûsya. Dhe voy sowthan ha coyntury in wharvos, dhe voy y tal y examnya yn town, ha'n poynt a havalsa kyns dhe wil an câss dhe voy completh, yw yn fenowgh, mar pëdh ev whythrys hag examnys yn ewn, an dra neb a wra styrya an câss dhyn.

"I'n eur-na agan cothmans a'gan vysytyas ternos myttyn, hag yth esa Stapleton pùb termyn orth aga sewya i'n càb. Stapleton a wodhya adro dh'agan rômys hag adro dhe'm semlant vy inwedh, ha dre rêson a hedna hag a'y fara dre vrâs, me a vynsa soposya nag o y dhrog-oberow lymytys dhe negys-ma teylu Baskerville. A les ywa fatell veu terrys aberth in peswar chy i'n west a Bow an Sowson i'n dewetha teyr bledhen, ha ny veu felon vëth dalhednys bythqweth rag onen vëth anodhans. An dorrva dhewetha, in Lës Folkstone in mis Me, o dh'y nôtya rag an mùrder a'n gwas servya, neb a dhyskevras an lader udnyk, vysour adro dh'y fâss, hag a veu pystolys dhe vernans heb tregereth ganso. Me a grës fatell wre Stapleton encressya y fortyn i'n maner-ma, hag ev dhe vos den peryllys dygabester dres lies bledhen.

"Ny a welas fatell wodhya ev lies cast an myttyn-na pàn wrug ev scappya dhyworthyn mar êsy. Ha ny a bercêvyas y volder, pàn dhanvonas wàr dhelergh dhyn ow hanow vy ow honen dre dhen an càb avell y hanow y honen. I'n prës-na ev a gonvedhas me dhe omgemeres rag an câss in Loundres, ha rag hedna ny ylly ev spêdya i'n cyta. Ev a dhewhelys ytho dhe Dartmoor ha gortos an barnet ena."

"Gorta tecken!" me a leverys. "Te re ros acownt kewar heb dowt a'n wharvosow, saw yma udn poynt na wrusta styrya. Pandra wharva dhe'n ky pàn esa y vêster in Loundres?"

"Me re gonsydras an mater-na hag yma va a bris. Nyns eus qwestyon vëth; Stapleton a'n jeva gweresor, kyn nag ywa gwirhaval ev dhe beryllya y honen dre radna oll y dowlow ganso. Yth esa servont coth in Chy Merypyt, hag Antony o y hanow ev. Yth esa ev ow servya Mêster ha Mêstres Stapleton lies bledhen, mar bell avell dedhyow an scol, ha rag hedna res o ev dhe wodhvos y vêster ha'y vêstres dhe vos copyl demedhys. An den-na yw gyllys mes a wel hag in mes a'n pow. Nyns yw Antony re gebmyn avell hanow in Pow an Sowson, saw Antonio yw kefys yn fenowgh in Spayn hag in powyow Latyn-Ameryca ha hèn yw hynt dhyn martesen. An den-na, kepar ha Mêstres Stapleton, a gôwsy Sowsnek yn tâ, saw coynt ha stlav o y ranyeth. Me ow honen a welas an cothwas-na passya Lis Grympen wàr an trûlergh merkys in mes gans Stapleton. Dre lycklod ytho pàn nag esa y vêster in tre, an servont a gemera with a'n ky, kyn na wodhya ev bythqweth peth o an porpos esa y vêster ow sensy an ky ragtho.

"Mêster ha Mêstres Stapleton a skydnyas dhe Bow Densher, hag y a veu sewys yn scon gans Syr Henry ha genes jy. Udn ger lebmyn adro dhybm i'n termyn-na. Martesen te a wra remembra, pàn wrug vy examnya an paper o an geryow pryntys fastys warnodho me a whythras glew an merk dowr. Pàn wrug vy indella me a'n sensys nebes mesvaow dhyworth ow lagasow, ha me a bercêvyas sawour gwadn a'n ethen henwys jessamîn gwydn. Yma pymthek ha try ugans odour yw res porrês dhe helerghyas aswon an eyl dhyworth y gela, ha moy ès unweyth yth esa câss ow cregy wàr aswon uskys a odours. An sawour a ros dhybm hynt fatell veu an lyther danvenys gans benyn, ha solabrës yth esa ow frederow ow trailya tro ha Stapleton ha'y wreg. Indelma me o sur ow tùchya an ky, ha'n felon o desmygys genef kyns ès me dhe viajya dhe west an pow.

"Ow gwary o dhe whythra Stapleton glew. Apert o bytegyns, na yllyn vy gwil hedna a pen vy i'th company why, rag Stapleton a via ow kemeres with anodho y honen pùpprës. Rag hedna me a dùllas kenyver onen, hag a'th tùllas why kefrës, hag a skydnyas in dàn gel, pàn esa pùbonen ow soposya ow bos in Loundres. Nyns o ow bêwnans mar gales dell esta ow predery, ha pella res yw heb alowa dhe daclow trufyl a'n par-na ancombra whythrans an câss. Me a wortas dre vrâs in Coombe Tracey ha ny wrug vy devnyth a'n crow wàr an hal marnas pàn o res dhybm bos ogas dhe'n wharvosow. Cartwright a skydnyas genef vy hag in y dùllwysk avell maw a'n pow ev o gweres brâs dhybm. Res o dhybm scodhya warnodho rag ow sosten ha rag lienyow glân. Pàn esen vy ow whythra Stapleton, yn fenowgh y fedha Stapleton orth dha whythra jy, rag hedna me a ylly sensy ow dewla wàr oll an kerdyn.

"Me re leverys dhis solabrës fatell wre pùb derivas dhyworthys ow drehedhes yn uskys, rag y a vedha danvenys in rag dhia Strêt Baker dhe Coombe Tracey. Y o a servys brâs dhybm, spessly ow tùchya udn darn gwir adro dhe vêwnans Stapleton. Me a ylly determya pyw o an den ha'n venyn, ha wàr an dyweth me a wodhya poran fatl'o ow sav. Y feu an câss kemyskys der an mater a'n prysner dienkys, ha'n colm inter Mêster ha Mêstres Barrymore hag ev. Hedna te a styryas in maner pòr skentyl, kynth o an keth tra desmygys genef dhyworth ow whythransow ow honen.

"Warbydn an prës may whrusta ow dyscudha wàr an hal, me a wodhya pùptra adro dhe'n negys, saw ny'm beu câss a alsa mos dhyrag an dhewdhek den. Kyn whrug Stapleton whelas dhe ladha Syr Henry an nos-na, ha ladha an prysner truan in y le, ny gefsyn ny dùstuny ena dhe brevy denlath wàr y bydn. Yth hevelly nag o ken fordh gesys ma's cachya Stapleton ow qwil an drog-ober y honen, ha rag hedna res o gwil devnyth a Syr Henry y honen oll ha heb scoos rag y dhynya. Ny a wrug indella, ha kyn whrug an negys ownekhe agan client yn uthyk, ny a spêdyas dhe gollenwel agan câss ha drîvya Stapleton dhe dhystrêwy y honen. Res yw dhybm confessya me dhe fyllel in dyghtyans an mater, rag ny a beryllyas Syr Henry i'n negys. Saw ny'gan beu fordh vëth a ragweles an wolok scruthus presentys gans an best, ha ny yllyn ny dargana an nywl, a alowas dhe'n ky lebmel warnan heb gwetyas. Ny a spêdyas, saw an còst a veu onen na wra pêsya ma's termyn cot, herwyth an Doctour Mortymer ha'n arbenegor. Mar qwra va viajya pell, Syr Henry a wra dascafos y yêhes ha yaghhe y emôcyons brêwys. Down ha gwir o y gerensa dhe'n venyn, ha'n dra moyha trist in oll an mater-ma yw fatell wrug hy y dùlla.

"Nyns yw gesys lebmyn ma's dhe dherivas an part gwarys gans an venyn dres pùptra. Certan yw heb dowt vëth hy dhe vos in dàn y vêstry ev. Hedna o kerensa poken own pò an dhew dra martesen, rag y hyll an dhew emôcyon dos warbarth. Dhe'n lyha yth o an mêstry na pòr alosek. Hy a agrias dhe omwil hy honen dhe vos y whor, kyn cafas ev finweth y bower pàn assayas hy gwil y weresor in moldrans. Hy o parys dhe warnya Syr Henry, mar bell dell ylly hy, heb cably hy gour, ha hy a assayas y wil arta hag arta. Yth hevelly Stapleton dhe allos perthy envy, ha pàn welas ev an barnet ow tanta y wreg, kynth o hedna radn a'y dowl, ny ylly ev omwetha bytegyns rag terry aberth in aga hescòws gans sorr envies, pëth a dhysqwedhas an enef tanek kelys mar fur in dàn y fara controllys. Dre ry colon dhe Syr Henry dhe gowethya gans y wreg Stapleton a surhas y whre an barnet dos yn fenowgh dhe Jy Merypyt, ha moy avarr pò moy adhewedhes ev a vynsa cafos an chauns o kebmys whensys ganso. An jëdh a finweth y dowl, bytegyns, Stapleton a dhyscudhas fatell wrug y wreg trailya yn sodyn wàr y bydn. Hy a dheskys nebes ow tùchya mernans an prysner, ha hy a wodhya fatell esa an ky in dàn alwheth i'n crow ryb an chy an gordhuwher mayth esa Syr Henry ow tos rag kynyewel gansans. Hy a gùhudhas hy gour a'n drog-ober porposys ganso, ha kedryn uthyk a sewyas. Ev a dhysqwedhas dhedhy rag an kensa prës yth esa kestrîvyores gensy rag y gerensa. Dystowgh hy leldury a veu cas wherow, hag ev a welas y whre hy y draita. Ev a's colmas, ytho, ma na vo chauns vëth dhedhy a warnya Syr Henry, hag ev a'n jeva govenek heb dowt, pàn wrella oll an pow ascrefa mernans an barnet dhe vollath an teylu, kepar dell o certan y whrêns, ev a ylly gwainya y wreg arta dhe dhegemeres an dra wharvedhys, ha dhe dewel adro dhe'n taclow a wodhya hy. I'n mater-ma, dell gresaf, ev o myskemerys, ha na ve ny dhe dhos dhe'n tyller, y dhystrùcsyon o moy pò le certan. Ny vynsa benyn vëth a woos Spaynek degemeres despît a'n par-na heb bos venjys. Ha lebmyn, a Watson wheg, ny allama ry dhis moy a vanylyon heb meras orth ow nôtednow. Saw yth hevel dhybm na wrug vy gasa tra vëth i'n câss coynt-ma heb y styrya."

"Ny alsa ev gwetyas dhe ladha Syr Henry der own yn udnek, kepar dell wrug ev dhe'n êwnter gans y gy bùcka."

"Gwyls o an best ha hanter-storvys. Mar ny wre an wolok anodho ownekhe y vyctym bys in mernans, dhe'n lyha an ky a wrussa taga pùb resystens."

"In gwir. Saw yma udn caletter gesys. Mar teffa Stapleton hag eryta an stât, fatl'alsa ev styrya an gwiryoneth, ev, an er, dhe vos tregys heb y dherivas in dàn fug-hanow in ogas dhe'n posessyon?

Fatl'alsa ev clêmya an perhenogeth heb sordya gorgis ha whythrans?"

"Caletter brâs dres ehen yw hedna, hag yma dowt dhybm te dhe wetyas re pàn esta worth ow fesy dh'y styrya dhis. An termyn eus passys ha'n termyn present, ymowns y aga dew ajy dhe'm gwel a

whythrans. An pëth a alsa den gwil i'n termyn usy ow tos yw qwestyon cales dhe wortheby. Mêstres Stapleton a glôwas hy gour ow tebâtya an qwestyon moy ès unweyth. Ev a alsa gwil onen a dry thra. Ev a alsa clêmya an stât dhyworth Ameryca Soth, establyshya pyw o va dhyrag an auctorytas Bretednek ena hag indella eryta an fortyn heb unweyth dos dhe Bow an Sowson. Ev a alsa kemeres dhodho y honen tùllwysk afînys dres an termyn cot o res dhodho remainya in Loundres. Pò arta ev a alsa provia dhe goweth an paperyow ha'n testscrifow, ow qwil an er anodho, saw ow qwetha gorholeth wàr vyns agries a'n rycheth. Ny yllyn dowtya, dhyworth pùptra godhvedhys genen anodho, y whrussa ev cafos neb fordh rag assoylya an caletter. Ha lebmyn, a Watson wheg, ny re beu ow lavurya yn crev dres nebes seythednow, ha rag udn gordhuwher me a grës y hyllyn ny trailya agan brës dhe daclow moy plesont. Me a'm beus box i'n waryva rag *Les Huguenots*. A wrusta clôwes an vreder De Reszke? Dell y'm kyrry, bëdh parys kyns pedn hanter-our, ha ny a yll stoppya orth bosty Marcini wàr an fordh ha debry ena nebes kydnyow."

GERVA

Afrycan *m.* African
Almaynek *adj.* German
alusenor *m.* almoner
andhydro *adj.* indirect
anreknadow *adj.* incalculable
anthropologek *adj.* anthropological
anwodhaf *adj.* unbearable
anyen *f.* instinct
arbenegor *m.* specialist
argraf *m.* impression
arhanplâtys *adj.* silver plated
arhansek *adj.* silvery
asectour *m.* executor
atavystieth *f.* atavism
avelednek *f.* orchard
balcon *m.* balcony
balùster *m.* banister
barnet . baronet
Beljan *adj.* Belgian
biologyth *m.* biologist
brethyn *m.* tweed
bourgeois *m.* bourgeois (font)
Bretednek *adj.* British
Bùshman *m.* Bushman
byldyor *m.* building contractor
bysmêr *m.* shame, scandal
càb *m.*, **cabbys** cab; **càb** *Hansom* Hansom cab
camêo *m.*, **camêos** cameo
carnacyon *m.* incarnation
cheryta *m.*, **cherytas** charity
chyrùrjon *m.* **chyrùrjons** surgeon
clabyttour *m.*, **clabyttours** bittern
comparek *adj.* comparative

contrâstya *v.* to contrast
Cort *f.* **Benk an Vyternes** Court of Queen's Bench
cowlardak *m.* checkmate
coyntury *m.* cleverness
cranologieth *f.* craniology
crenelek *adj.* crenellated
crenus *adj.* trembling
crows-examnya *v.* to cross examine
covlyver *m.* register
Creslu *m.* **an Conteth** the County Constabulary
crowdror *m.*, **crowdroryon** loiterer
cùrunor *m.* coroner
cyvyl *m.* livery
damcanieth *f.* theory
darasyk *m.* small door
daresewya *v.* to prosecute
dascarnacyon *m.* reincarnation
dewhel *m.* reversion
dogven *f.*, **dogvednow** document
dolycocefalek *adj.* dolichocephalic
dorgy *m.* terrier
dornscrefa *m.* handwriting
drog-awedhyans *m.* evil influence
dryftya *v.* to drift
dybreder *adj.* thoughtless
dyctâtya *v.* to dictate
dydro *adj.* direct
dyfendoll *f.*, **dyfendollow** tariff
dyfroth *adj.* unhurried, unmoved
dygabester *adj.* unbridled
eben *m.* ebony
écarté *m.* écarté (card game)

216

entomologieth *f.* entomology
Eskimô *m.* Eskimo
establyshya *v.* to establish
fact *m.*, **factys** fact
fâls-varv *f.* false beard
felon *m.*, **felons** criminal
felony *m.* crime, criminality
felshyp *m.* staff
fers *adj.* fierce
fêsya *v.* 'to chace away, to put to flight'
fosforùs *m.* phosphorus
frigus *adj.* inquisitive
frobmys *adj.* agitated
frock-côta *m.* frock coat
fydhyador *m.* trustee
gaja *m.* pledge, wager; **ow gaja dhis** I bet you
gesedhus *adj.* ironic
godrosladrans *m.* blackmail
gonbluv *coll.* bog cotton (*Eriophorum angustifolium*)
gornatùral *adj.* supernatural
growynek *f.* (area of) gravel
gweder *m.* **aspia** telescope
gwelsow *pl.* **ewynas** nail scissors
gwylter *m.* mastiff
gwythresek *adj.* active
gwyvrek *adj.* wiry
hackya *v.* to hack, to lacerate
hanter-Ivernek *adj.* half-Ivernian
hanter-sovran *m.* half sovereign
helerghyas *m.* detective
Hottentot *m.* Hottentot
igam ogam *m.* zigzag
Ivernek *adj.* Ivernian
jessamîn gwydn *m.* white jessamine
jyn *m.* **screfa** *Remington* Remington typewriter
jypson *m.*, **jypsons** gypsy
kenwerth *m.* **frank** free trade
kesposa *v.* to balance
kestalkya *v.* to converse
keswharvedhyans *m.* coincidence
kethwysk *m.* straitjacket

kigek *adj.* fleshy
kilva *f.* background
kyrwas *pl.* *of* **carow** *m.* stag
laghyas *m.* **Penang** Penang lawyer (*variety of walking stick*)
lether *m.* **lenter** patent leather
losowieth *f.* botany
lyw *m.* **an legh** slate colour
magledna *v.* to ensnare
mailyer *m.*, **mailyers** envelope
mainorieth *f.*, **mainoriethow** agency
mappa *m.* **Ordnans** Ordnance map
Marhak *m.* Cavalier
mecanek *adj.* mechanical
medhegva *f.* surgery
men *m.* **growyn** granite
merhyk *m.*, **merhygow** pony
mongledha *m.* foil
negys *m.* **jynscrefa** typing business
neolythek *adj.* neolithic
omdhyvlâmyans *m.* apology
owrvinek *adj.* gold rimmed
paintyor *m.*, **paintyoryon** painter
paper *m.* **cappa fol** foolscap paper
pathologieth *f.* pathology
pellscriven *f.*, **pellscrivednow** telegram
penvedhek *n.* consultant
perthynas *m.* relationship
plagus *adj.* infectious
poror *m.* grazier
portal *m.* porch, hall
postvêster *m.* postmaster
practycya *v.* practise
pragmatek *adj.* pragmatic
problem *m.*, **problemow** problem
pryvylej *m.* privilege
pyctourva *f.*, **pyctourvaow** picture gallery
rabmen *m.* gravel
ragistorek *adj.* prehistoric
rôsen *f.* **loskvenek** suphur rose
rosva *f.* avenue
sciensek *adj.* scientific

sêcret *adj. and m.* secret
sensytyf *adj.* sensitive
sewajya *v.* to assuage, to relieve
Sodhva *f.* **Cowethas an Gorholyon** Shipping Company Office
soler *m.* gallery
spanyol *m.* spaniel
Spaynek *adj.* Spanish
spîcer *m.* grocer
Swêdek *adj.* Swedish
tardhell *f.* embrasure
tarosvanus *adj.* ghostly
tavas *m.* **carow** hart's-tongue (*Phyllitis scolopendrium*)
tegyrynen *f.*, *coll.* **tegyryn** orchid

telescôp *m.* telescope
tendyor *m.* waiter
tipek *adj.* typical
tirnos *m.*, **tirnosow** landmark
tolldallor *m.*, **tolldaloryon** taxpayer
trajedy *m.* tragedy
treghvil *m.* insect
tremenva *f.* passage, corridor
trespasseth *m.* criminality
tus *pl.* **mebla** furnishers
ùncothfos *m.*, **ùncothfosow** freak
vernyshya *v.* to varnish
versel *m.* ferrule
vysytyor *m.*, **vysytyoryon** visitor
zoologieth *f.* zoology

HENYWN PERSONEK HA HENWYN TYLERYOW

Afryca *m.* **Soth** South Africa
Alton *m.* Alton
Ameryca *m.*; **Ameryca Cres** Central America; **Ameryca Soth** South America; **Latyn-Ameryca** Latin America
Anderson *m.* Anderson
An Times *m.* The Times
Antony *m.* Antony, Roger Stapleton's manservant
Barrow *m.* Barrow
Barrymore; **Jowan Barrymore** *m.* John Barrimore; **Lîza** *f.* **Barrymore** wife of John Barrimore; **teylu** *m.* **Barrymore** the Barrimores
Baskerville; **Hel** *m.* **Baskerville** Baskerville Hall; **Hûgo Baskerville** *m.* Hugo Baskerville; **Jowan Baskerville** *m.* **John Baskerville**; **Kil-amyral Baskerville** Rear Admiral Baskerville; **Ky** *m.* **Teylu Baskerville** the Hound of the Baskervilles; **Rojer Baskerville** *m.*

Roger Baskerville; **Syr Charles Baskerville** *m.* Sir Charles Baskerville; **Baskerville, Syr Henry** *m.* Sir Henry Baskerville; **Syr Wella Baskerville** Sir William Baskerville
Bellyver *m.* Belliver
Bertillon *m.*, **Alphonse** Alphonse Bertillon
Beryl *f.* *see* Garcia, Beryl
Bradley; **shoppa** *m.* **Bradley** Bradley's (*tobacconist in* Oxford Street)
breder *pl.* **De Reszke** the De Reszke brothers, Edouard and Jean, Polish opera singers
Breten *f.* **Veur** Great Britain
Bryn *m.*; **an Bryn Du** the Black Tor; **an Bryn Fâlsys** the Cleft Tor; **Bryn an Lowernes** Vixen Tor
Canada *m.* Canada
Carolîna *f.* **North** North Carolina
Cartwright *m.* Cartwright

Charing Cross *m.* Charing Cross;
Clâvjy *m.* **Charing Cross,**
Charing Cross Hospital *m.*
Charing Cross Hospital
Chy *m.* **Merypyt** Merripit House
Clarendon, **Arlùth** *m.* Lord
Clarendon
Clayton *m.*, **Jowan** John Clayton, the
cab driver
Clùb *m.* **Nonpareil** the Nonpareil
Club
Coljy *m.* **an Chyrùrjons** the College
of Surgeons
Conteth *m.* **Evrok** Yorkshire
Coombe Tracey *m.* Coombe Tracey
Coronal Ùpwood *m.* Colonel
Upwood
Costa Rîca *f.* Costa Rica
Dartmoor *m.* Dartmoor
Densher; **Pow** *m.* **Densher**
Devonshire; *Cronykyl m. Pow*
Densher the *Devonshire Chronicle*
Desmond, Jamys *m.* James
Desmond
Dewnans *f.* Devonshire; **Dewnans**
Cres Mid-Devonshire; **Dewnnans**
North North Devon
Elyzabeth *f.* 1. Elizabeth Baskerville;
2. Queen Elizabeth I
Evrok *m.* **Nowyth** New York
Fernworthy *m.* Fernworthy
Fordh *f.* **Fùlham** Fulham Road
Foulmire *m.* Foulmire
Fraser *m.* Fraser (the tutor)
Garcia, **Beryl** *f.* wife of Roger
Baskerville, junior
Grympen *m.* Grimpen; **Fordh** *f.*
Grympen Grimpen Road; **Lis** *m.*
Grympen Grimpen Mire
Gorsaf *m.* **Waterloo** Waterloo
Station
Grodno *m.* Grodno, city in Bielarus
Gwithjy *m.* **Bretednek** British
Museum
Hel *m.* **Lafter** Lafter Hall

High Lodge *m.* High Lodge
Holmes, Sherlock *m.* Sherlock
Homes
Jamys *m.* James, son of Grimpen's
postmaster
Jovyn *m.* Jove
Jowan *m.* *see* Barrymore, Jowan
Kerlew *m.* Gloucester
Kevarwedhyor *m.* **an Ostelyow** the
Hotel Directory
Kevarwedhyor *m.* **an Vedhygyon**
Medical Directory
Kneller *m.* Sir Godfrey Kneller (1646-
1722), portrait painter
Lës *f.* **Folkstone** Folkstone Court
Les Huguenots *pl.* Les Huguenots,
opera by Giacomo Meyerbeer
Lestrade *m.* Inspector G. Lestrade,
detective of Scotland Yard
Lollas *m.* the West Indies
Long Down *m.* Long Down
Loundres *f.* London
Lyons, Laura *f.* Mrs Laura Lyons (*née*
Frankland)
Marcini; **bosty** *m.* **Marcini**
Marcini's restaurant
Mercùry Leeds *m.* the Leeds
Mercury
Mêster Barrymore *see*
Barrymore, Jowan
Mêster Frankland *m.* Mr Frankland
Mêster Johnson *m.* Mr Johnson
Mêster Henry Baskerville *see*
Baskerville, Syr Henry
Mêstres Barrymore *see* **Lîza**
Barrymore
Mêstres Oldmore *f.* Mrs Oldmore
Mêstresyk *f.* **Stapleton** Miss
Stapleton (*assumed name of* Mrs Beryl
Baskerville, *née* Garcia)
Meyers *pl.* Meyers, shoemakers in
Toronto, Canada
Mlle Carere *f.* Mlle Carere
Mme Montpensier *f.* Mme
Montpensier

Morland, Syr Jowan *m.* Sir John
Morland
Mortymer, an Doctour Jamys Dr
James Mortimer
Notting Hill *m.* Notting Hill
Nowodhow *pl.* **Myttyn an West** the
Western Morning News
Ostel *m.* **Northùmberlond**
Northumberland Hotel
Ostel *m.* **Pryveth Mexborough**
Mexborough Private Hotel
Perkyns *m.* Perkins, the driver
Pitt *m.* William Pitt, the Younger
(1759-1806)
Plâss *m.* **Trafalgar** Trafalgar Square
Plymoth *m.* Plymouth
Pow *m.* **an Sowson** England
Princetown *m.* Princetown (*site of the
prison*)
Reynolds *m.* Sir Joshua Reynolds
(1723–1792), portrait painter
Rodney *m.* George Brydges Rodney,
1st Baron Rodney (1718–1792)
Ross ha Mangles *pl.* Ross and
Mangles, animal dealers
Rùssya *f.* **Vian** Little Russia, the
Ukraine

Scol *f.* **Sen Olyver** St Oliver's School
Selden *m.* Selden
Southampton *m.* Southampton
Stamford; shoppa *m.* **Stamford**
Stamfords
Stapleton; Jack Stapleton Jack
Stapleton (*assumed name of* Roger
Baskerville)
Stâtys *pl.* **Ûnys, an** the United States
Strêt *m.* **Baker** Baker Street
Strêt *m.* **Bond** Bond Street
Strêt *m.* **Craven** Craven Street
Strêt *m.* **Rêjent** Regent Street
Strêt *m.* **Resohen** Oxford Street
Tas *m.* **an Drog** the Father of Evil,
the Devil
Tebel-el *m.*, **an** the Devil
Thorsley *m.* Thorsley
Tor *m.* **Uhel** High Tor
Toronto *m.* Toronto
Vandeleur *m.* surname adopted by
Mr and Mrs Roger Baskerville
Watson, an Doctour Jowan *m.* Dr
John Watson
Westmorlond *n.* Westmoreland

Moy a lyvrow Kernowek dhyworth Evertype

Ky Teylu Baskerville (Arthur Conan Doyle, tr. Nicholas Williams 2012)

Flehes an Hens Horn (Edith Nesbit, tr. Nicholas Williams 2012)

Desky Kernowek: A Complete Guide to Cornish (Nicholas Williams 2012)

An Beybel Sans: The Holy Bible in Cornish (tr. Nicholas Williams 2011)

Whedhlow ha Drollys a Gernow Goth (Nigel Roberts, tr. Nicholas Williams 2011)

The Beast of Bodmin Moor: Best Goon Brèn (Alan Kent, tr. Neil Kennedy 2011)

Enys Tresour (Robert Louis Stevenson, tr. Nicholas Williams 2010)

Whedhlow Kernowek: Stories in Cornish (A.S.D. Smith, ed. Nicholas Williams 2010)

The Cult of Relics: Devocyon dhe Greryow (Alan Kent, tr. Nicholas Williams, 2010)

Jowal Lethesow (Craig Weatherhill, tr. Nicholas Williams, 2009)

Kensa Lyver Redya (H. Treadwell & M. Free, tr. Eddie Foirbeis Climo, 2009)

Adro dhe'n Bÿs in Peswar Ugans Dëdh (Jules Verne, abridged and tr. K. Hocking, 2009)

Alys in Pow an Anethow (Lewis Carroll, tr. Nicholas Williams, 2009)